Diogenes Taschenbuch 24004

# Hansjörg Schneider

# *Tod einer Ärztin*

## *Hunkelers vierter Fall*

### *Roman*

## Diogenes

Die Erstausgabe erschien
2001 im Ammann Verlag, Zürich
Umschlagfoto (Ausschnitt):
Copyright © Millenium Images/
LOOK-foto

*Der Autor dankt Pro Helvetia*
*für die finanzielle Unterstützung.*

Veröffentlicht als Diogenes Taschenbuch, 2011
Alle Rechte vorbehalten
Copyright © 2011
Diogenes Verlag AG Zürich
www.diogenes.ch
40/15/36/2
ISBN 978 3 257 24004 7

Peter Hunkeler, Kommissär des Kriminalkommissariats Basel, früherer Familienvater, jetzt geschieden, saß in seinem Bureau des Waaghofs und schwitzte. Es war der 3. Juli, ein Montagmorgen, eine Gluthitze lastete über Basel. Es war so heiß, dass die Luft in der Nacht nicht mehr abkühlte.

Der Waaghof, in dem sich Staatsanwaltschaft, Kriminalkommissariat und Untersuchungsgefängnis befanden, war erst vor wenigen Jahren gebaut worden und enthielt, gemäß den neuen Vorschriften für öffentliche Bauten, keine Kliamaanlage, da die Regierung offenbar der Meinung war, Basels Beamtenschaft könne wenigstens im Sommer ruhig ein bisschen schwitzen.

Hunkeler erinnerte sich mit Wehmut an sein altes Bureau im Lohnhof, dessen altes Gemäuer selbst in der größten Sommerhitze eine wohltuende Kühle ausgestrahlt hatte. Er hatte schlecht geschlafen in der vergangenen Nacht. Er hatte abgedeckt gelegen, hatte sich hin- und hergewälzt, wartend auf einen frischen Luftzug, der durch die offene Balkontür hereinkam. Nichts war zu spüren gewesen, nur Schwüle. Warum war er nicht ins Elsass gefahren, wozu hatte er denn diese Sommerfrische?

Er hatte den Computer eingeschaltet, der fortan unabdingbar zu seinen Arbeitsgeräten gehörte, wie ihm Staatsanwalt Suter vor dem Umzug in den Waaghof erklärt hatte. Entweder Sie arbeiten sich ein in die neue Informationstechnik, hatte er gedroht, oder Sie haben bei der Basler Polizei nichts mehr verloren.

Hunkeler versuchte, die Sportresultate abzurufen. Es war zwar nicht viel los gewesen übers Wochenende, außer dem EM-Final Frankreich–Italien natürlich, den er live am Bildschirm mitverfolgt hatte. Aber an irgendeinem Thema musste er seine Computerfähigkeiten üben. Und Sport war immer gut.

Da klingelte das Telefon, er hob ab. Es war Kollege Madörin. »Hör mal, da ist eine Frau Schwaab. Aus der Praxis von Frau Dr. Erni. Kennst du die?«

»Ja«, sagte Hunkeler. »Frau Erni ist meine Hausärztin. Was will sie denn?«

»Sie will dich. Sie will mit niemandem sonst reden. Sie faselt etwas von Blut, von Mord. Ziemlich abstrus.«

»Wie bitte? Sag das noch einmal.«

»Nein«, grinste Madörin. »Ich verbinde dich lieber.«

Er stellte durch, und Hunkeler hörte ein schnelles Atmen. Er wartete einen Moment und sagte dann so freundlich, wie es ihm möglich war: »Guten Tag, Frau Schwaab. Was gibt es denn schon am frühen Morgen?«

»Ach so, Herr Hunkeler, endlich«, hörte er Frau Schwaab sagen. »Hören Sie, es ist etwas Schreckliches passiert, ganz entsetzlich. Ich fürchte mich so. Ich habe kaum gewagt, Sie anzurufen. Aber jetzt habe ich Sie ja erreicht, Gott sei Dank.«

Hunkeler grapschte sich eine Zigarette aus der Schachtel, einhändig, was nicht einfach war. Er steckte sie an, nahm einen Zug und hustete.

»Sind Sie noch da? Hallo?«, hörte er Frau Schwaab sagen, mit zittriger Stimme.

»Ja. Ich habe bloß eine Zigarette angezündet. Wo sind Sie jetzt?«

»Im Empfangsraum, gleich hinter der Theke. Ich sitze, weil ich nicht stehen kann. Ich habe schon viel Schlimmes gesehen, ich habe geglaubt, mich könne nichts mehr erschüttern. Aber jetzt zittern mir die Knie. Sie müssen kommen, Sie müssen mich retten, hören Sie? Sofort, sonst kippe ich um.«

»Was gibt's denn? Sagen Sie endlich, was los ist. Und bleiben Sie ruhig.«

»Ruhig? Draußen lauern diese Drögeler, und ich soll ruhig bleiben? Die können jederzeit hereinkommen und auch mich ermorden.«

Hunkeler spürte, wie sein Nacken kalt wurde, eine eisige Hand legte sich auf seinen Rücken.

»Mord? Ist jemand ermordet worden?«

Stille, nur schnelles Atmen. Von irgendwoher war das Geräusch eines Autos zu hören.

»Reden Sie endlich. Sagen Sie mir, was geschehen ist. Sonst kann ich Ihnen nicht helfen.«

Das Atmen hörte auf, er vernahm unterdrücktes Schluchzen. Dann hatte sich Frau Schwaab wieder gefasst.

»Frau Dr. Erni ist tot. Sie liegt auf dem Rücken am Boden ihres Praxiszimmers. Ihre Brust ist voll Blut.«

Hunkeler drückte die Zigarette aus, seine Finger vibrierten.

»Sind Sie ganz sicher? Haben Sie das nicht geträumt? Wollen Sie nicht noch einmal hineingehen in den Praxisraum und nachsehen, ob wirklich Frau Erni am Boden liegt? Es ist ja erst kurz nach acht.«

»Was stellen Sie sich eigentlich vor, Herr Hunkeler?«
Das kam überraschend scharf. »Ich arbeite jetzt schon über
dreißig Jahre in diesem Beruf, und meine Augen sind immer noch gut. Das Fenster ist eingedrückt, von außen, die
Scherben liegen im Raum. Der Giftschrank ist aufgebrochen, die Opiate fehlen. Ich habe es gleich bemerkt, mich
führt man nicht hinters Licht. Es waren die Drögeler von
der Bocciabahn, die übernachten dort in der Hütte. Frau
Dr. Erni ist immer so gut gewesen zu ihnen. Und jetzt das.
Ich habe sie stets gewarnt. Ich habe ihr gesagt, dass sie sich
ein Otterngezücht heranziehe, das früher oder später über
sie herfallen werde. Sie hat nicht auf mich gehört. Jetzt liegt
sie da, von vorne erstochen, von Angesicht zu Angesicht.
Sind das überhaupt noch Menschen, frage ich Sie?«

»Gut«, sagte Hunkeler, »wir sind in spätestens einer
Viertelstunde da. Gehen Sie nicht mehr hinein, rühren Sie
nichts an. Warten Sie meinetwegen auf der Straße, wenn Sie
sich drinnen fürchten.«

»Auf keinen Fall. Ich verlasse diesen Raum nicht. Ich
verbarrikadiere mich. Mich erwischen sie nicht.«


Der Polizeiwagen war in zwölf Minuten an der Titlisstraße 13, wo sich die Arztpraxis von Frau Dr. Christa Erni be-
fand. Eine Wohngegend gegen Allschwil und das nahe Elsass hin, Einfamilienhäuser mit Gärten, ruhig und friedlich.
Es war eine Doppelpraxis im Parterre eines zehnstöckigen
Gebäudes, das zu einer Alterssiedlung mit Zweizimmer-
wohnungen und einer Pflegeabteilung gehörte.

Im Auto saßen Korporal Lüdi, abweisend und hässig, er hätte wohl lieber im Fahndungscomputer herumgesurft. Detektivwachtmeister Madörin, voller Ärger über den hektischen Wochenbeginn, er mochte es eher ruhig. Am Steuer Haller mit der Luzerner Pfeife zwischen den Zähnen. Sie brannte nicht, denn Madörin hatte ihm ein für alle Mal verboten, auf Dienstfahrten zu rauchen.

Hunkeler hatte seinen Kollegen kurz erzählt, was er über Frau Erni wusste. Sie war gegen sechzig, hatte 1968 während der Studentenrevolte eine bewegte Zeit gehabt, war Mitbegründerin der Progressiven Organisation Basel, kurz POB, gewesen, die neuen Wind in die Stadt gebracht hatte, war nach deren Niedergang der Liberaldemokratischen Partei beigetreten und Großrätin mit dem Spezialgebiet Kultur und Theater geworden. Soviel Hunkeler wusste, hatte sie nie geheiratet. Sie führte die Praxis zusammen mit Dr. Friedrich Knecht. Von ihm wusste er bloß, dass er oft in die Ägäis auf Segeltörn fuhr und jeweils braungebrannt zurückkehrte. Gemeinsamer Röntgenraum, gemeinsames Labor, die Laborantin hieß Ruth Zbinden und war noch nicht ganz dreißig.

»Schlau«, meinte Haller, als er vor dem mit Backstein verkleideten Neubau parkte, »die haben das Patientengut direkt vor der Nase.«

Es war wie meist bei solchen Fällen. Befehle im harten Offizierston, Hektik und Nervosität, besonders als die kriminaltechnische Abteilung eintraf. Der bekannte Leerlauf eines ausgeklügelten, aber sinnlosen Polizeiapparates, der Hunkeler auf die Nerven ging. Er war nur kurz unter die Tür des Praxiszimmers von Frau Erni getreten und hatte sie auf dem Boden liegen sehen, mit noch offenen Augen. Seltsam hübsch war sie anzuschauen, nicht wirklich schön, aber von befremdender Jugendlichkeit. Das breite Fenster auf den Park hinaus war eingeschlagen, die Scherben lagen tatsächlich im Raum. Die Store war hochgezogen. Der Giftschrank aufgebrochen, jemand hatte ein paar Fläschchen heruntergefegt auf den blassblauen Spannteppich. An der Wand hing das bekannte Foto von Che Guevara. Hunkeler hatte sich bei seinen Besuchen immer wieder gewundert, warum sich Frau Erni nicht vom Idol ihrer Jugend getrennt hatte.

Er wandte sich zu Frau Schwaab, die hinter der Theke saß. Davor stand Haller, im Begriff, sich die Pfeife anzuzünden.

»Sie dürfen hier nicht rauchen«, sagte Frau Schwaab. »Das hier ist eine Arztpraxis und keine Opiumhöhle.«

»Geh mal zur Siedlung hinüber«, sagte Hunkeler. »Dort gibt's Bänke, und auf den Bänken sitzen alte Frauen und Männer und glotzen herüber. Setz dich zu ihnen, rauch deine Pfeife, plaudere mit ihnen und hör zu, was sie erzählen.«

Haller nickte und ging hinaus.

»Ist Dr. Knecht nicht da?«, fragte Hunkeler.

»Nein«, sagte Frau Schwaab, die die Hände verkrampft im Schoß liegen hatte. »Es war ihm in Basel zu heiß, er segelt vor dem Peleponnes.«

»Können Sie ihn erreichen?«

»Ich nicht. Aber seine Frau.«

»Rufen Sie sie an und sagen Sie ihr, sie solle ihn zurückholen.«

»Jetzt gleich?«

»Nein. Erst will ich mit Ihnen reden. Gibt es hier Kaffee?«

Sie zeigte auf die Tür zum Labor. »Dort drin gibt's eine Espressomaschine. Frau Zbinden besorgt das in der Regel.«

»Wann kommt sie in die Praxis?«

»Am Montag jeweils erst um neun. Sie hat einen Wohnwagen im Schwarzwald stehen, in Schönau an der Wiese. Ihr Freund ist Sportfischer, er fängt Forellen.«

Offenbar war Frau Schwaab froh, über Alltäglichkeiten reden zu können. Ihre Hände hatten sich entkrampft.

Sie gingen in den Laborraum. Reagenzgläser standen hier in Reih und Glied, mit Blut drin und Urin. Mehrere Apparate an den Wänden, auf einem Tischchen die Espressomaschine. Frau Schwaab stellte zwei Tassen hin. Der Kaffee rann hinein.

Hunkeler trat ans Fenster und schaute hinaus auf die Bocciabahn, aus der dunkelgrünes Unkraut wuchs. Bei der Hütte, die gegen die Bahn hin offen war, standen Lüdi und Madörin mit einem halben Dutzend junger Menschen, vier Burschen und zwei Frauen. Daneben wedelte ein kleiner, weißschwarz gefleckter Baster.

»Das sind die Drögeler«, sagte Frau Schwaab und reichte ihm eine Tasse. »Geschieht ihnen recht, dass sie hinter Gitter kommen.«

Sie schauten zu, wie Madörin zwei Paar Handschellen aus seiner Jackentasche herausnahm und die Burschen zusammenkettete.

»Warum verpasst er den beiden Metzen nicht auch Handschellen?«, fragte Frau Schwaab empört. »Die sind nämlich stinkfrech, und sie sind erst noch unglaublich schnell.«

»Ich nehme an, er hat nur zwei Paar bei sich. Wie heißt der Hund?«

»Das ist Buddha. Ein armes Tier, sie geben ihm zu wenig zu fressen.«

»Warum wird eigentlich die Bocciabahn nicht benutzt?«, fragte Hunkeler, während er zuschaute, wie die sechs jungen Menschen samt Hund abgeführt wurden. »Es müsste doch angenehm sein, an einem warmen Juliabend die Kugel rollen zu lassen.«

»Warum wohl. Denk der Drögeler wegen. Die vergiften das ganze Klima.«

»Ist denn vorher, ich meine, bevor die Drögeler aufgetaucht sind, Boccia gespielt worden?«

Frau Schwaab zog eine Schnute, so dass ihre oberen Schaufelzähne hervorstanden. Die Frage schien ihr nicht zu passen.

»Ich kann mich nicht genau erinnern. Die waren schon früh da. Und erst die Alkis. Die sind noch schlimmer. Die verrichten ihre Notdurft unter den Bäumen, obschon es dort eine Toilette gibt.«

Hunkeler steckte sich eine Zigarette in den Mund, getraute sich aber nicht, sie anzuzünden, und schob sie in die Schachtel zurück.

»Was für Alkis?«

»Albin und Konrad. Alte, kaputte Typen.«

»Wo sind die jetzt?«

»Keine Ahnung. Am Samstagmorgen waren sie noch da, ich habe sie herumgrölen hören.«

»Haben sie gesungen?«, fragte er interessiert.

»Ja, Lieder von der Südsee und so. Konrad hat eine Gitarre. Er singt manchmal in den Kneipen Kleinbasels.«

»Steig in das Traumboot der Liebe, fahre mit mir nach Hawaii«, sagte Hunkeler und wischte sich den Schweiß weg, der ihm in den Nacken rann.

»Wie bitte?«

»Ach, nur so. Bloß eine Erinnerung. Sind denn die Fenster der Praxis nicht gesichert in der Nacht?«

»Doch, mit einbruchsicheren Storen.«

»War die Store in Frau Ernis Praxisraum unten, als Sie heute Morgen hereinkamen?«

Frau Schwaab zögerte, überlegte, aber dann schüttelte sie entschlossen den Kopf.

»Natürlich nicht. Ich habe nichts verändert.«

»Aber am Samstagmorgen, als Sie die Praxis verließen, war sie unten?«

»Die Storen sind immer unten übers Wochenende. Am Samstagnachmittag kommt jeweils eine Putzfrau. Sie hat die Anweisung, die Storen unten zu lassen, auch wenn sie die Fenster putzt.«

»Wer hat sie dann hochgezogen?«

Frau Schwaab dachte nach, scharf und konzentriert.

»Von außen geht das nicht«, sagte sie dann. »Das geht nur mit der Kurbel von innen. Der Mörder muss also durch die Tür gekommen sein.«

Der Chef der kriminaltechnischen Abteilung, Dr. Gustaf de Ville, traf wie üblich mit einer halben Stunde Verspätung ein. Er war Elsässer und Lebemann, was man seinem rot gedunsenen Gesicht ansah. Aber sein Blick war hell wie immer.

»Was gibt's denn schon wieder in unserem friedlichen Basel«, fragte er. »Het wiider epper e Fröi umbroocht?«

Er besah sich die Leiche nur kurz, wischte sich dann mit einem schneeweißen Taschentuch übers Gesicht und trat zurück, um den Fotografen nicht zu stören. »Sie scheint sich nicht gewehrt zu haben. Eine schöne Frau übrigens.«

Er schaute zu Che Guevara hinüber.

»Erstaunlich, der ist doch schon längst passé.«

Er trat zum Fenster, betrachtete die Kurbel.

»Warum ist die Store nicht unten? Funktioniert sie nicht mehr?«

Hunkeler ging durch den Empfangsraum hinaus. Er spürte sogleich die Hitze, die ihn wie ein feuchtes Tuch umhüllte. Jenseits der Straße, unter zwei Platanen, die ihre Äste waagrecht ineinanderschoben, saßen an die zwanzig alte Menschen, die Frauen in luftigen Blumenkleidern, die Männer in kurzärmligen Hemden. Einer trug einen Strohhut und rauchte eine Brissago. Neben ihm saß Haller, stopfte seine Pfeife und hörte dem Alten zu.

Hunkeler ging zur jungen Frau, die gleich neben dem Eingang auf einer Bank saß. Sie hatte kurzes, rötlich gefärbtes Haar, wie es offenbar der Mode dieses Sommers entsprach.

»Darf ich, Frau Zbinden?«

»Gern«, sagte sie und rutschte überflüssigerweise zur Seite.

»Diesen Geruch«, sagte er, »den ertrage ich nur noch mit Mühe. Man kann ihn zwar kaum wahrnehmen, aber ich habe ihn sogleich bemerkt.«

»Ich gehe nicht hinein«, sagte sie und schaute ihn aus traurigen, müden Augen an, »ich mag keine Leichen sehen. Ich habe ein wunderschönes Wochenende im Schwarzwald gehabt. Und jetzt ist Frau Erni tot.«

»Kühl ist es dort, nicht wahr?«

»Ja, und man riecht die Tannen.«

Sie schauten zu, wie Madörin und Lüdi die sechs Drögeler in einen Kleinbus stießen. Der Hund sprang als Letzter hinein. Dann fuhr der Wagen weg.

»Die waren es nicht«, sagte Frau Zbinden, »die sind harmlos.«

»Wer weiß das schon, wer harmlos ist«, sagte Hunkeler.

»Was geschieht mit ihnen? Werden sie eingesperrt?«

»Nein, vermutlich nicht. Sie werden erkennungsdienstlich behandelt. Dann lassen wir sie laufen.«

»Sie werden also am Abend wieder hier sein«, sagte sie zufrieden.

»Vielleicht, wenn sie keine andere Unterkunft haben.«

»Die kommen zurück, weil es ihnen hier gutgeht. Die kriegen hier ihr Methadon. Und zwei Schwestern von drüben schauen zu ihnen.«

»Krankenschwestern?«

»Nein, die Schwestern Bühler, die drüben eine Zweizimmerwohnung haben. Sie sind über achtzig und streiten sich immer. Aber sie haben ein goldenes Herz.«

»Und die beiden Alkis?«

»Ach so, Sie meinen Albin und Konrad.« Sie lachte, schüttelte den Kopf. »Das sind keine richtigen Alkis. Sie haben zwar immer eine Weinflasche bei sich, aber wenn sie etwas zu essen bekommen, essen sie mit Lust. Salami und Mortadella zum Beispiel. Dann singen sie Tessiner Lieder. Die sind okay.«

»Irgendjemand hat Frau Erni umgebracht. Vielleicht ein harmloser Alki, der sonst okay ist.«

»Es übernachten auch andere Leute in der Bocciahütte«, sagte sie.

»Kennen Sie die Namen?«

»Nein. Das war in den letzten Jahren eine Art inoffizielle Notschlafstelle, geduldet von den Leuten der Alterssiedlung und auch von der Polizei.«

Sie strich sich übers Gesicht, als hätte sie sich eine Strähne wegwischen wollen.

»Ich mag diese Menschen. Es gefällt mir, dass es Leute gibt, die sich nicht an die normale Ordnung halten. Einer ist darunter, der muss über siebzig sein. Groß, brandmager, mit einem weißen, langen Bart. Wir nennen ihn Abraham. Der kommt aber nur selten. Und eine kleine, runde Frau. Die habe ich aber schon lange nicht mehr gesehen.«

»Wie alt?«

»Ungefähr sechzig. Wir nennen sie Rumpelstilzchen. Die hat jeweils gezetert, es herrsche eine Sauordnung in der Hütte. Ab Oktober bleiben die meistens weg, es wird dann wohl zu kalt. Nur die Drögeler sind noch da.«

Er schaute sie an, ihre feinen Hände mit dem Rubinring, die braunen Knie, die graugelben Augen.

»Ehrlich«, sagte er, »diese Hitze und dieser Leichenduft. Es ist Zeit, dass ich pensioniert werde.«

»Was tun Sie dann?«

»Vielleicht gehe ich segeln vor dem Peloponnes.«

Sie grinste, strich sich über das kurze Haar.

»Und Ihre Prostata, wie geht's der?«

»Der wird es gutgehen«, sagte er. »Übrigens, etwas möchte ich Sie fragen, wenn Sie gestatten. Frau Erni war doch eine hübsche Frau. Hat sie keinen Liebhaber gehabt?«

Er sah, wie sich ein Schleier über ihre Augen legte, das ging ganz schnell.

»Vielleicht, aber davon weiß ich nichts. Ich glaube, sie hat keine Zeit gehabt für Liebe. Sie hat ihren Beruf unglaublich ernst genommen und bis Mitternacht noch Hausbesuche gemacht, nachdem sie den ganzen Tag in der Praxis gearbeitet hat. Hinzu kam ihre politische Tätigkeit. Sie hat alle Theateraufführungen und Ausstellungen besucht, sie hat sich auf dem Laufenden gehalten. Und sie hatte früher eine unglückliche Liebe. Darüber ist sie nie hinweggekommen.«

»Wer war das?«

Sie zögerte, aber dann sagte sie es doch.

»Stefan Heller.«

»Der frühere PDA-Mann?«

»Ja. Sie hat ihn geliebt, bis zuletzt.«

»Aber der ist doch verheiratet.«

Sie zupfte ein Papiertuch aus der Tasche und tupfte sich die Augen ab.

»Das war ja die Tragödie«, sagte sie. »Er hat nicht zu ihr gehalten, als es drauf angekommen wäre. Er hat sie sitzenlassen.«

»Woher wissen Sie das?«

»Sie hat es mir erzählt.«

»Ich kenne Stefan Heller ein bisschen«, sagte er, »aus meiner politischen Zeit Ende der sechziger Jahre. Aber davon habe ich nie etwas gehört.«

»Sie hat versucht, es geheim zu halten. Erst wollte sie seiner politischen Laufbahn nicht schaden. Dann wollte sie der eigenen Laufbahn nicht schaden. Sie hat ja ins andere Lager gewechselt. Ein Kommunist als Geliebter hätte ihre Karriere ruiniert.«

»Was macht Stefan Heller eigentlich im Moment?«

Sie schaute ihn an, ungläubig.

»Wissen Sie das nicht? Er ist vor zehn Tagen gestorben.«

Nein, das wusste er nicht. Er erinnerte sich gut an den schlanken Mann mit den schlohweißen Haaren, eine stadtbekannte Persönlichkeit. Er wunderte sich, warum ihm dieser Tod entgangen war. Wahrscheinlich, weil er kaum mehr Zeitung las.

»Sie haben vorhin gesagt, dass er sie habe sitzenlassen, als es drauf angekommen wäre. Was haben Sie damit gemeint?«

»Den Sohn, den sie von ihm hatte.«

»Ach so?«

»Es ist ein offenes Geheimnis, man redet nur nicht darüber.«

»Wie heißt er denn?«

»Hiob Heller.«

Kurz vor zehn fuhr Staatsanwalt Suters Limousine vor. Er stieß die Tür auf, federte heraus und warf sie mit präzisem Schwung zu. Er trug einen hellblauen Seidenanzug mit karminroter Krawatte, denn er hatte übers verlängerte Wochenende in Venedig an einem Kongress über sozialpsychologische Segmente des Täterbildes unter besonderer Berücksichtigung des massenpsychotischen Triebschubes moderner Großstadtballungen teilgenommen. Offenbar hatte er gut eingekauft beim italienischen Schneider. Er war umgeben von einer Aura der Unerbittlichkeit, ein Mann, mit dem unbedingt zu rechnen war.

»Das ist unerhört«, sagte er, »jetzt sind selbst unsere besten Köpfe aus Politik und Kultur nicht mehr sicher vor Verbrechen. Ein Skandal ist dies, in der Tat. Jetzt heißt es alle Mann an Bord, mit voller Kraft voraus. Ich erkläre diesen Fall zur Chefsache, ich übernehme die Leitung persönlich.«

Er steckte sich den Zeigefinger zwischen Kragen und Hals, um sich ein bisschen Luft zu schaffen. Dann fasste er Frau Zbinden ins Auge, leicht indigniert über ihre Schönheit.

»Wer sind denn Sie, wenn ich fragen darf?«

Hunkeler erhob sich und stellte Frau Zbinden vor.

»Freut mich«, sagte Suter. »Sie werden uns zur Verfügung stehen, hoffe ich, rund um die Uhr. Aber was tun denn Sie hier draußen, Herr Kommissär Hunkeler? Was verplempern Sie Zeit? Gehen Sie hinein, nehmen Sie die Fährte auf. Jetzt schlagen wir zu.«

Er wandte sich ab und stolzierte hinein.

Hunkeler verabschiedete sich und machte sich auf den

Weg zurück in die Stadt. Er ging zwischen den langsam rollenden Lastwagen hindurch über die Ringstraße. Er folgte der Tramlinie, die mit dunkelblättrigen Bäumen bestanden war, und kam auf die Schützenmatte. Harter, ausgedörrter Grasboden, auf einer Bank im Schatten drei alte Frauen, die auf den Abend warteten. Der Pavillon in der Mitte, im Frühjahr von Nachtbuben niedergebrannt, war noch immer eine Ruine. Er betrat den Garten der Wirtschaft zum Schützenhaus, setzte sich unter einen Kastanienbaum und bestellte Mineralwasser mit Eis.

Die Linde am Eingang vorn war am Verblühen, aber noch immer hing ihr Duft über den Tischchen. Der stimmte ihn etwas heiterer, obschon es auch hier viel zu heiß war. Lindenblüten, das hieß Jugend, Sommer, Mädchenhaar. Er grinste bitter, er kam sich blöd vor mit dieser Erinnerung. Dann fiel ihm der andere Geruch ein, der aus dem Praxisraum.

Er hatte sich gefreut auf die Zeit, die vor ihm lag. Am Wochenende war Ferienbeginn gewesen, die Stadt hatte sich geleert, und die wenigen Leute, die hierblieben, hatten anderes im Sinn, als einzubrechen, zu stehlen und zu töten. Die Julihitze machte Basel jeweils friedlich, das wusste er aus jahrzehntelanger Erfahrung. Offenbar fehlte in der leeren Stadt der Triebschub moderner Großstadtballungen, da hatten die Kriminalpsychologen schon recht. Zudem hatte Staatsanwalt Suter versprochen, er wolle Mitte des Monats zwei Wochen nach Sils im Engadin fahren, um dort zu wandern. Also wäre auch dieses Problem gelöst gewesen.

Hunkeler hatte vorgehabt, eine ruhige Sommerkugel zu

schieben. Das stand ihm zu, er war wenige Jahre vor der Pensionierung. Und alte Spürhunde jagt man nicht in der Sommerhitze herum. Seine Freundin Hedwig, die Kindergärtnerin war, war bereits gestern, Sonntag, ins Elsass gefahren. Sie wollte drei Wochen im alten, kühlen Riegelhaus bleiben und sich nicht rühren, nicht einmal die kleine Zehe, wie sie erklärt hatte. Dann wollte sie weitersehen.

Das passte Hunkeler ganz gut. Er hatte vor, jeden Abend hinauszufahren, um neben Hedwig zu schlafen.

Und jetzt diese Leiche. Frau Dr. Christa Erni mit einer Stichwunde in der Brust. Wer hatte das getan? Wer bringt eine Frau um, überlegte Hunkeler im Garten des Schützenhauses, während er den Duft der Linde einatmete, wer tötet eine Ärztin? Eine Ärztin hat nur Freundinnen und Freunde, weil sie den Leuten hilft. Dazu ist sie da. Eine Ärztin steht außerhalb der Gesellschaft, sie unterliegt dem Arztgeheimnis. Eine Ärztin ist eine angesehene, allseits geachtete Person, auch von Verbrechern, denn auch diese brauchen Hilfe, wenn sie krank sind.

Eine Ärztin hilft den Drögelern, den Drückern und den Alkis. Sie gibt den Fixern das Methadon. Sie stellt ihnen ein Testat aus, damit sie finanzielle Unterstützung erhalten. Kein Drögeler wird eine Ärztin umbringen, um an ein paar Opiate heranzukommen.

Und die Leute aus dem Altersheim, hatte jemand von ihnen Frau Erni erstochen? War es möglich, dass sie die Frau, die zu ihnen schaute, wenn sie Grippe hatten oder Lungenentzündung, aus dem Wege räumten? Wohl kaum. Eher hätten sie sich für sie gewehrt.

Oder war es ein Verbrechen aus politischen Motiven?

Frau Erni war ja eine Renegatin. Niemanden hassen die Rechtgläubigen so wie eine Abtrünnige. Hatten sich die alten, linken Betonköpfe gerächt, hatten sie ein Exempel statuiert? Nein. Denn sie selber waren sich ihrer alten Heilslehre auch nicht mehr sicher. Sie drehten zwar ab und zu noch ihre ausgeleierten Gebetsmühlen, um sich selber Mut zu machen. Aber richtig dran zu glauben vermochten auch sie nicht mehr. Frau Erni war wohl ins bürgerliche Lager hinübergewechselt, und zwar ins noble, feine der alten Basler Art. Aber gesamtschweizerisch war die Partei der Liberaldemokraten nichts weiter als eine Splittergruppe, die bloß bewies, dass in der Stadt am Rheinknie alles ein bisschen anders war.

Frau Christa Erni war nicht als Realpolitikerin bekannt geworden, sondern als Kulturpolitikerin. Sie bedeutete also keine Gefahr für Klassenkämpfer. Sie hatte ein paar feurige Reden im Großen Rat gehalten, wenn das Stadttheater wieder einmal zur Debatte stand. Sie konnte hervorragend reden, sie hatte das 1968 gelernt. Sie hatte mehrmals den Standpunkt vertreten, dass das Theater, das von Stadt und Landschaft mit über dreißig Millionen jährlich subventioniert wurde, keine Spielwiese für junge Besserwisser sein dürfe, kein Selbstbedienungsladen für selbsternannte Genies, die Shakespeare nach ihrem Gusto umschrieben und nur noch Blut, Sperma und Gähnen darboten. Vielmehr sei das Theater ein Dienstleistungsbetrieb. Der Dienst, der geleistet werden müsse, bestehe darin, dass die Theaterleute dem interessierten und zahlenden Publikum die Werke der Weltliteratur in angemessener Form darzubieten hätten, und zwar Wort für Wort so, wie sie geschrieben worden seien. In diesem Punkt traf sie sich übrigens mit der Meinung der wenigen Altlinken im Rat.

Bringt jemand eine Frau um, überlegte Hunkeler, weil sie eine dezidierte Meinung zum Stadttheater äußert? Nein, gewiss nicht. Das Theater spielte keine Rolle mehr in dieser Stadt, es kostete nur noch Geld. Niemand würde deswegen ein Messer zücken.

Hunkeler wusste, was auf ihn zukam in den nächsten Tagen und Wochen. Die Polizeimaschine würde zu drehen beginnen bis zur Weißglut und nichts produzieren als heiße Luft. Sitzung um Sitzung würde stattfinden mit den üblichen Hässigkeiten und Anfeindungen. Und das Schlimmste: Staatsanwalt Suter würde seine Wanderferien verschieben und jeden zweiten Tag eine Pressekonferenz abhalten, denn er wollte Karriere machen.

Selbstverständlich war es ein Beziehungsdelikt. Das war Hunkeler sogleich klargeworden. Es gab keine Spuren eines Kampfes. Folglich musste die Frau die Täterschaft gekannt haben. Im Weiteren war klar, dass mit der Store etwas nicht stimmte. Der Täter oder die Täterin war keineswegs durch das Fenster eingedrungen, obschon die Scherben im Raum lagen. Es sei denn, die Store wäre nicht heruntergelassen gewesen. Aber in diesem Fall, wenn also jemand von außen die Scheibe eingedrückt hätte, hätte wohl jemand das Scherbeln hören müssen.

Wer es gewesen war, interessierte Hunkeler im Moment noch nicht. Es gab zu viele Möglichkeiten im Umfeld der Praxis. Frau Zbinden hatte einige erwähnt, weitere würden hinzukommen. Es würden viele Theorien aufgestellt werden, im Laufe der Untersuchung würden sich fast alle selber widerlegen. Irgendeinmal musste sich ein handfester Verdacht ergeben, er hoffte es wenigstens.

Es hatte keinen Sinn, aggressiv vorzugehen. So würde man bloß das feine Geflecht von Beziehungen, das sich langsam abzeichnen würde, zerstören. Es galt zu warten, bedächtig und ausdauernd, zu lauschen und zu schauen.

Jetzt ging es ihm wieder etwas besser. Er wusste, welchen Weg er einschlagen würde. Er hatte nicht vor, sich den Sommer vermiesen zu lassen. Er war sich sicher, dass er im richtigen Moment da sein würde.

Er atmete noch einmal den Lindenduft ein, bezahlte und machte sich auf den Weg durch die heiße Stadt Richtung Rhein.


Es ging gegen Mittag, als er das Badehaus St. Johann betrat. Ein hundertjähriges Gebäude, auf Eisenpfosten in den Rhein gestellt, mit Kabinen, Liegeflächen und Tischen, an denen man Kaffee trinken und Würstchen mit Kartoffelsalat essen konnte. Er war Stammgast hier, er hatte ein eigenes Kästchen mit Schlüssel.

Er zog die Badehose an und trat hinaus auf die Straße. Seine Fußsohlen schmerzten, als er flussaufwärts ging, so heiß war der Asphalt. Aber er war das gewohnt. Er liebte das Gehen am Flussufer, rechts die alten Häuser der St. Johanns-Vorstadt, links das abfallende Bord, aus dessen Fugen Margeriten und Malven wuchsen. Die Oberfläche des Rheins, der grün talwärts trieb, am andern Ufer die dunklen Bäume. Ein Stück Wildnis mitten in der Stadt und er mittendrin ein Wilder, halbnackt in freier Wildbahn, wenn auch dünnbeinig und mit ziemlichem Wanst.

Er ging an der Mittleren Brücke vorbei, über die der Mittagsverkehr rollte, und stieg den Rheinsprung hinauf, an einer japanischen Touristenschar vorbei, die ihn mit höflicher Zurückhaltung anschaute. Er kam sich wie eine touristische Sehenswürdigkeit vor.

Beim Münster oben schaute er kurz auf das Lebensrad über der Galluspforte. Die einen wurden nach oben gedreht ins Glück, die anderen fielen herunter ins Unglück. Mir geht es gut, dachte er, ich habe genug Geld, eine Frau, die ich liebe, und ein Haus im Elsass, in dem es kühl ist. Schlecht ist es Christa Erni gegangen. Und er erinnerte sich an ihre offenen, toten Augen.

Er stieg hinunter zum Fährsteg und sprang ins Wasser. Der Sprung war überraschend, wie immer. Aber kaum war er eingetaucht, fühlte er sich heimisch. Er ließ den Sprung unter Wasser auslaufen, so weit er trug. Er hörte die Kiesel auf dem Grund, die talwärts geschoben wurden, er vernahm das Surren einer Schiffsschraube. Dann lag er auf dem Rücken, reglos, und schaute zur Sonne hinauf, die über dem Chor des Münsters glänzte.

Nach zwei fuhr er mit dem Tram zur Heuwaage und betrat den Waaghof. Er grüßte kurz zu Frau Held hinüber, die hinter dem Schalter saß. Als sie vorwurfsvoll einen Finger hob, blieb er stehen. Frau Held war ihm wohlgesinnt.

»Wo brennt's?«, fragte er.

»Das fragen Sie mich? Das sollten Sie sich selber fragen. Suter hat herumgeschrien, wo denn dieses Arschloch Hunkeler sei.«

»Das Arschloch hat sich im Rhein abgekühlt, damit es besser denken kann.«

Sie lachte hell auf, es war eher ein Glucksen.

»Das sagen Sie dem Chef besser nicht«, riet sie, »sonst beißt er Ihnen den Kopf ab. Um zwei hat übrigens der Rapport begonnen. Um 18 Uhr findet die Pressekonferenz statt, in Anwesenheit des Ersten Staatsanwaltes.«

»Ich habe gemeint, der sei in Zermatt?«

»Sie werden doch nicht meinen, der lasse sich einen solchen Auftritt entgehen? Der hat sich gleich ans Steuer gesetzt, als er vom Mord hörte.«

»Mord? Warum nicht Totschlag?«

»Weil es ein geiles Thema ist. Alle reden bereits vom Praxismord.«

Er betrat die Cafeteria und holte sich am Automaten einen Pappbecher Kaffee. Es war niemand im Raum außer dem Italiener, der hinter der Theke traurig die *Gazzetta dello Sport* studierte.

Im Sitzungsraum war die ganze Mannschaft versammelt, samt Dr. de Ville und Dr. Ryhiner, dem Gerichtsarzt, der offenbar im Begriffe war, eine Rede zu halten. Kein schlechter Typ, fand Hunkeler, ein bisschen zu hochnäsig vielleicht, aber durchaus für ein Späßchen zu haben.

Hunkeler ging wortlos zum Tisch und setzte sich auf einen freien Stuhl. Er nahm einen Schluck Kaffee, er schmeckte bitter.

»Und?«, fragte Suter und trommelte nervös auf das

Tischblatt, furniertes Tropenholz, auf Hochglanz poliert. »Haben Sie eine Erklärung für Ihr Wegbleiben?«

»Ich habe Christa Erni gut gekannt«, sagte Hunkeler, »früher, als wir studiert haben. Sie Medizin, ich Jus und Phil. 1. Sie hat Examen gemacht, ich nicht. Sie war eine Führerin der Studentenbewegung, sie war die beste Rednerin. Ich war nur Mitläufer. Jetzt ist sie tot. Meinen Sie denn, das kann ich einfach so wegstecken?«

»Das ist keine Erklärung, das ist sentimentaler Kitsch. Wir haben Frau Dr. Erni alle gekannt und geliebt, sie war einer unserer besten Köpfe. Das ist stadtbekannt. Und gerade deshalb müssen wir alle Mittel einsetzen, um diese Untat aufzuklären. Wo sind Sie über Mittag gewesen?«

»Im Rhein. Anschließend habe ich Würstchen mit Kartoffelsalat gegessen.«

»Wie bitte?«

»Ja. Ich habe über Basel nachgedacht, über meine Jugend, auch über Stefan Heller, der vor zehn Tagen gestorben ist. Ich kann besser denken, wenn ich im Wasser liege.«

»Sie sind hier Kommissär«, schrie Suter, »Sie haben die Aufgabe, die Untersuchung zu leiten. Stattdessen gehen Sie schwimmen. Das ist ein schwerer Verstoß, das wird disziplinarisch geahndet werden.«

»Moment mal«, sagte Dr. Ryhiner, »wenn ich bitten darf. Könnten Sie diese Meinungsverschiedenheit nicht intra muros austragen? Sie scheint mir für den Fortgang der Ermittlung nicht unbedingt förderlich zu sein. Ich habe wenig Zeit zur Verfügung, ich muss die Obduktion machen.«

»Bitte, Herr Kollega«, sagte Suter.

»Ich fasse zusammen. Frau Dr. Erni scheint gestern

Abend um neun getötet worden zu sein mit einem Messerstich ins Herz. Den genauen Zeitpunkt kann ich Ihnen vermutlich morgen gegen Mittag mitteilen. Im Weiteren werde ich mit Herrn Kollega de Ville zusammenarbeiten, mit Hochdruck, versteht sich. Vielleicht sind Spuren der Täterschaft vorzufinden. Ein Haar zum Beispiel würde genügen für eine DNA-Analyse.«

»Vielleicht liegt ein Haar von mir auf dem Spannteppich«, sagte Hunkeler. »Ich bin vor drei Wochen in der Praxis gewesen.«

»Warum?«, fragte Suter blöde.

»Prostata.«

»Das wundert mich nicht, bei Ihrem Bierkonsum.«

»Es scheint mir ziemlich schwül zu sein hier drin«, sagte Dr. Ryhiner. »Da scheint mir der Gedanke an ein kühles Bier recht nahe zu liegen.«

Er grinste zu Hunkeler hinüber, setzte dann aber wieder die ernste, sorgenvolle Miene auf, die seinem Berufsstand entsprach.

»Ich werde morgen gegen Mittag wieder zur Verfügung stehen. Meine Herren, ich verabschiede mich.«

Er ging hinaus, und Dr. de Ville ergriff das Wort.

»Ich kann noch nicht viel sagen, ich weiß noch fast nichts. Ich weiß bloß, dass wiider epper e Fröi umbroocht het. Ich frage mich, ob man in Basel etwas gegen Frauen hat.«

»Bitte keine faulen Späße«, sagte Suter.

»Mit der Fensterstore stimmt etwas nicht«, fuhr de Ville nach kurzem Zögern weiter. »Wenn der Totschlag gestern Abend um neun geschehen ist, so muss erstens Frau Erni in der Praxis gewesen sein. Warum ist sie an einem Sonntagabend in der Praxis gewesen? Wenn die Store einbruchsicher unten war, so muss zweitens die Täterschaft durch die Tür hereingekommen sein. Drittens sind weder Haustür noch Praxistür aufgebrochen worden, das habe ich festgestellt. Die Täterschaft hatte also entweder einen Schlüssel, oder Frau Erni muss einen Grund gehabt haben, der Täterschaft zu öffnen. Viertens muss die Täterschaft nach der Tat erst das Fenster, das nach innen aufgeht, eingedrückt und anschließend die Store hochgezogen haben. Vielleicht sollte damit ein Einbruch von außen vorgetäuscht werden.«

»Soviel ich weiß«, sagte Suter, »sind Sie nicht dafür angestellt, Mutmaßungen über einen möglichen Tathergang anzustellen, sondern dafür, Fakten zu liefern.«

»Excusez-moi, Monsieur, aber ich muss mir auch Gedanken machen. Sonst komme ich nicht an die Fakten heran. Wir sind daran, die Kurbel, die zum Hochziehen der Store dient, genaustens zu prüfen. Wir tun das, weil ich mir Gedanken gemacht habe. So können wir vielleicht feststellen, wann genau die Store hochgezogen wurde. Selbstverständlich suchen wir auch nach Fingerabdrücken usw. Aber das dürfte schwierig sein, da es ja eine Arztpraxis ist. Und in eine Arztpraxis kommen viele Leute. Ich bedanke mich, Messieurs.«

Er ging hinaus.

Hunkeler erhob sich, trat zum Abfalleimer und warf den Becher hinein.

»Ich weiß nicht, was los ist«, sagte er, »es ist so verdammt heiß. Ich ertrage die Hitze nicht mehr. Ich bitte um Entschuldigung.«

»Eigenartig ist es schon, dass du einfach verschwindest«, sagte Haller und steckte sich die Pfeife in den Mund. »Darf ich rauchen?«

Suter nickte, und Haller brannte den Tabak an.

»Ich meine, wir sind doch auf dich angewiesen. Auf deine Erfahrung, deine Hartnäckigkeit.«

»Ich glaube«, sagte Hunkeler, »es gibt niemanden in diesem Raum, der mehr daran interessiert ist als ich, diesen Totschlag aufzudecken.«

»Totschlag?«, fragte Suter. »Wie wäre es mit vorsätzlicher Tötung oder Mord?«

Dann war Schweigen, eine ganze Weile.

»Ich bitte nochmals um Vergebung«, hob Hunkeler wieder an. »Ich will kein Querschläger sein. Aber manchmal bin ich doch einer. Ich muss so arbeiten, wie ich es für richtig halte. Dies ist kein Fall für Spurensicherung und Informatik. Es ist ein Fall für menschliche Neugier.«

»Ohne Informatik geht es nicht«, widersprach Lüdi. »Das weißt du genau.«

»Gut, akzeptiert. Da du der Spezialist für Informatik bist, werde ich dich um Hilfe bitten. Aber es hat keinen Sinn, dass ich mich vor den Bildschirm setze.«

»Wer sind wir denn?«, fragte Suter, noch immer mit gereizter Stimme. »Eine Landjägertruppe aus biederen Großvätern etwa?«

»Woher haben Sie diesen Satz?«, fragte Hunkeler.

»Dürrenmatt, *Der Richter und sein Henker*. Lesen Sie keine Literatur?«

»Ach ja, Kommissär Bärlach. Aber ich bitte nochmals um die Erlaubnis, auf meine eigene Art arbeiten zu dürfen.«

Wieder lag Schweigen im Raum. Haller entfachte aufs neue die Pfeife.

»Was wir brauchen, sind Fakten«, sagte Suter. »Schließlich machen wir in drei Stunden eine Pressekonferenz. Was soll ich den Leuten erzählen?«

»Am besten gar nichts«, meinte Hunkeler. »Die haben das auch gar nicht nötig. Die erfinden ihre Geschichten selber.«

»Das mit der Fensterstore ist gut«, sagte Madörin. »Auch die Drögeler sind gut. Der Mörder kam durchs Praxisfenster, das wäre zum Beispiel ein guter Titel.«

»Wo sind die Drögeler jetzt?«, fragte Hunkeler.

»Im Untersuchungsgefängnis, bis sie dem Haftrichter vorgeführt werden.«

»Waren ihre Namen im Computer?«

»Ja, wir kennen sie alle. Zuwiderhandlung gegen das Betäubungsmittelgesetz. Außer Eduard Vischer. Der ist neu.«

»Und der Hund?«

»Der ist auch bei ihnen. Es war unmöglich, ihn wegzunehmen, er hat geheult wie ein Wolf. Er gehört der Kleinen. Sie heißt Nelly Zuberbühler und ist die Freundin von Eduard Vischer. Das ist der lange Lulatsch. Er behauptet, kein Drögeler zu sein. Er sei bloß wegen seiner Freundin da gewesen. Wer's glaubt, wird selig. Er ist übrigens der Sohn von Chemiedirektor Jakob Vischer.«

Hunkeler zog sein Taschentuch hervor und wischte sich den Nacken trocken.

»Ich schlage vor, wir lassen sie laufen«, meinte er.

»Auf keinen Fall«, widersprach Madörin. »Wegen Kollusionsgefahr. Ich bin sicher, die haben Dreck am Stecken.«

Suter schob sich den Zeigefinger zwischen Kragen und Hals. Er sah plötzlich mitgenommen aus.

»Ich schlage vor, wir lassen erst mal Eduard Vischer laufen«, sagte er, »und zwar sofort.«

»Nein, alle«, sagte Hunkeler.

Schweigen, niemand bewegte sich.

»Kommissär Hunkeler ist Verfahrensleiter«, meinte Suter, nachdem er reichlich überlegt hatte. »Er trägt die Verantwortung.«

Hunkeler nahm sich eine Zigarette, er rauchte jetzt gern.

»Was wir tun, ist Folgendes«, sagte er. »Madörin macht eine Liste der Leute, die auf der Bocciabahn waren. Haller macht eine Liste der Leute aus dem Seniorenheim und eine Liste der Patienten der Frau Erni. Ich selber befasse mich mit dem persönlichen Umfeld und mit der Leitung. Lüdi macht die Koordination. Selbstverständlich überwacht Herr Staatsanwalt Suter das Ganze.«

Suter schien einverstanden zu sein, er nickte knapp.

»Wir brauchen auch eine Liste der Dealer, die in Basel in Frage kommen«, sagte Madörin. »Es könnte sein, dass es so einer war. Vielleicht wollte einer die legale Konkurrenz einschüchtern oder ausschalten.«

»Gut, das machst du.«

Suter trommelte auf die Tischplatte, als ob er tief in Gedanken versunken wäre. Man sah genau, dass ihm wohler geworden war. Dann legte er die linke Hand flach auf den Tisch.

»Abgemacht«, sagte er, »ich bin einverstanden.«

Nach dem Rapport saß Hunkeler lange an seinem Schreibtisch und dachte nach. Er hatte den alten Holzstuhl, den er von zu Hause mitgenommen hatte, nach hinten gekippt, die Füße gegen die Tischplatte gestemmt, den Kopf auf die Knie gelegt und mit beiden Armen umarmt. Das war seine bevorzugte Denkstellung. Fast wäre er eingeschlafen. Aber dann beschloss er, Korporal Lüdi einen Besuch zu machen.

Lüdi saß auf seinem Drehstuhl, den Oberkörper nach vorn über die Tischplatte gebeugt, vor sich den Bildschirm.

»Das ist ungesund, diese Haltung«, sagte Hunkeler. »Du solltest mit senkrechtem, durchgestrecktem Rumpf dasitzen, Schenkel waagrecht, Unterschenkel senkrecht, so dass beide einen rechten Winkel bilden.«

Lüdi lachte lautlos, verzog sein Gesicht zu einem maliziösen Grinsen.

»Ich gratuliere dir zu deinen Fortschritten in Informatik«, meinte er, »immerhin hast du es, scheint's, bis zum EM-Final gebracht heute Morgen.«

»Werde ich überwacht?«

»Wir überwachen alles, wir haben alles im Griff.«

»Dieses Tor in der 94. Minute, das möchte ich noch einmal sehen. Das darf doch einer erfahrenen Mannschaft wie der italienischen nicht passieren. Und dann passiert es doch. Übrigens, kannst du nachschauen, ob ein Hiob Heller im Polizeicomputer ist?«

»Kannst du das nicht selber tun?«

»Du kannst es besser.«

Lüdi tippte auf die Tasten, wechselte das Programm.

»Wer ist Hiob Heller?«

»Der Sohn von Frau Erni, den sie mit Stefan Heller hatte.«

»Was? Mit dem alten Stalinisten? Unglaublich. Moment, da haben wir ihn. Geboren 1966, der Vater ist tatsächlich Stefan Heller. Abgebrochenes Soziologiestudium, Mitglied einer maoistischen Gruppe mit Namen Rotes Reiskorn, Nepal, Thailand. Dann Holland, Zuidersee, Bootsunfall unter ungeklärten Umständen, bei dem sein Kollege Giorgio Braun, der offenbar für kurze Zeit ein Großdealer war, ertrunken ist. Prozess wegen Tötungsdelikts, aber freigesprochen. Eigentlich müsste das schon längst gelöscht sein, wegen Verjährung.«

»Und weiter?«

»Nichts weiter. Er hat sich ruhig verhalten seither. Doch, hier ist noch was. Er wohnt an der Hundsbacherstraße 34, zusammen mit Ruth Künzli.«

»Wer ist das?«

»Wie du eigentlich inzwischen wissen solltest, ist das eine der beiden Drogenfrauen von der Bocciabahn. Alles klar?«

Hunkeler ging zurück in sein Bureau und setzte sich wieder hin. Einen Augenblick dachte er daran, noch einmal den EM-Final zu suchen, ließ es aber bleiben.

Da klingelte das Telefon, er hob ab. Es war ein Herr Heinrich Rüfenacht, der, wie er sagte, im sundgauischen Muespach wohnte und Dichter war.

»Rüfenacht«, sagte Hunkeler, »ist doch ein Berner Name, und Sie sprechen Berndeutsch.«

»Stimmt, ich komme aus dem Berner Aargau. Ich kenne Sie noch von der Universität her. Ich war ein paar Semester unter Ihnen, weil ich den zweiten Bildungsweg gemacht habe. Aber ich bin in Ihrem Alter.«

»Das freut mich sehr. Rufen Sie mich deshalb an?«

»Ich weiß, dass Sie ein Haus im Sundgau haben.«

»Ach so, Sie sind der Schweizer Schriftsteller, der in der Alten Post wohnt.«

Er hatte von diesem Mann gehört, ihn aber noch nie gesehen.

»Ja, wir sind praktisch Nachbarn.«

»Und was wollen Sie von mir?«

»Sie müssen mich einmal besuchen. Meine Frau ist gestorben, und ich bin allein. Das heißt, ich habe einen Esel, zwei Schafe, Gänse, Hühner, Pfauen und Katzen. Aber ich brauche jemanden, mit dem ich reden kann. Unbedingt, sonst bringe ich mich um.«

Hunkeler überlegte kurz, ob er den Anrufer ernst nehmen sollte. Er beschloss, es nicht zu tun.

»Tut mir leid«, sagte er, »ich habe im Moment keine Zeit. Ich bin mit einem Tötungsdelikt beschäftigt.«

»Frau Dr. Christa Erni, ich weiß.«

»Woher wissen Sie das?«

»Aus dem Radio. Es wurde schon zweimal über den Basler Praxismord berichtet.«

»Hören Sie den ganzen Tag Radio?«

»Was soll ich sonst tun? Immerhin höre ich so menschliche Stimmen.«

Hunkeler sah, dass Haller hereinkam.

»Gut«, sagte er, »ich werde einmal vorbeikommen.«

Er legte auf und sah Haller mit erloschener Pfeife vor sich stehen.

»Zünd sie dir ruhig an«, sagte Hunkeler. »In meinem Bureau bestimme noch immer ich.«

Haller entfachte ein Streichholz.

»Etwas verstehe ich nicht. Warum nimmst du kein Feuerzeug, sondern Streichhölzer? Du hast wahrscheinlich schon einen ganzen Wald verbrannt.«

»Das ist eine Gewohnheit von mir. Ich stelle mir vor, so schmecke der Tabak besser. Also, die Frau Dr. Erni scheint ein armes Schwein gewesen zu sein. Sie hat niemanden gehabt, keinen festen Freund, keine feste Freundin, nur die Arbeit.«

»Woher weißt du das?«

»Ich habe mit Frau Zbinden telefoniert. Allerdings hat sie einen unehelichen Sohn gehabt, dessen Vater Stefan Heller war. Aber das weißt du ja schon. Aber weißt du auch, mit wem Hiob Heller zusammenlebt?«

»Ja. Mit Ruth Künzli. Gehört das überhaupt zu deinem Ressort?«

»Nein, nicht direkt. Ich wollte es dir bloß sagen.«


Um 18 Uhr hatte der Erste Staatsanwalt seinen Auftritt an der Pressekonferenz. Er holte weit aus, redete zuerst von der liberalen Humanistentradition der alten Stadt Basel, dann von der liberalen Drogenpolitik, die in den letzten Jahren weit herum verdientes Aufsehen gemacht habe, die aber kein Freibrief für Drogenkriminalität sein dürfe. Er kam auf die tote Frau Dr. Erni zu sprechen, die ein Opfer ihres hochstehenden Berufsethos geworden sei. Es sei erstaunlich, wie weit sich die Spanne der geistig-politischen Entwicklung dieser Frau gezogen habe, ausgehend von der extrem linken Position ihrer Studentenzeit bis hin zum verantwortungsvollen Liberalismus der letzten Jahre. Sie sei eine führende Vertreterin der Basler Kultur gewesen. Mit ihrem Hinschied habe Basel eine von allen Lagern hochgeachtete Kulturexponentin verloren.

Der Mann kam wieder einmal hervorragend an. Was er sagte, war reichlich konfus und im Grunde ohne Bedeutung. Aber die Art, wie er es sagte, die tiefe, langsame Stimme, der leicht traurige, entschlossene Blick machten Eindruck.

Auch Suter sprach sehr gekonnt. Er gab sich tief betroffen, schien gleich zu Beginn seiner Ansprache von Trauer übermannt zu werden, fasste sich aber und setzte präzise Wort für Wort. Ein schwerer Schlag für die ganze Region, ein unersetzlicher Verlust. Eine unfassliche Untat, ein Schock. Er selber habe sich in die Leitung der Ermittlung eingeschaltet. Es werde in verschiedenen Richtungen ermittelt. Zwar sei es noch nicht erwiesen, dass es ein Drogendelikt sei, womit er indessen seinen geschätzten Vorredner keineswegs korrigieren wolle. Aber es sei seine Aufgabe, Fakten zu orten und nicht Vermutungen anzustellen.

Bei diesen Worten lächelte der Erste Staatsanwalt milde.

Etwas sei auffallend, fuhr Suter weiter, nämlich der Umstand, dass die Fensterstore bei Auffinden der Leiche hochgezogen und das Fenster nach innen eingedrückt gewesen sei. Auch seien verschiedene Opiate entwendet worden, was aber, wie eben erwähnt, noch kein Indiz dafür sein könne, dass die Täterschaft aus der Drogenszene komme.

Vielmehr sei bei diesem Umstand möglicherweise an eine absichtlich gelegte, falsche Spur zu denken.

Dann war Kommissär Hunkeler an der Reihe. Er fasste sich kurz, sagte bloß, dass die Ermittlungen erst anliefen und noch keine gesicherten Aussagen möglich seien. Er schloss mit dem Dank an den Ersten Staatsanwalt, der extra seinen Urlaub unterbrochen habe, um mit seiner Anwesenheit seiner Betroffenheit Ausdruck zu geben. Worauf der Erste Staatsanwalt abermals milde lächelte.

Der Besuch der Konferenz war enorm, es waren über vierzig Leute. Drei Fernsehteams waren da, und sogar die *Alsace* und die *Badische Zeitung* hatten Journalisten geschickt.

Bei den Fragen, die gestellt wurden, wurde schnell klar, welche Punkte im Zentrum der Berichterstattung stehen würden. War es möglich, etwas über die Tatwaffe zu erfahren? Gab es überhaupt Gründe, die darauf hindeuteten, dass es kein Drogenmord war? Könnte die Täterschaft auch aus der Alki-Szene stammen, die ja ebenfalls vor Ort anwesend war? War es möglich, die Namen der verhafteten Drögeler zu erfahren, gab es Fotos von ihnen? Oder war die Täterschaft vielleicht unter den Bewohnern des Seniorenheimes zu suchen, welche die Nase voll hatten vom Dreck und Elend der Drogenszene und ihren ganzen Hass auf die doch allzu liberale Frau Dr. Erni gerichtet hatten, ein Racheakt gleichsam der schweigenden Mehrheit an der Basler Drogenpolitik?

Hier schaltete sich wieder Staatsanwalt Suter ein. In druckreifen Sätzen warnte er vor jeder Vorverurteilung, verwies auf die Menschenwürde, die auch für Drogenkranke gelte, auf die Pflicht, erst Schuld zu beweisen, bevor man Schuld zuteile, und schloss mit dem Hinweis, es würden alle Möglichkeiten geprüft, auch die Möglichkeit eines Beziehungsdelikts.

Auf die Frage, in welchen privaten Beziehungen denn Frau Dr. Erni gelebt habe, es seien Hinweise da, dass sie mit einem alten Stalinisten liiert gewesen sei, ergriff noch einmal der Erste Staatsanwalt das Wort. Er bat um Geduld, um journalistische Zurückhaltung, die auf dem hochstehenden Berufsethos basiere, ohne das seriöser Journalismus nicht möglich sei. Man müsse das Kriminalkommissariat jetzt in Ruhe arbeiten lassen.

Dies sei eine Unverschämtheit, sagte der Journalist einer Zürcher Boulevardzeitung, sie hätten keine Belehrung in Sachen Berufsethos nötig. Sie wüssten selber, wie sie zu berichten hätten. Und wenn die Basler Staatsanwaltschaft nicht mit den notwendigen Informationen herausrücke, so würden sie sich selber Informationen beschaffen. Außerdem frage er sich, warum die Pressekonferenz um 18 Uhr anberaumt worden sei, was ja im Grunde zu spät sei, um in der morgigen Ausgabe berichten zu können.

Worauf der Erste Staatsanwalt ein bedauerndes Lächeln über diesen unfreundlichen Ausrutscher aufsetzte.


Gegen 20 Uhr rief Hunkeler seine Freundin Hedwig an und fragte sie, ob sie mit ihm bei Jaeck in Folgensbourg essen wolle. Sie wollte, wie immer. Er sagte, er würde sie in einer knappen Stunde abholen.

Er ging zu Fuß den Auberg hinauf und kam zum Leonhardsgraben. Rechts stand der Lohnhof mit der filigranen gotischen Kirche und den dunkelgrünen Linden davor. Sie waren verblüht, er roch nichts als heiße Stadtluft. Er folgte dem Heuberg zwischen den alten Bürgerhäusern hindurch. Diese Gasse war wie gewachsen, nicht auf dem Reißbrett schnurgerade entworfen, sondern Haus an Haus gebaut in leicht schlängelnder, fast tänzerischer Bewegung.

Am Petersgraben vorn kam er beim Kollegiengebäude der Universität vorbei. Hier hatte er acht Semester lang mehr oder weniger eifrig studiert. Er erinnerte sich, wie sie jeweils zwischen den Vorlesungen aufs Trottoir hinausgetreten waren, über das er jetzt ging, um zu rauchen. Sie waren sich gut vorgekommen damals, skeptisch und gescheit, sie hatten den alten Professoren, worunter einige weltbekannte Emigranten aus Hitler-Deutschland waren, neugierig zugehört. Aber er wusste schon früh, dass er nie Examen machen würde. Es war ihm unmöglich, in der überlieferten Bildungswelt der alten Professoren heimisch zu werden. Sein Interesse galt Dingen, die hier nicht gelehrt wurden.

Der Petersplatz nahm ihn auf, bestanden mit Ulmen, am Boden dürres Gras. Hier hatten 1968 die großen Meetings stattgefunden, welche Rektorat und Regierung in Angst und Schrecken versetzt hatten. Einige Male waren ausländische Stars aufgetreten, aus Paris und Berlin, vorsichtig geduldet von der Polizei. Am liebsten hätte sie diese Treffen wohl verboten, getraute sich aber nicht, da sie damals noch nicht die Mittel hatte, ein Verbot wirklich durchzusetzen.

Der Aufstand der Jugend war wie ein Naturereignis über die Stadt hereingebrochen, niemand hatte das vorausgesehen, in ganz Europa nicht. Er lachte bitter, als er sich vorstellte, mit welchem Arsenal die Polizei auffahren würde, falls sie von der Jugend wieder einmal herausgefordert würde.

Damals hatte jeweils auch Christa Erni geredet, sie war den ausländischen Stars in nichts nachgestanden. Sie war aufgetreten als Mitglied der Freien Studentenschaft Basel. Sie hatte die Universität als selbständige Republik deklariert, in der die Machtorgane des Staates nichts verloren hatten, in der hingegen außerhalb jeder Fremdbestimmung durch Industrie und Politik geforscht werden sollte zum Wohle der Menschheit. Und zwar sollte der Gegenstand der Forschung von der Studentenschaft bestimmt werden.

Er erinnerte sich genau an die junge Frau, an ihre nussbraunen Augen, an ihre schöne Reinheit. Sie redete langsam, ruhig, sie konnte komplizierte Zusammenhänge auf wenige, einfache Sätze reduzieren. Und sie war genau und zäh in Verhandlungen mit der Magnifizenz.

Man erzählte sich, dass sie ein Kind habe. Von wem, wusste man nicht. Diese Frage war uninteressant, durch und durch bourgeois. Christa Erni wohnte in einer Kommune, in einem alten Haus am Petersgraben, das der Stadt gehörte. Es war die Zeit der langhaarigen Kommunarden, die Kleinfamilie galt als konterrevolutionär. Ein Kind war ein Kind wie jedes andere, es konnte von jedem sein, und alle schauten zu ihm. So lautete jedenfalls die Theorie.

Hunkeler ging durch die Bernoullistraße unter den Kastanienbäumen hindurch, die etwas Kühlung versprachen, obschon auch hier die Tageshitze noch immer über dem Asphalt lag. Links das lange Gebäude der Universitätsbibliothek, weiter vorn das Bernoullianum mit der liegenden Frauenfigur davor. Eine schöne Stadt eigentlich, dachte er, als er in die Mittlere Straße einbog, eine gute Stadt zum Leben, nicht zu groß, nicht zu klein, nicht zu schweizerisch, da umgeben von Vogesen und Schwarzwald.

Er stieg nicht in seine Wohnung hinauf, er setzte sich gleich ins Auto und fuhr los, erst über den Burgfelderplatz, dann die Hegenheimerstraße hinaus Richtung Grenze. Er sah die Abzweigung zur Hundsbacherstraße, wo offenbar Christa Ernis Sohn wohnte. Er nahm sich vor, ihn morgen aufzusuchen. Er kam am Kieswerk vorbei, an den Schrebergärten, an alten, verrosteten Baumaschinen. Der Grenzübergang war, wie immer nach 20 Uhr, unbewacht, was Hunkeler passte. Denn wenn er angehalten wurde, fing er meist sogleich zu streiten an. Er mochte Grenzen nicht leiden.

Er durchfuhr Hegenheim, bog nach rechts dem Fuße des Hügels entlang und folgte nach Hésingue der ansteigenden Route nationale Richtung Belfort. Nach wenigen hundert Metern bereits wehte frische Luft herein, es roch nach Sommer, nach Mähdrescher, nach kühlem Wald. Die Maisfelder beidseits der Straße standen schon anderthalb Meter hoch, dunkelgrün, mit fleischigen Blättern. Ein weiteres Dorf, Ranspach, mit farbig renovierten Riegelhäusern, ihre Bewohner verdienten in Basel Schweizer Franken. Bei Trois Maisons, einer ehemaligen Poststelle, wo früher die Pferde gewechselt worden waren, tauchten im Westen die blauen Vogesen auf. Knapp darüber hing die glühende Sonne. Eine weit hingedehnte Hochebene, ohne feste Konturen ausrollend, im Süden die dunklen Jurahänge. Er blinkte nach links, bremste ab und drehte scharf in den Weg hinein, der ihn zu seinem Haus führte.

Hedwig erwartete ihn auf der Bank neben der Tür. Sie hatte sich schöngemacht, trug einen leichten Sommerrock und Sandalen. Er sah ihre braunen Schultern.

Sie fuhren gleich weiter zu Jaeck, setzten sich in die Ecke neben Kur Wiemkens Bild vom onanierenden Clown. Sie bestellten beide das Gleiche, Salat, Spätzle mit Schweinebraten aus dem Ofen. Dazu eine Flasche Beaujolais und Mineralwasser.

Sie begann zu erzählen. Von der Bäuerin gegenüber, die ihr Bohnen geschenkt hatte, die würde sie morgen Abend kochen. Vom Mittagsschlaf, den sie unter dem Zwetschgenbaum gemacht hatte, und als sie erwacht sei, hätten beide Katzen auf ihrem Bauch gelegen.

»Es wäre schön«, sagte sie, »wenn du auch Urlaub machen könntest. Das ist doch kein Leben für einen alten Mann, in dieser Stadthitze zu arbeiten.«

»Geht leider nicht«, sagte er, »weil jemand eine Frau umgebracht hat. Meine Ärztin, Frau Erni.«

»Ach du lieber Himmel. Warum denn?«

»Wenn ich das wüsste, wüsste ich auch bald, wer es getan hat.«

»Und jetzt fängt also wieder der verdammte Polizistenstress an.«

Sie schüttelte ihr Haar, das an einigen Stellen grau schimmerte.

»Warum bist du überhaupt Polizist geworden? Als Lehrer hättest du jetzt Ferien. Und in Rente gehen könntest du auch bald.«

Er zuckte mit den Achseln, er wusste es auch nicht genau.

»Ich habe Christa Erni gekannt, ziemlich gut«, sagte er, »1968, während der Studentenrevolte. Ich habe sie bewundert. Sie war schön und klug. Sie war der Star.«

»Davon hast du mir wenig erzählt, aus jener Zeit.«

»Weil es zu lange her ist.«

Er schenkte Wein nach, hob das Glas.

»Zum Wohl. Ich verspreche dir, deine Ferien nicht zu vermiesen. Ich werde jeden Abend zu dir herausfahren, wenn's geht.«

»Und wenn's nicht geht?«

»Fahre ich trotzdem zu dir.«

Sie lachte, stieß mit ihm an. Es war ein leichter, junger Tropfen.

»Warum bist eigentlich nicht du Studentenführer geworden? Du bist doch die geborene Führernatur.«

Er schob sich ein Stück Schweinebraten in den Mund, dann eine halbe Zwiebel. Es schmeckte hervorragend.

»Wie du weißt, bin ich kein Führer, sondern ein Zögerer. Und ein solcher taugt nicht zur Führung.«

»Wenn's drauf ankommt, kannst du aber ganz schön zulangen. Bei mir jedenfalls zögerst du selten.«

Sie schürzte die Oberlippe, spielte die Unschuld vom Lande, was ihm gut gefiel.

»Es wird Riesentrubel geben«, sagte er. »Heute Abend an der Pressekonferenz waren über vierzig Medienleute. Die Zeitungen werden voll sein davon. Das bedeutet, dass die Staatsanwaltschaft unbedingt und bald einen Erfolg sehen will.«

»Was denkst du darüber?«

»Gar nichts. Außer dass es ein Beziehungsdelikt ist.«

»Also ein Fall für Kommissär Hunkeler, nicht wahr?«

Sie aßen fertig, schweigend, weil nichts mehr zu sagen war. Sie tranken noch Kaffee, dann fuhren sie heim ins Haus und legten sich in Hedwigs breites Bett. Frische Luft kam herein, fast schon kühl. Nach einer Weile vernahm er Hedwigs tiefe Atemzüge.

Am andern Morgen goss er in der Küche Kaffee und Schwarztee auf, Kaffee für Hedwig, Schwarztee für sich selber. Er stülpte den Wärmer über die Kaffeekanne, aß Butter, Käse und Brot und schaute aus dem Fenster. Tautropfen glitzerten in der Frühsonne.

Er ging leise in Hedwigs Zimmer, küsste sie, da sie auf dem Bauch lag, sachte auf den Nacken, so dass sie im Halbschlaf leicht nickte. Er trat vors Haus, hörte das Saugen der Melkmaschine aus dem Stall gegenüber, setzte sich ins Auto und fuhr los. Auf der Route nationale oben musste er über eine Minute warten, bis er eine Lücke zum Einbiegen fand. Er trat gleich voll aufs Gas, er wollte kein Verkehrshindernis sein. Die Grenzgänger, die aus den Sundgauer Dörfern nach Basel zur Arbeit fuhren, kamen offenbar regelmäßig zu spät aus den Federn und holten aus den Motoren heraus, was in ihnen drinsteckte. Eine allmorgendliche Raserei, von keinem Rotlicht gestoppt.

Nach Trois Maisons sah er die Rheinebene im Morgenlicht liegen. Die Altstadt mit den Kirchtürmen, die Hochhäuser der Chemie, links davon der EuroAirport, darüber die dunklen Tannen des Schwarzwaldes. Da hinter ihm einer der Rennfahrer die Lichthupe betätigte, stieg er voll auf die Tube und jagte mit 150 den Hügel hinunter. Erst vor Ranspach bremste er leicht.

Nach einer Viertelstunde bog er von der Hegenheimerstraße in die Hundsbacherstraße ein. Er parkte vor der Nummer 34, stieg aus und klingelte bei H. Heller. Er wartete eine halbe Minute, dann drückte er nochmals, mehrere Sekunden.

Er stieg drei Treppen hoch und kam zu einer offenen Tür, unter der eine junge, kleine Frau stand mit hellem Haar. Das war wohl Nelly Zuberbühler, er erinnerte sich. Die dahinter, eine hohe, knochige Gestalt, wie ein Pferd, musste Ruth Künzli sein. Beide waren im Morgenrock, beide bibberten vor Angst. Nur der Hund schien sich zu freuen, er wedelte und leckte ihm die Hand.

»Eigentlich möchte ich Herrn Hiob Heller besuchen«, sagte Hunkeler, »wenn Sie gestatten.«

»Der ist leider nicht da«, sagte Nelly, »er arbeitet.«

»Vielleicht kann ich auch mit Ihnen reden«, sagte er. »Wenn Sie einen Moment Zeit haben.«

Er zog seinen Ausweis hervor und zeigte ihn. Nelly nickte, ging voraus in die Küche, Ruth folgte. Als er sich gesetzt hatte, legte ihm der Hund die Schnauze aufs rechte Knie.

»Merkwürdig«, sagte Hunkeler, »der ist ja ganz freundlich. Üblicherweise mögen mich Hunde nicht.«

Er strich dem Tier über den gefleckten Kopf, kraulte ihn hinter den spitzen Ohren. Auf dem Tisch brannte ein Räucherstäbchen. In zwei Porzellantassen war roter Tee. An der Wand hing ein Poster mit einer asiatischen Figur, die mehrere Arme und Hände hatte.

»Ich habe gedacht, hier schlafen noch alle«, sagte er. »Warum sind Sie schon auf?«

»Wir konnten nicht schlafen«, sagte Ruth. »Was meinen Sie denn? Das ist doch kein Kinderspiel, wenn man plötzlich verhaftet wird.«

»Jetzt sind Sie ja wieder zu Hause. Wenn das hier Ihr Zuhause ist.«

»Ich wohne hier. Ich bin hier angemeldet.«

»Und Sie?« Er schaute Nelly in die hellen Augen. Grünlich waren die und voller Angst.

»Ich bin in Olten bei meinen Eltern gemeldet«, sagte sie. »Aber ich wohne schon lange in Basel.«

»Auf der Gasse?«

»Nein, hier.«

Er steckte sich eine Zigarette zwischen die Lippen, suchte das Feuerzeug.

»Rauchen Sie hier bitte nicht«, sagte Ruth, »wegen Buddha.«

Er versorgte die Zigarette wieder.

»Immerhin ist eine Frau umgebracht worden«, sagte er. »Da ist es doch verständlich, dass man bestimmte Leute verdächtigt.«

»Was heißt hier bestimmte Leute?«, fragte Ruth. »Immer

sind es die Drögeler, immer wir. Wir haben doch überhaupt keinen Grund, Frau Dr. Erni umzubringen.«

»Stimmt«, sagte Hunkeler, »das denke ich auch.«

Er schaute Nellys Knie an, die vom Morgenrock nur knapp bedeckt wurden.

»Nur noch Haut und Kochen«, sagte er. »Essen Sie nichts?«

Sie zog mit einer straffen Bewegung den Stoff zurecht.

»Fragen Sie, was Sie fragen müssen. Und dann verschwinden Sie bitte.«

»Darf ich eine Tasse Tee haben?«, bat er.

Ruth erhob sich, nahm eine Tasse aus dem Schrank und goss Tee ein. Er trank, es schmeckte abscheulich bitter.

»Sie leben offenbar mit Hiob Heller zusammen«, sagte er zu Ruth. »Da er der Sohn von Frau Erni und Stefan Heller ist, die beide gestorben sind, interessieren wir uns für ihn. Ich möchte wissen, was er arbeitet.«

»Lassen Sie Hiob in Ruhe«, sagte sie, seltsam scharf.

»Aber was er arbeitet, können Sie mir doch wohl sagen?«

»Gut, meinetwegen. Aber er hat mit der Bocciabahn nichts zu tun.«

Sie legte beide Hände flach auf den Tisch, lange, knochige Finger.

»Er fährt für die Kiosk AG Zeitungen und Zeitschriften aus. Er startet am Morgen um ein Uhr. Er beliefert Baselland, Solothurn, den Aargau, Luzern und das Bernbiet. Das dauert bis gegen acht, dann ist er meist wieder zu Hause.«

»So müsste er eigentlich hier sein.«

Sie zögerte, entschloss sich aber weiterzureden.

»Wenn er hier ist, frühstückt er und legt sich ins Bett.

48

Gegen Abend steht er auf, geht spazieren, liest Zeitung, schaut fern. Um zehn abends geht er ins Milchhüüsli. Er trinkt dort Kaffee und spielt Darts und Billard. Er ist der beste Billardspieler dort. Mit Drogen hat er nichts zu tun. Wissen Sie jetzt genug?«

»Und Sie? Was nehmen Sie?«

»Methadon.«

»Und jetzt, wo Frau Erni tot ist?«

»Herr Dr. Knecht wird bald zurück sein.«

»Und bis dann?«

»Wir haben einen kleinen Vorrat.«

Er spürte, wie der Hundekopf über sein Knie geiferte, und schob ihn weg.

»Und Ihr Freund Eduard Vischer?«, fragte er Nelly. »Was ist mit dem?«

»Er liebt mich«, sagte sie, »er nimmt keine Drogen.«

»Was arbeitet er?«

»Er studiert Medizin.«

Das sagte sie stolz. Es war klar, dass sie ihn auch mochte.

»Warum hockt er denn in der Hütte der Bocciabahn?«

»Weil er Semesterferien hat. Und weil er mich retten will.«

»Und? Wird ihm das gelingen?«

Nelly überlegte, sie senkte die Augen.

»Ich weiß nicht. Vielleicht will ich gar nicht gerettet werden.«

Er nahm einen Schluck aus der Tasse, verzog den Mund.

»Zucker gibt es wohl nicht in diesem Haushalt?«, fragte er.

»Sonst noch was?«, fragte Ruth.

Da schlug das Telefon an. Es war ein altes Modell, das an der Wand neben der Tür hing, mit geringeltem, schwarzem Kabel. Es klingelte ein zweites Mal, ein drittes Mal. Keine der beiden Frauen ging hin. Sie saßen da, ruhig und still.

Hunkeler bewegte sich nicht, er lauschte bloß. Er zählte mit. Es klingelte 17-mal. Dann war Ruhe.

Ruth hob den Blick. Sie versuchte zu lächeln.

»Darf ich Ihnen noch einen Tee anbieten?«, fragte sie, nett und freundlich.

»Nein danke. Das wäre also ein Telefonanruf gewesen. Warum haben Sie ihn nicht beantwortet?«

»Es war bestimmt für Hiob. Und da er nicht da ist...«

Er schob den Hund weg. Er mochte Hunde doch nicht.

»Drei von Ihnen kenne ich jetzt. Was ist mit den andern drei?«

»Schauen Sie doch in Ihrem Computer nach«, sagte Nelly. »Da sind wir längst drin. Außer Eduard. Aber der ist jetzt wohl auch drin.«

»Ich rede lieber mit Ihnen.«

Sie strich sich den Morgenrock zurecht.

»Patrick, Sven und Lucky«, sagte sie.

»Wo sind die jetzt?«

»Lucky heißt Lukas Schindler. Er hat eine Invalidenrente und eine Sozialwohnung, drüben in Kleinbasel bei der Hammerstraße.«

»Adresse?«

»Todtnauerstraße 76.«

»Gut, ich danke. Sie wissen, dass Sie Basel nicht verlassen dürfen. Sonst machen Sie sich verdächtig.«

»Das hat uns Herr Madörin gesagt.«

Er erhob sich, wehrte den Hund ab, der an ihm hoch-
sprang.

»Ich werde mich wieder melden, vermutlich telefonisch.
Wenn Sie nicht abnehmen, muss ich herkommen.«

»Dann kommen Sie eben her.«


Hunkeler setzte sich in sein Auto, fuhr ein paar Straßen
weiter, parkte vor seiner Wohnung und ging nach vorn ins
Sommereck. Da es draußen im Garten zu heiß war, setzte
er sich hinein zu Edi, dem Wirt.

»Bring mir einen Espresso«, sagte er, »ich habe bitteres
Zeug getrunken.«

Auf dem Tisch lagen zwei Zeitungen. Eine, es war das
Zürcher Boulevardblatt, hatte es geschafft, auf die Titelseite
die Überschrift »Rätselmord in Drogenpraxis« hinzuklot-
zen. Der Bericht selber war sehr knapp, offenbar hatte die
Zeit gefehlt. Immerhin war zu lesen, dass die bekannte Basler Drogenärztin Dr. Christa Erni am Montagmorgen in
ihrer Praxis mit einem Messerstich in der Brust tot aufge-
funden worden sei. Im Weiteren wurde die Frage gestellt,
ob diese Tat, die vermutlich ein Drogenmord sei, das Ende
der liberalen Basler Drogenpolitik bedeute.

Auch auf der ersten Seite der *Basler Zeitung* stand ein
kurzer Bericht, prominent aufgemacht. Hier wurde Frau
Erni als herausragende Basler Kulturpolitikerin und ihr
Tod als Tragödie von überregionaler Tragweite bezeichnet.
Eine längere Würdigung werde folgen.

Hunkeler schlürfte den süßen Kaffee, der ihm wohltat,

und blätterte weiter. Auf der Lokalseite stand, dass die Partei der Arbeit, die noch zwischen 70 und 80 Mitglieder habe, bei den nächsten Großratswahlen mit einer eigenen Liste antreten werde. Wie ein Mitglied der Parteileitung ausgeführt habe, wolle die PdA den Wählern die Möglichkeit geben, eine linke Partei zu wählen, die gegen den EU-Beitritt sei.

»Proletarier aller Länder, vereinigt euch nicht«, sagte Hunkeler, »tretet Europa nicht bei.«

»Was soll der Quatsch?«, fragte Edi.

»Nichts. Es ist einfach zu heiß. Die Basler Gehirne dörren aus.«

Edi warf eine Brausetablette in ein Glas Wasser, die seiner Leber helfen sollte. Griesgrämig schaute er zu, wie sich die Tablette auflöste. Er nahm einen Schluck, verzog das Gesicht. Es schmeckte ihm nicht.

»War es tatsächlich ein Drogenmord?«, fragte er.

»Vielleicht. Vielleicht auch nicht.«

»Das geht doch nicht, dass man Frau Dr. Erni als Drogenärztin bezeichnet. Methadon ist schließlich legal.«

»Heute geht fast alles. Wenn es nur Auflage bringt.«

»*Radio Basilisk* hat gemeldet, dass die Drögeler einen Hund haben. Das arme Tier dauert mich.«

»Warum?«

»Eine Frau Schwaab, die dort Arztgehilfin ist, hat gesagt, der Hund sei brandmager, da ihm die Drögeler nichts zu essen geben. Das ist eine Schweinerei.«

»Was ist eine Schweinerei?«

»Dass die den Hund verhungern lassen. Sie bekommen den Stoff gratis. Aber dem Hund geben sie nichts.«

»Quatsch«, sagte Hunkeler.

Er ging den St. Johanns-Ring hinunter, dann über die Johanniterbrücke. Er schaute hinunter zum Badehäuschen, wo drei nackte Frauen auf den Pritschen lagen.

Das Haus an der Todtnauerstraße 76 war ein verlotterter Altbau. Die Tür zum Treppenhaus war nur angelehnt, er stieß sie auf und stieg hoch. Es roch seltsam säuerlich, wie nach abgestandenem Urin. Darüber lag der Duft eines exotischen Gewürzes, das er nicht kannte.

Bei Lukas Schindler drückte er auf die Klingel. Sie funktionierte nicht. Er polterte mehrmals gegen die Tür, mit aller Kraft. Nach einer Weile wurde sie aufgerissen. Vor ihm stand ein langer, magerer Kerl, dessen Alter schwer zu schätzen war. Vielleicht war er vierzig, vielleicht dreißig oder sechzig. Er trug nur eine Unterhose.

»Sind Sie Herr Lukas Schindler?«, fragte Hunkeler.

»Ja. Warum?«

Hunkeler zeigte seinen Ausweis.

»Ich möchte mit Ihnen reden.«

Lukas Schindler wollte zur Seite treten, aber er fiel fast hin. Mit knapper Not hielt er sich mit der linken Hand an der Türfalle aufrecht. Er nahm die rechte Hand hinter dem Rücken hervor. Darin war ein aufgeklapptes Stellmesser.

»Sind Sie wahnsinnig?«, sagte Hunkeler.

Er trat einen Schritt vor, packte das Handgelenk, nahm das Messer, klappte es zu und legte es auf die Truhe im Gang.

»Hauen Sie ab«, sagte Lukas.

»Wen haben Sie erwartet«, fragte Hunkeler, »dass Sie ein Messer in der Hand halten?«

»Das geht Sie nichts an.«

Hunkeler ging durch den Gang und schaute in ein Zimmer hinein, dessen Tür offen stand. In der Mitte ein niederes Tischchen mit einer halbvollen Schnapsflasche und Gläsern. Auf dem Boden daneben eine weitere Schnapsflasche, die war leer. Zwei Spritzen, Zigarettenkippen auf dem Parkett, sie hatten Flecken hineingebrannt. Eine Luft zum Abschneiden. Auf einem Diwan zwei junge Typen, sie schliefen, atmeten mit weit aufgesperrten Mündern. Er hatte sie schon gesehen, es waren Patrick und Sven.

Er nahm einen Stuhl und hockte sich hin. Er betrachtete Lukas Schindler, er sah jede einzelne Rippe.

»Was stellen Sie sich eigentlich vor, wie das gehen soll?«, fragte er. »Normalerweise sollten Sie immer noch in Untersuchungshaft sitzen. Und vielleicht würde der Haftrichter entscheiden, dass Sie weiterhin drinbleiben müssen.«

»Scheiße«, sagte Lucky.

»Was hatten Sie mit dem Messer vor?«

»Ich lasse mich nicht mehr einsperren. Ich würde zustechen.«

Hunkeler griff in die Tasche zur Zigarettenschachtel. Er ließ es bleiben, es stank zu sehr in diesem Raum.

»Nein. Sie haben keinen Polizisten erwartet. Sie haben jemanden erwartet, der Sie nicht bloß einsperren will. Auf einen Polizisten gehen auch Sie nicht mit dem Messer los.«

»So eine Scheiße«, sagte Lucky.

Hunkeler wartete. Er schaute den Mann an, ruhig, er hatte Zeit. Er sah, wie der Mann zu zittern begann, erst die Knie, die dünnen Oberschenkel, dann der ganze Oberkörper samt Armen und Händen.

»Sie sollten in die Friedmatt gehen«, sagte er. »Soll ich das veranlassen? Ich kann eine Ambulanz holen.«

»Nein, das ist Scheiße. Ich bin bloß auf dem Aff.«

Er stakste zu einem Sessel und ließ sich hineinfallen. Er schloss die Augen und stöhnte.

»Ich gebe Ihnen drei Ratschläge«, sagte Hunkeler. »Nehmen Sie erstens nur noch Methadon, und zwar genau so viel, wie der Arzt vorschreibt.«

»Scheiße«, sagte Lucky, »Frau Erni ist tot.«

»Es gibt auch andere Ärzte. Versuchen Sie zweitens nicht, sich mit den Dealern anzulegen. Die sind stärker als Sie. Und bleiben Sie drittens in Basel.«

»Basel ist Scheiße«, sagte Lucky.

Hunkeler erhob sich und ging hinaus.

Um zwei Uhr fand im Waaghof der Rapport statt. Hunkeler hatte sich in der Cafeteria ein Sandwich mit Salami, Butter und Zwiebelringen geholt. Er biss mit Appetit hinein, ein bisschen zu kräftig, so dass Butter auf den Tisch fiel, was Suter sichtlich anwiderte. Aber er wagte nicht zu reklamieren, da Dr. Ryhiner ebenfalls ein Sandwich aß.

Folgende Fakten wurden bekanntgegeben.

Ryhiner: Der Tod der Frau Dr. Erni war kurz nach 21 Uhr eingetreten. Als Tatwaffe kam ein mittelgroßes Fleischermesser mit anderthalb Zentimeter breiter Klinge in Frage. Es war ein Stich mitten ins Herz. Die Leiche wies keinerlei Anzeichen eines Kampfes auf. Vor ihrem Tod war die Frau völlig gesund gewesen.

De Ville: Die Fensterstore war vermutlich ebenfalls kurz nach 21 Uhr hochgezogen worden. Mit absoluter Sicherheit war das aber nicht festzustellen. Hingegen stand fest, dass das Fenster von innen geöffnet und dann von der Außenseite eingeschlagen worden war. Offenbar hatte die Täterschaft das bei noch geschlossener Store getan, damit niemand etwas hörte. Erst dann wurde vermutlich die Store hochgezogen. Der Giftschrank war ungenau durchsucht worden. Einige Opiate fehlten, andere nicht. Die Täterschaft hatte offenbar keine große Sorgfalt auf diesen Punkt verwendet. Sonst waren keine auffälligen Spuren gefunden worden. Fingerabdrücke gab es nur wenige, da Frau Ramirez, die am Samstagnachmittag geputzt hatte, sorgfältig abgestaubt hatte. Aber selbstverständlich würden die wenigen Abdrücke ausgewertet werden.

Madörin: Die Leute, die auf der Bocciabahn mehr oder weniger regelmäßig verkehrt hatten, waren alle namentlich bekannt. Eine entsprechende Liste lag auf. Schwieriger war es mit den Dealern. Einige waren zwar befragt und ein bisschen unter Druck gesetzt worden. Aber alle hatten behauptet, sie wüssten von nichts. Zudem war die Drogenszene naturgemäß sehr unübersichtlich, da immer wieder neue Kräfte eingesetzt wurden. Auch zu diesem Thema lag eine, wenn auch unvollständige, Liste auf.

Haller: Es lagen Listen auf über die Bewohner des Seniorenheimes und über die Patienten der Frau Dr. Erni. Die letzten Todesfälle waren eine Frau Berta Hilfiker am 28. Juni, Todesursache Herzschlag wegen allzu großer Hitze. Regula Hämmerli am 10. Juni, Todesursache Krebs. Hans Krauer am 4. Juni, Todesursache Darmdurchbruch. Es war kein Hinweis gefunden worden, warum Frau Dr. Erni am Sonntagabend um 21 Uhr in die Praxis gegangen war.

Hunkeler berichtete kurz über seine beiden Besuche an der Hundsbacherstraße und an der Todtnauerstraße. Worauf Madörin wütend wurde und sagte, die Drögeler seien sein Ressort.

Suter gab einen kurzen Überblick über die Berichterstattung in den Medien, wobei er darauf hinwies, dass die Basler Presse, die ja aus nur einer einzigen ernstzunehmenden Zeitung bestehe, ganz auf der Seite der Staatsanwaltschaft sei. Er stellte die Frage, ob er die Vermutung, die Tatwaffe sei ein mittelgroßes Fleischermesser mit anderthalb Zentimeter Klingenbreite, an die Presse weitergeben solle. Was sowohl de Ville wie Hunkeler verneinten. Damit war der Rapport beendet.

Hunkeler trat zum Abfalleimer und warf das Sandwichpapier hinein. Er nahm Lüdi, der hinausgehen wollte, am Ärmel.

»Hör mal, ich habe ein Problem. Ich möchte wissen, wie viel Geld Frau Erni hinterlässt und wem sie es hinterlässt.«

»Das wirst du erfahren«, sagte Lüdi, »wenn es so weit ist. Das geht alles seinen geregelten Weg.«

»Nein, ich möchte es sofort wissen.«

»Ans Testament komme ich nicht heran. Das liegt vermutlich beim Notar. Das andere habe ich schon gemacht. Nicht ganz legal zwar, aber gelohnt hat es sich schon. Wenn du es für dich behältst, sage ich es dir.«

Er grinste lautlos, und Hunkeler nickte.

»Es sind mindestens drei Millionen Franken.«

Hunkeler ging in sein Bureau und legte die Listen auf den Tisch. Er hatte keine Lust, sie zu studieren, aber es musste wohl sein. Er nahm das Blatt mit den Todesfällen. Berta Hilfiker war 86 gewesen und hatte im Seniorenheim gewohnt. Hans Krauer war 78 gewesen und hatte ebenfalls im Seniorenheim gewohnt. Regula Hämmerli war Lehrerin am Kohlenberggymnasium gewesen, hatte auf dem Bruderholz oben am Wachtelweg 19 gewohnt und war nur 54 Jahre alt geworden.

Er rief in die Praxis von Frau Dr. Erni an. Frau Schwaab nahm ab.

»Können Sie mir sagen«, fragte er, »wann Dr. Knecht zurückkommt?«

»Der kommt noch heute Abend. Es ist auch höchste Zeit. Ich mache nichts anderes als Leute wegschicken. Patienten und Journalisten. Auch das Radio war da. Das sind unverschämte Menschen, richtig aufdringlich. Aber ich sage ihnen nichts.«

»Was könnten Sie ihnen denn sagen?«

»Dies und das. Man weiß so manches.«

»Dass die jungen Leute ihren Hund verhungern lassen?«

»Das habe ich gesagt, weil es nichts mit dem Mord zu tun hat. Und weil es stimmt.«

»Nein, es ist eine Verleumdung. Kann ich jetzt bitte Frau Zbinden haben?«

Sie schniefte durch die Nase, sagte aber nichts mehr. Nach einer Weile hörte er Frau Zbindens Stimme.

»Können Sie mir sagen«, fragte er, »welchen Notar Frau Dr. Erni hatte?«

»Ja. Das war Dolf Gerber an der Paradieshofstraße.«

»Haben Sie eine Ahnung, wer Frau Dr. Erni beerbt?«

»Eine Ahnung schon. Aber ich will nichts sagen, weil ich es nicht genau weiß.«

»Ich habe gehört, sie sei reich gewesen.«

»Ja, sehr reich. Ihre Eltern hatten ein Möbelgeschäft. Sie war Einzelkind und hat alles geerbt. Und jetzt das, es ist so entsetzlich.«

Er hörte, wie sie sich schneuzte.

»Ich möchte Sie noch etwas fragen«, sagte er. »Ich nehme an, Sie wissen, dass Sie mir nicht antworten müssen, wenn Sie nicht wollen.«

»Fragen Sie ruhig.«

»Was war eigentlich mit Frau Hämmerli, die vor drei Wochen gestorben ist?«

»Das war eine traurige Geschichte«, sagte sie. »Aber ich weiß nicht, ob ich es Ihnen sagen darf.«

»Wir erfahren es ohnehin.«

»Wir haben den Primärherd nicht gefunden. Wir fanden bloß die Metastasen.«

»Wo waren diese Metastasen?«

»Im Gehirn.«

Er holte sich eine Zigarette aus der Schachtel, zündete sie an. Sie schmeckte ihm nicht.

»Können Sie mir etwas über das Umfeld von Frau Hämmerli sagen?«

»Darf ich das?«

»Ich bitte darum.«

»Es war kein Geheimnis«, meinte sie nach einigem Nachdenken, »also darf ich es sagen. Sie hat mit einer Freundin zusammengelebt, mit Frau Karin Müller. Sie ist Narkose-schwester im Kantonsspital.«

»Was heißt das, zusammengelebt?«

»Das heißt, dass sich die beiden wohl geliebt haben.«

»Also eine Lesbe?«

»Wer weiß das schon genau. Ich glaube, sie war bisexuell, sie hat auch einen Freund gehabt.«

»Wie heißt er?«

»Das weiß ich nicht mehr. Ein komischer Kauz.«

Sie zögerte, fragte dann aber doch.

»Heißt das, dass Sie Frau Müller verdächtigen?«

»Nein, das heißt bloß, dass ich einen Überblick über Frau Dr. Ernis Umfeld haben will, weil ich eine Täterin oder einen Täter suche. Vielen Dank.«

Er legte auf, suchte die Nummer des Notariats Dolf Gerber und stellte sie ein. Es meldete sich eine Frauenstimme. Da er sagte, er sei Kriminalkommissär und ermittle in einem Tötungsdelikt, erhielt er für den nächsten Morgen um neun einen Termin.

Dann rief er Staatsanwalt Suter an und bat um ein schriftliches Ersuchen an Notar Gerber, er solle das Testament von Frau Dr. Erni frühzeitig eröffnen.

»Warum wollen Sie das«, fragte Suter, »glauben Sie etwa, Frau Dr. Erni sei wegen einer Erbschaftsangelegenheit ermordet worden? Das ist doch Quatsch.«

»Vielleicht«, sagte Hunkeler.

Er wanderte den Auberg hinauf, durch den Leonhardsgraben und über den Petersplatz. Die Hitze war immer noch da, es mussten über 35 Grad sein. Der Schweiß rann ihm in den Nacken, aber das störte ihn nicht groß. Die Ermittlung war angelaufen. Sie lief schon beinahe von allein, das spürte er deutlich.

Er setzte sich in sein Auto und fuhr zum Badehaus hinunter. Er schwamm eine Viertelstunde lang im eingehagten Becken, durch das träge der Rhein floss. Er lag auf dem Rücken, bewegte langsam Arme und Beine, so dass er wie eine stehende Forelle am selben Ort blieb. Er schaute hinauf in den Himmel, der tiefblau über ihm hing. Anschließend trank er oben Kaffee mit einem Schuss Milch und sah zu, wie sich draußen im Fluss ein Öltanker aufwärtsschob.

Kurz nach 18 Uhr fuhr er aufs Bruderholz hinauf. Er genoss den Fahrtwind, der hier oben kühler hereinwehte, die Bäume, die blühenden Sträucher in den Gärten. Als er in den Wachtelweg einbog, sah er unten in der Ebene die Fensterfront eines Hochhauses aufblitzen.

Frau Hämmerli hatte in einem vierstöckigen Mehrfamilienhaus gewohnt. Neben der Klingel stand Hämmerli-Müller. Er stieß die Tür auf, fuhr im Lift hoch und trat direkt in eine von der Abendsonne beschienene Attikawohnung. Vor ihm stand eine große, breitschultrige Frau, kurzhaarig, mit auffallend hellblauen Augen. Ihr Kleid war tief ausgeschnitten, am Hals trug sie ein großflächiges, silbernes Kreuz.

»Frau Müller?«, fragte er.

Sie nickte und wartete. Er zeigte seinen Ausweis und stellte sich vor. Sie nickte wieder und zeigte auf das Ledersofa, das zur offenen Verandatür hin stand. Draußen blühte ein prachtvoller Oleander.

»Wenn ich mir die Frage erlauben darf«, sagte er, »was ist das für ein Kreuz, das Sie am Halse tragen? Ich habe noch nie ein solches Kreuz gesehen.«

»Koptisch«, sagte sie, »aus dem 7. Jahrhundert. Sie hat es mir geschenkt.«

Ihr Gesicht war wie aus Stein. Sie musste sich offensichtlich größte Mühe geben, nicht zu weinen.

»Ich weiß«, sagte er, »Sie haben Ihre Freundin verloren. Ich kondoliere.«

»Danke.«

Er schaute sie an und wartete, bis sie ihn auch anschaute. Aber das tat sie nicht.

»Ich ermittle im Tötungsfall Frau Dr. Erni«, sagte er. »Eine ihrer Patientinnen war Frau Hämmerli, die vor drei Wochen gestorben ist. Darüber möchte ich mit Ihnen reden.«

»Warum?«

»Haben Sie ein Foto von ihr?«

Frau Müller erhob sich, ging zu einer Truhe hinüber und brachte zwei gerahmte Fotos. Auf dem einen war ein hellhaariges Frauenporträt zu sehen mit großen, dunklen Augen. Am Hals trug sie das ägyptische Lebenszeichen. Das andere Bild zeigte beide Frauen, dicht nebeneinander, vor der Sphinx von Giseh.

»Wann war das?«, fragte er.

»Das war im vergangenen Februar. Wir haben eine Nil-fahrt gemacht bis hinauf nach Assuan, zur Feier unserer siebenjährigen Bekanntschaft. Sieben war unsere heilige Zahl.«

Sie sprach monoton, als würde sie diese Reise nichts an-gehen.

»Sie haben sie geliebt?«

»Ich liebe sie immer noch.«

Sie zog die Hose über den Knien zurecht, mit langen, kräftigen Fingern.

»Damals war sie wohl noch gesund?«

»Ja. Jedenfalls schien es so zu sein. Es war eine sehr schöne Reise.«

Seltsam, dachte er. Warum bietet sie mir nichts an?

»Üblicherweise feiert man ein fünfjähriges oder ein zehnjähriges Jubiläum«, sagte er. »Warum sieben?«

»Drei mal sieben sind 21«, sagte sie. »Frau Erni ist um 21 Uhr getötet worden. Das ist kein Zufall.«

»Woher wissen Sie das?«

»Aus dem *Radio Basilisk*.«

»Würden Sie mir bitte kurz die Krankengeschichte er-zählen?«

»Muss das sein? Das können Sie doch nachlesen.«

»Ich bitte darum. Und ich bitte um ein Glas Wasser.«

Sie erhob sich, ging in die Küche und kam mit einem Glas Wasser zurück. Sie ging, ohne Freude am Gehen zu haben.

»Es geschah ganz schnell«, sagte sie. »Wie ein Blitz aus heiterem Himmel. Anfang März ist ihr schwindlig gewor-den. Ich dachte, das sei wegen Überarbeitung. Ich habe nichts unternommen.«

Sie schaute auf ihre rechte Hand, nahm sie langsam hoch zum Mund und biss hinein, eine ganze Weile. Dann ließ sie sie fallen in den Schoß.

»Alle Angehörigen von Krebsopfern machen sich Vorwürfe«, sagte er, »weil sie die Krankheit nicht früh genug erkannt haben, wie sie denken. Diese Selbstvorwürfe sind nicht gerechtfertigt.«

Sie hob kurz den Blick und schaute ihn an, aus wasserhellen Augen.

»Ich hätte es merken müssen. Ich bin Narkoseschwester, ich habe oft mit Krebspatienten zu tun. Schwindel kann ein Krebssymptom sein.«

»Gerade deshalb sollten Sie sich keine Vorwürfe machen. Gerade weil Sie sich auskennen.«

»Ich bitte Sie, auf Ihre Ratschläge zu verzichten. Soll ich weitererzählen?«

Er nickte und nahm einen Schluck Wasser.

»Frau Erni war ihre Vertrauensärztin. Die beiden waren befreundet, das hat offenbar schon in der Studentenzeit angefangen. Frau Erni hat Erschöpfungszustände diagnostiziert. Dann, Anfang Mai, ist Regula mehrmals umgefallen, ohne äußeren Anlass. Am 7. Mai habe ich sie in die Notfallstation gebracht, es war Sonntagmorgen um sieben. Sie haben sie in die Tomographie gebracht und Metastasen festgestellt. Sie haben den Primärherd gesucht, aber nicht gefunden.«

»Gibt es das? Ich habe noch nie gehört, dass sie bloß die Metastasen finden.«

Sie betrachtete ihre Finger auf den Schenkeln.

»Das gibt es. Der Primärherd kann winzig klein sein. Er

kann sich verstecken. Da die Metastasen schon weit fort-geschritten waren, konnte man sie nicht wegoperieren. Es hätte vermutlich auch nichts genützt, wenn man es gekonnt hätte. Denn der Primärherd wäre aller Wahrscheinlichkeit nach immer noch da gewesen. Sie haben sie möglichst schnell sterben lassen. Sie ist hier in dieser Wohnung gestor-ben, am 10. Juni, einem Samstag, abends um 21 Uhr.«

»Sie haben bestimmt eine Sauwut auf Frau Erni«, sagte er, »weil sie den Krebs nicht früher bemerkt hat, als man vermutlich noch etwas hätte unternehmen können.«

Sie schwieg, saß reglos da.

»Warum haben Sie Frau Hämmerli nicht im Spital ster-ben lassen? Die sind dort eingerichtet für so einen Fall.«

»Ich habe sie frühstmöglich heimgeholt. Ich wollte sie bei mir haben. Ich wollte ihr zuschauen beim Sterben, ich wollte sie behüten.«

»Haben Sie Hilfe gehabt?«

»Erst habe ich Urlaub genommen. Aber dann musste ich wieder arbeiten. Ich habe mir Hilfe gesucht und gefunden.«

»Was waren das für Leute?«

»Es gibt ein Angebot der Spitex.«

»Metastasen im Gehirn«, sagte er, »verändert das nicht die Persönlichkeit?«

»Das stimmt. Sie wusste zuletzt nicht mehr, wer sie war. Aber mich hat sie bis zuletzt erkannt.«

Er trank das Glas aus, stellte es wieder hin. Er zögerte, dann sagte er es doch.

»Frau Zbinden hat mir erzählt, Frau Hämmerli habe ei-nen Freund gehabt. Einen komischen Kauz.«

Sie saß ruhig und still da, die Hände flach auf den glattgestrichenen Hosenbeinen. Dann hob sie den Blick, ihre Augen waren klar und schön.

»Das kann schon sein. Aber dazu will ich nichts sagen.«

»Warum nicht? Sind Sie eifersüchtig?«

Sie runzelte die Stirn, überlegte, versuchte ein Lächeln. Aber es gelang nicht.

»Nein, dazu habe ich keinen Grund gehabt. Ich habe Regula zur Liebe gebracht, sie ist in Liebe gestorben.«

Hunkeler wartete. Er beugte sich vor und betrachtete noch einmal die beiden Bilder, die vor ihm lagen. Die Frau auf dem Porträt war schön mit ihren geheimnisvollen, dunklen Augen. Das Paar auf dem anderen Bild war ein Liebespaar. Man sah das daran, dass sich beide offensichtlich freuten, gemeinsam fotografiert zu werden.

»Ich danke Ihnen«, sagte er. Er erhob sich und ließ den Lift kommen. Bevor sich die Tür schloss, schaute er noch einmal zurück. Frau Karin Müller saß immer noch in ihrem Sessel, mit gesenktem Kopf.


In seinem Auto überlegte er, wie er den Abend verbringen sollte. Eigentlich hatte er mit Hedwig abgemacht, sie würden gemeinsam Bohnen mit Speck essen. Dann hatte er seine Meinung geändert und geplant, sich ins Milchhüüsli zu setzen und auf Hiob Heller zu warten. Er änderte seine Meinung noch einmal, das Gespräch mit Frau Müller hatte ihm zugesetzt. Er entschloss sich für Bohnen mit Speck.

Als er nach Ranspach unter den Platanen der Route nationale den Hügel hochfuhr, dachte er an die arme Frau

Müller, auf die wie ein Blitz aus heiterem Himmel das Unglück herabgefahren war. Und sie machte sich Vorwürfe, weil sie ihre Freundin nicht vor dem Sterben hatte bewahren können. Behüten hatte sie gesagt, ein schönes, trauriges Wort. War es möglich, dass sie aus einem Schuldgefühl heraus, das sie nicht mehr ertragen konnte, die Schuld weitergab an Frau Erni, indem sie diese bestrafte? Frau Erni hatte Fehler gemacht, sie hätte das Karzinom erkennen müssen. Hunkeler wusste zwar, und gewiss wusste das Frau Müller auch, dass so etwas jederzeit geschehen konnte. Krebs war nicht immer frühzeitig erkennbar. Und besonders bei Freunden hatten Ärzte Hemmungen, eine schlimme Diagnose zu stellen.

War es überhaupt vorstellbar, dass Frau Erni von einer Frau erstochen worden war? Ein Stich zwischen den Rippen hindurch erforderte enorm viel Kraft.

Er stellte sich die große, kräftige Frau Müller mit einem Fleischermesser in der Hand vor. Eine schreckliche Vorstellung, die keinen Sinn ergab.

Als er nach Trois Maisons in den Weg einbog, der ihn zu seinem Haus führte, dachte er an die geheimnisvollen Augen von Regula Hämmerli, an die erloschenen Augen der toten Frau Erni. Der Himmel hatte sich überzogen mit feinem Gewölk, das im Lichte der untergehenden Sonne rötlich aufschimmerte.

Er parkte vor seinem Haus, ging hinein und fand Hedwig in der Stube sitzen und lesen. Er zog sie hoch vom Stuhl, legte sich mit ihr aufs Bett und bedeckte ihr Gesicht mit Küssen. Sie ließ es geschehen, kicherte vergnügt und küsste plötzlich zurück, wild und entschlossen. Sie schliefen miteinander, als hätten sie sich lange nicht mehr gesehen. Dann lagen sie da, staunend über die eigene Erotik.

»Was verschafft mir die Ehre?«, fragte sie.

»Ich weiß es nicht. Ich glaube, ich habe genug von Fleischermessern, von Krebs und Tod. Dagegen hilft nur die Liebe.«

»Also hast du mich missbraucht, um dich zu trösten.«

»Du hast mich auch missbraucht. Um dich zu erfreuen.«

Sie aßen hinter dem Haus Bohnen, Speck und Rippli. Dazu trank er Bier, sie ein Glas Weißen. Sie hatte ein Windlicht auf den Tisch gestellt, das mit zunehmender Dämmerung heller zu werden schien. Sie aßen, schwiegen und sahen zu, wie die Fledermäuse wie Schatten durch den mondlosen Himmel glitten.

Am andern Morgen, kurz nach acht, betrat Hunkeler sein Bureau. Auf dem Tisch lag das Ersuchen an Notar Gerber, das Suter ausgestellt hatte. Suter selber war nicht im Waaghof anwesend zu dieser Stunde, das wussten alle. Er pflegte jeden Mittwochmorgen von sieben bis neun Tennis zu spielen, zur Sommers- und zur Winterzeit.

Hunkeler überflog das Schreiben. Er fühlte sich gut, er hatte glänzend geschlafen. Sie waren vor Mitternacht ins Bett gegangen. Er hatte Hedwigs Atemzügen zugehört, den Grillen draußen in der Wiese, dem Bellen des Nachbarhundes. Später hatte er zwei Eulen gehört, die sich durch die Nacht zuriefen. Dann war er eingetaucht in den Schlaf.

Hunkeler hielt sich selber für einen begnadeten Schläfer. Er konnte ohne weiteres zehn Stunden am Stück abtauchen. Er nannte das Andocken, er pflegte es mit dem Aufladen einer Batterie zu vergleichen.

In der Früh erwachte er wegen des Hahns vom Nachbarhof. Er schaute kurz durchs Fenster in den Himmel hinauf und sah, dass er schon sternenlos war. Der Tag war daran, den dunklen Vorhang wegzuziehen. Das beruhigte ihn so, dass er sogleich wieder einschlief.

Jetzt nahm er den Schreibblock, der auf dem Tisch lag, dachte nach und begann zu schreiben.

Mittwoch, 8. Juli. Erstens: Besuch bei Notar Gerber.

Zweitens: Am Abend Besuch im Milchhüüsli.

Drittens: Sollte man nicht nachschauen, was Lucky Schindler macht? Was ist mit dem Stellmesser? Gleicht es nicht einem Fleischermesser?

Viertens: Wer kommt in Frage als Erbe von Frau Erni? Ist es möglich, über längere Zeit ohne Liebe zu leben? Das ist doch Stumpfsinn. Diesen Satz unterstrich er zweimal.

Fünftens: Medizinstudent Eduard Vischer.

Sechstens: Vielleicht doch einmal Albin und Konrad besuchen. Vielleicht auch Abraham und Rumpelstilzchen. Vielleicht wissen die etwas. Und was ist mit den Leuten vom Seniorenheim?

Siebtens: Drei mal sieben sind 21. Warum eigentlich nicht?

Achtens: Wer war der Freund von Regula Hämmerli?

Neuntens: Es ist eine Affenhitze, ich halte sie nicht mehr aus.

Zehntens: Zum Glück habe ich gut geschlafen.

Zehn Punkte für einen Tag, dachte er, das ist nicht schlecht.

Er grinste vor sich hin wie ein Schuljunge, der einen Streich ausgeheckt hat, und steckte sich die erste Zigarette an. Er griff noch einmal zum Kuli.

Elftens: Ich sollte mit dem Rauchen aufhören.

Da ging die Tür auf, Haller kam herein. In der Hand hatte er eine Zeitung.

»Das ist das *Schweizer Kreuz*«, sagte er triumphierend.

»Ja, das sehe ich«, sagte Hunkeler.

»Das ist ein rechtsextremes Kampfblatt. Darin schreiben die ehemaligen Fröntler.«

»Blödsinn. Die sind schon lange tot.«

»Dann hör mal zu.«

Haller setzte sich in den Drehstuhl in der Ecke und las vor.

»Nicht genug, dass eine ehemalige Kommunistin und Umstürzlerin in der Humanistenstadt Basel ungestraft und auf Staatskosten harte Drogen abgegeben hat, nein, jetzt wird sie auch noch von hochoffizieller Seite als hochgeachtete Kulturexponentin gelobt. Und der Staatsanwalt entblödet sich nicht, von Ermittlungen in verschiedenen Richtungen zu reden. Das ist bewusste Irreführung des freien Bürgers. Die Richtung ist klar. Sie führt direkt in den illegalen Drogenpfuhl, der von Basels Liberalidioten zu allem Elend noch gehätschelt wird. Schluss mit dem Drogenmissbrauch. Freier Basler, steh auf.«

»Die waren aber schnell«, sagte Hunkeler. »Das hätte ich ihnen gar nicht zugetraut. Wann ist das erschienen?«

»Heute Morgen. Ich habe es am Bahnhofskiosk geholt. Freier Basler, steh auf, das ist ein Aufruf zur Gewalt. Das ist verboten.«

»Ach was, die pfeifen aus dem letzten Loch.«

»Hast du eine Ahnung. Dahinter stecken die Neonazis, die Glatzköpfe. Und weißt du, wer dieses Hetzblatt abonniert hat?«

»Nein.«

»Armin Merkle.«

»Wer ist das?«

»Das ist der Alte mit der Brissago, mit dem ich mich am Montagmorgen auf der Bank vor dem Seniorenheim unterhalten habe.«

»Woher weißt du, dass dieser Merkle das *Schweizer Kreuz* abonniert hat?«

»Weil ich ihn gefragt habe, was er für Zeitungen lese.«

»Hör mal«, sagte Hunkeler, »wenn er dir das einfach so gesagt hat, ist er kein Neonazi.«

Er erhob sich, ging am enttäuschten Haller vorbei auf die Straße und setzte sich in sein Auto. Es war noch heißer an diesem Morgen als am Tag davor, und er nahm sich vor, nie mehr ein Auto ohne Aircondition zu kaufen.


Notar Gerber war ein kleiner, kugeliger Mann mit flinken Augen, die er hinter einer Hornbrille versteckte. Er saß an einem Tisch mit Stahlbeinen, dessen Platte aus schneeweißem Kunststoff bestand. Er studierte sorgfältig das Ersuchen, das er in Händen hielt.

»Eigentlich ist es die Aufgabe des Notars«, sagte er, »die Bürger vor der Neugier des Staates zu schützen.«

»Ich weiß«, sagte Hunkeler, »aber es geht hier um ein Tötungsdelikt.«

Gerber legte das Schreiben auf den Tisch.

»Gut«, sagte er. »Ich werde Ihnen das Testament zwar nicht aushändigen, aber ich werde Ihnen mündlich mitteilen, was drinsteht. Ich habe es gestern durchgelesen, als ich vom Mord an Frau Dr. Erni gehört habe.«

»Danke«, sagte Hunkeler.

»Das Testament wurde vor ziemlich genau drei Jahren gemacht. Wenn ich alles zusammenrechne, beträgt das Vermögen der toten Frau Dr. Christa Erni über fünf Millionen Franken. Es ist, soviel ich weiß, angelegt in Obligationen. Davon erhält das Entwicklungswerk Terre des Hommes Schweiz eine Million Franken. 500 000 Franken erhält die Arztlaborantin Ruth Zbinden. 500 000 Franken erhält Dr. Knecht. Weitere 500 000 erhält Hans Graber, Kunstmaler. Den Rest erhält ihr unehelicher Sohn Hiob Heller.«

»Ach so«, sagte Hunkeler, »vielen Dank.« Er fühlte sich plötzlich klein im großen Ledersessel, zusammengeschrumpft zum mickrigen Staatsbeamten.

»Warum Ruth Zbinden?«, fragte er.

»Sie scheint eine Vertrauensperson von Frau Erni gewesen zu sein.«

»Warum Hans Graber? Wer ist das?«

»Das ist ein renommierter Maler unserer Stadt älteren Jahrgangs. Einer unserer führenden Neorealisten.«

»Ach, der mit den Kabisköpfen, nicht wahr?«

Hunkeler erinnerte sich an einen gedrungenen, bärtigen Maler, der vor dreißig, vierzig Jahren große Leinwände mit nichts als Kohlköpfen gefüllt hatte. Das war nicht schlecht gewesen.

»Aber sagen Sie einmal, der ist doch damals in die DDR abgehauen.«

Gerber runzelte die Stirn, das Wort abgehauen schien ihm nicht zu passen.

»Es stimmt, dass mein Mandant Hans Graber 1969 in die DDR ausgewandert ist, nach Leipzig genau. Er ist erst 1993 wieder in seine Heimatstadt zurückgekehrt.«

»Wenn ich mir die Frage erlauben darf«, sagte Hunkeler. »In welcher Beziehung steht Hans Graber zu Frau Erni?«

»Es scheint sich um eine jahrzehntelange Beziehung zu handeln. Gibt es noch weitere Fragen?«

»Ja. Ist irgendetwas in letzter Zeit in Bezug auf dieses Testament passiert? Sollte irgendetwas geändert werden?«

»Nein, das Testament gilt. Allerdings, und ich sage Ihnen das nur, weil ich mithelfen will, diesen entsetzlichen Mord aufzuklären, allerdings ist von seiten Frau Dr. Ernis in den letzten Tagen versucht worden, das Testament zu ändern.«

»Ach so?«

»Ja. Sie hat angerufen, und wir haben einen Termin auf Dienstag, den 11. Juli, vereinbart, um die Änderungen festzulegen.«

»Welche Änderungen?«

»Sie hat offenbar erfahren, dass ihr unehelicher Sohn Hiob Heller, der, wie Sie wohl wissen, eine Drogenvergangenheit hat, wieder angefangen hat zu dealen. Sie wollte ihm einen weit kleineren Teil ihres Vermögens vererben.«

»Und wer sollte der Nutznießer sein?«

»Hans Graber.«

»Wo wohnt er?«

»Seine Adresse steht im Telefonbuch.«

»Weiß jemand von dieser geplanten Änderung?«

»Außer mir nicht, nein. Es sei denn, sie hätte es jemandem persönlich mitgeteilt.«

Hunkeler fuhr an die Mittlere Straße, parkte und nahm die Post aus dem Briefkasten. Er stieg in den dritten Stock hoch und trat ein. Obwohl die Läden heruntergelassen waren, herrschte in den Zimmern eine Gluthitze. Er ging auf den Balkon hinaus und schaute auf die Pappel im Hinterhof. Ihre Blätter schienen aus festem Silber zu sein, kein Säuseln, kein Rascheln.

In der Küche warf er die drei Zeitungen, die seit dem Wochenende geliefert worden waren, in den Mülleimer, dann ein gutes Dutzend Reklamebriefe. Es blieb ein Kuvert, das mit ungelenken großen Buchstaben adressiert war. Aufgabeort war Basel/Burgfelderstraße. Er öffnete und las.

KOMMISSÄR HUNKELER, DU FETTES ARSCH, WIR WERTEN TICH AN TEINEN EIERN AUFHÄNKEN.

Er ging in den Gang, stellte sich rückwärts vor den Spiegel und schaute über die rechte Schulter. Was er sah, schien ihm normal zu sein. Ein älterer Mann in Hemd und Hose, eine etwas zu große Nase in einem sonst durchaus üblichen Gesicht. Einen fetten Bauch hatte er, das war wahr, das kam vom Bier. Aber der war in dieser Stellung nicht zu sehen. Den Arsch fand er nicht schlecht, von Fett konnte keine Rede sein. Hedwig hatte einmal behauptet, er habe ein Negerfüdli. Das hatte ihn stolz gemacht.

Warum denn dieser blöde Brief? Wer wollte ihm Angst machen? Und weshalb?

Er warf Zettel samt Kuvert in den Mülleimer, stieg auf die Straße hinunter und ging ins Sommereck.

Edi saß trübsinnig am Stammtisch, vor sich ein leeres Glas, in dem noch Reste des Brausepulvers klebten. Vor ihm lag die *Basler Zeitung* aufgeschlagen, Lokalseite. Drei Fotos waren darauf zu sehen. Eines zeigte den Ersten Staatsanwalt an der Pressekonferenz, eines das eingeschlagene Praxisfenster, eines Frau Erni. Daneben lag die Boulevardzeitung. Ganzseitig war auf der Titelseite ein mittelgroßes Fleischermesser abgebildet mit der Überschrift: Ist es das Mordmesser?

Hunkeler bestellte Espresso und überflog, was in den beiden Zeitungen sonst noch über das Thema zu lesen war. Er machte das schnell, er konnte das, er machte es trotzdem genau. Es stand nichts Unübliches da, außer in der Boulevardzeitung die üblichen Anschuldigungen gegen Polizei und Drogenpolitik.

Sonst hatten die cleveren Burschen aus Zürich also nichts herausgebracht, außer dem Messer. Woher hatten sie es?

Vielleicht von Frau Schwaab? Aber die konnte es gar nicht wissen. Oder gab es im Kriminalkommissariat ein Leck? Das glaubte er nicht.

»Ich habe noch einen Rest Miesmuscheln von gestern Abend«, sagte Edi. »Wir hatten einen Geburtstagstisch. Wenn wir die jetzt nicht essen, gehen sie kaputt.«

»Nein danke. Ich mag am Morgen keine Miesmuscheln.«

Edi erhob sich enttäuscht und ging in die Küche. Er wog 140 Kilo, er aß zu viel.

Hunkeler zog das Handy hervor und stellte die Nummer der Boulevardzeitung ein. Er verlangte die Chefredaktion.

»Kriminalkommissär Hunkeler«, sagte er, »aus Basel. Ich möchte gerne wissen, woher Sie die Behauptung haben, es handle sich bei der Tatwaffe um ein Fleischermesser.«

»Es hat schon ein Staatsanwalt Suter angerufen«, sagte der Chefredakteur, »vor einer Viertelstunde. Ich habe ihm geantwortet, dass ich es nicht genau weiß.«

»Hören Sie, es geht hier nicht um die Pressefreiheit. Es geht um ein Tötungsdelikt.«

»Ich weiß. Ich werde die Frage mit meinem Juristen abklären.«

Edi kam zurück mit einem Teller Muscheln und fiel gleich über sie her. Er schlürfte und schmatzte, sie schmeckten ihm.

»So ein Stich mitten ins Herz«, sagte er, »zwischen den Rippen hindurch und durch all das Zeug, das dazwischen ist, braucht doch grausam viel Kraft. Folglich war es ein Mann. Und der Mann muss eine Sauwut gehabt haben.«

»Das glaube ich auch.«

»Wer kann eine solche Wut haben? Die kann nur ein Mann haben, dessen Liebe enttäuscht worden ist.«

Er legte eine leere Muschel in den Teller zurück und griff sich sehr schnell die nächste.

»Zudem hat sich die Frau gar nicht gewehrt. Wie kommt eine Frau dazu, sich nicht zu wehren und sich nicht einmal abzuwenden von dem gezückten Messer, sondern einfach stillzuhalten im Angesicht ihres Mörders?«

Er nahm das Blatt und las vor:

»Die Ärztin muss den Stich in ihr Herz wie eine Erlösung empfangen haben, als Sühne einer Schuld. Was war das für eine Schuld?«

»Das ist Unsinn. Woher wollen die das wissen? Vielleicht ging alles einfach viel zu schnell für sie, so dass sie nicht mehr reagieren konnte.«

»Allerdings könnten es auch die Drögeler gewesen sein. Jedenfalls ist es eine geile Geschichte.«

»Stimmt«, sagte Hunkeler und bezahlte.

Er stieg noch einmal in seine Wohnung hoch, holte den Drohbrief samt Kuvert aus dem Mülleimer und steckte beides ein. Dann fuhr er zum Badehaus hinunter und legte sich eine halbe Stunde ins Wasser, sachte gegen die träge Strömung anschwimmend.

Um Mittag klingelte er bei Hans Graber an der Fatiostraße im St. Johann. Eine schwärzliche Brandmauer auf der andern Seite der Straße, links eine stillgelegte Fabrik, von der der Verputz abblätterte. Drei kleine Vorgärten mit verdorrten Büschen, ein Fahrrad mit platten Reifen.

Unter der Wohnungstür erwartete ihn ein älterer, gedrungener Mann mit Glatze und grauem Bart. Er hatte ein kräftiges, gutes Gesicht. Er trug nur eine Hose und war barfuß. Der nackte Oberkörper war auffallend muskulös.

»Was wollen Sie?«, fragte er misstrauisch.

Hunkeler stellte sich vor.

»Was habe ich mit der Polizei zu tun? Wann lässt man mich in diesem Faschistenstaat endlich in Ruhe arbeiten?«

»Ich war ein Liebhaber Ihrer Bilder, Herr Graber«, sagte Hunkeler. »Vor mehr als dreißig Jahren. Ich habe damals in der Rio-Bar verkehrt und Sie von weitem bewundert.«

»Ach so, ein alter Genosse?«

»Nicht ganz. Ich war nie ein richtiger Genosse.«

»Ein Weichschnäbeler, was? Kommen Sie herein.«

Hunkeler folgte dem Mann in den Gang, an dessen Wand ein Foto des italienischen Sozialisten Gramsci hing. Sie betraten ein großes Zimmer. Zwei Fenster auf die Straße, ohne Vorhänge. Ein hohes Gestell in der Ecke, von dem zwei Turnringe baumelten. Ein großer Tisch mit einem aufgeschnittenen Weißkohl drauf, mit Tuschfläschchen verschiedenster Farben und Tuschfedern. Viel Papier. Mittendrin eine schwarzweiße Katze, die schlief. Eine Wand war behängt mit eigenartig fein hingekritzelten Bildchen. Ein Kleinkind am Boden, das in einem Babysessel schlief.

»Hüten Sie Ihr Großkind?«, fragte Hunkeler.

»Nein, mein eigenes Kind. Es wird morgen 14 Monate alt.«

»Gratuliere. In Ihrem Alter eine reife Leistung.«

»Ich habe es gezeugt, um einen kleinen Klassenkämpfer in die Welt zu setzen. Er heißt Leo.«

Er stand in der Mitte des Raumes, er grinste, aber er beobachtete seinen Besucher genau.

»Und die Mutter?«

»Sie ist Spezialistin für Legasthenie und arbeitet in einer Schule. Staatlich geprüft, alles sauber.«

Jetzt grinste auch Hunkeler.

»Ist sie auch 60?«

»Nein, 26.«

Hunkeler ging zur Wand mit den Bildchen. Er musste genau hinschauen, um zu erkennen, was er sah. Es waren einzelne Kabisblätter, losgelöst vom Kopf, auf ein sehr kleines Format reduziert, präzise hingezeichnet mit feinster Feder.

»Holbein hat das auch gekonnt«, sagte er, »vor rund 500 Jahren. Der hatte auch so einen genauen, poetischen Strich.«

»Stimmt«, sagte Graber.

»Sie haben Ihre Formate also verkleinert.«

»Stimmt. Früher habe ich das Ganze gemalt, den Kohlkopf als Kosmos, geistig und auch gesellschaftlich verstanden. Die Kugel als vollkommene Form. Blatt liegt an Blatt, von außen nach innen oder auch von innen nach außen, ganz wie Sie wollen. Ein perfekt konstruierter Organismus. Erst ist der Kohlkopf klein, und alle Blätter sind klein. Dann wächst er, und alle Blätter wachsen mit. Es gibt keinen Streit zwischen den einzelnen Blättern, sie halten alle zusammen. Das ist der Inbegriff des Sozialismus. Am Schluss ist die Kugel da, die gescheiter ist als wir alle. Sie erfriert auch bei Minustemperaturen nicht. Sie bietet beste Nahrung für Mensch und Tier. Sie enthält ein unglaubliches Angebot an Vitaminen. Und sie ist eine der erfolgreichsten Heilpflanzen unserer Breitengrade. Sie ist wunderschön. Es lohnt sich, die einzelnen Blätter genau anzuschauen und zu zeichnen.«

»Diese Bildchen gefallen mir sehr gut«, sagte Hunkeler.

»Es sind nur Ausschnitte. Ich schaffe es nicht mehr, den Kosmos als Ganzes zu malen. Die Welt wurde atomisiert. Wissen Sie übrigens, woher das alemannische Kabis kommt?«

Hunkeler wusste es nicht.

»Von lateinisch *caputia*. Das heißt kleiner Kopf.«

Die Katze auf dem Tisch gähnte, streckte die Vorderbeine, dann den Rücken. Sie sprang vom Tisch hinunter und ging in den Gang hinaus.

»Darf ich mich setzen?«

Graber zeigte auf ein Taburett, Hunkeler setzte sich.

»Und die Ringe? Wozu sind sie da?«

Graber ging zum Gestell, fasste die Ringe, sprang hoch und blieb in der Stütze, die Beine waagrecht vorgestreckt. In dieser Stellung verharrte er eine gute Minute lang, ohne zu zittern.

»Bravo«, sagte Hunkeler.

»Ich halte mich fit«, sagte Graber, der wieder stand. »Man weiß nie, wann es losgeht.«

»Das letzte Gefecht, nicht wahr? Darf ich rauchen?«

»Nein, bitte nicht.«

Er zeigte auf das Kind im Sessel, das plötzlich losschrie und zu strampeln begann.

»Leo ist ein Held, der ganze Stolz der Arbeiterklasse.«

Er lachte, es schüttelte ihn richtig. Er setzte sich auf den Stuhl beim Tisch.

»Von was leben Sie?«

»Ich bediene am Abend im Restaurant Nordbahnhof. Ich mache das des Geldes wegen und auch, damit ich mein Klassenbewusstsein nicht verliere. Dort verkehren Proletarier und Vertreter des Subproletariats, die Alkis.«

»Stimmt nicht ganz. Ab und zu bin ich auch dort.«

»Das sage ich ja. Subproletariat.«

Sie grinsten sich an.

»Haben Sie Erfolg mit Ihrer Kunst?«

»Ach woher. Ich bin als alter Kommunist in dieser Faschistenstadt geächtet.«

»Warum sind Sie nicht in Ostdeutschland geblieben?«

»Weil es zum verhurtesten Landstrich ganz Europas geworden ist. Zum Kotzen.«

Er schüttelte den Kopf, er war plötzlich traurig.

»Kopf hoch, Genosse«, sagte Hunkeler. »Wir werden siegen, weil unser Sieg eine historische Notwendigkeit ist.«

»Ach was, dieser Quatsch. Wir haben verloren, weil das der Notwendigkeit des Monopolkapitalismus entspricht.«

Er ging zum Kind, nahm es aus dem Sessel und gab es Hunkeler. »Leo hat Hunger. Halten Sie ihn einen Moment.«

Er ging hinaus, Hunkeler saß mit dem Kind da. Er fasste es an den Ärmchen, stellte es mit den Füßchen auf seine Knie, schüttelte es sachte. Es nützte nichts, das Kind begann zu krähen.

»Ich weiß nicht mehr genau, wie man so etwas macht«, sagte er, als Graber mit einem aufgeschraubten Glas samt Löffel zurückkam.

»Macht nichts. Mein Sohn Leo ist zäh.«

Er nahm das Kind, setzte sich auf den Stuhl und begann, ihm den gelben Brei einzulöffeln.

»Übrigens stimmt es nicht ganz«, sagte er, »dass ich keinen Erfolg habe. Vor einem Jahr hatte ich eine Ausstellung im St. Johanns-Tor. Ich habe drei Bilder verkauft.«

»An Frau Dr. Christa Erni?«, fragte Hunkeler, einfach so. Graber nickte.

»Ich wusste, dass Sie wegen Christa gekommen sind. Ich nehme an, Sie wissen sogar, was für Unterhosen ich trage.«

Er lachte bitter.

»Nein. So ist es nicht. Sie sind nicht verdächtig.«

»Woher wissen Sie es denn?«

»Ich habe so etwas von Ruth Zbinden gehört«, log Hunkeler.

»Ach, diese verdammte Schwatzdrossel.«

Er löffelte den Brei, den das Kind ausgespuckt hatte, wieder zurück zwischen die Lippen. Er tat das ganz ruhig.

»Christa war meine Geliebte«, sagte er, »damals in den frühen Sechzigern. Scharf und gescheit, wunderbar. Dann habe ich zu saufen angefangen, weil ich mit inneren und äußeren Widersprüchen nicht fertig geworden bin. Dann ist der doofe Heller gekommen, der Stalinist. Und dann bin ich in die DDR abgehauen. Als ich zurückkam, sind wir uns zufälligerweise in der Kunsthalle begegnet. Scharf war sie immer noch und schön auch. Es muss Liebe gewesen sein. Aber wir haben sie versteckt, weil sie ihre Karriere nicht gefährden wollte.«

Er schwieg und schien plötzlich in sich selbst versunken zu sein. Jetzt denkt er an seine tote Frau, dachte Hunkeler.

»Wir haben uns nächtelang gestritten, wenn ich frei hatte. Ich hasse nichts so sehr wie Renegaten. Sie hatte ihr Klassenbewusstsein verraten.«

»Ach was«, sagte Hunkeler, »sie kam aus einer schwerreichen Familie.«

»Aber sie hat sich, als sie jung war, zur revolutionären Klasse geschlagen. Sie hat es wenigstens versucht. Und dann dies. Mitglied der Liberaldemokratischen Partei. Das ist Klassenverrat.«

»Vielleicht ist sie einfach der eigenen Vernunft gefolgt«, meinte Hunkeler.

»Eigene Vernunft, das ist bourgeoises Zeug. Es gibt nur die Klassenvernunft.«

»Glauben Sie das eigentlich, was Sie hier erzählen?«

Graber dachte nach, ziemlich lang.

»Ich kann doch nicht die eigene Vergangenheit in Frage stellen«, sagte er dann. »Die Zukunft schon, aber die Vergangenheit nicht.«

»Und wie ging es weiter?«, fragte Hunkeler, der keine Lust hatte, philosophische Fragen nach Vergangenheit und Zukunft zu diskutieren.

»Dann habe ich die Mutter von Leo kennengelernt. Sie hat mir geholfen, denn die Jugend hat immer recht.«

»Sie haben Christa Erni verlassen?«

»Nein, nicht verlassen. Nur hat sie fast keine Zeit mehr gehabt. Aber wir haben uns bis zu ihrem Tod gefetzt.«

Er hob den Blick und schaute Hunkeler traurig, fast hilfesuchend an.

»Warum ist sie gestorben?«, fragte er.

Um 14 Uhr war Rapport. Hunkeler saß an seinem gewohnten Platz und aß ein Mortadellabrot, wiederum mit Zwiebelringen und Butter. Er hatte sich um eine Viertelstunde verspätet, was aber nicht groß auffiel, da Dr. Ryhiner auch noch nicht da war.

Suter saß oben am Tisch, trommelte nervös mit den Fingern und schaute jede Minute auf die Armbanduhr. Er trug heute wieder den hellblauen Seidenanzug aus Venedig samt karminroter Krawatte. Er sah nach dem morgendlichen Tennisspiel glänzend aus.

Endlich betrat Dr. Ryhiner den Raum. Er ging zu seinem Platz, als ob alles in Ordnung wäre, legte die Mappe auf den Tisch und fing gleich an zu reden. Er sprach meist als Erster, er hatte wenig Zeit.

Ryhiner: Er habe sich bei der Obduktion zuerst einmal ganz auf die Stichwunde konzentriert, um die Art des Todes abzuklären. Nun habe er auch andere Körperteile untersucht und dabei gefunden, dass die Leiche auf der Innenseite der linken Unterlippe eine kleine Bisswunde aufweise. Ob diese Bisswunde von einem Kuss herstamme, sei nicht mit Sicherheit festzustellen, jedoch wahrscheinlich. Wann der Lippe die Wunde beigefügt worden sei und ob eventuell fremde Speichelspuren festzustellen seien, sei Gegenstand weiterer Untersuchungen. Der Ausgang dieser Untersuchungen sei indessen äußerst ungewiss, da seit dem anzunehmenden Kuss schon ziemlich viel Zeit verstrichen sein könnte.

Hierauf verabschiedete er sich.

De Ville: Es sei nicht viel Neues gefunden worden. Frau Ramirez habe so gründlich geputzt, wie das in der Schweiz eben der Brauch sei. Alles blitzblank wienes Kääaberfeedle, do wachst kai Gras meh nohär. Ein paar Fingerabdrücke von Frau Dr. Erni seien vorhanden, auch einige, die vermutlich von Frau Ramirez stammten. Das sei indessen nicht zu entscheiden, da Frau Ramirez am Morgen des 4. Juli mit Kind und Kegel nach Spanien verreist sei.

Auf die Frage, ob nicht auch Abdrücke eines Mannes gefunden worden seien, antwortete de Ville: Nein, das sei nicht der Fall. Hingegen sei auf dem Spannteppich ein Katzenhaar gefunden worden, und zwar schwarz. Ob dieses Katzenhaar von der Täterschaft stamme, sei nicht zu entscheiden.

Auf Suters Frage, ob man die Existenz dieses Katzenhaares den Medien mitteilen solle, meinte de Ville: Nein, sonst würden alle Personen mit einer schwarzen Katze zu Verdächtigen.

Hunkeler: Er habe heute Morgen in seinem Basler Briefkasten einen Drohbrief gefunden, was an sich nicht unüblich sei in diesem Beruf. Er habe ihn erst in den Mülleimer geworfen, dann aber wieder herausgeholt, weil man ja nicht wissen könne, ob er nicht von der Täterschaft stamme. Er bitte, Brief und Kuvert zu untersuchen, vor allem auch graphologisch.

Er las den Brief vor und gab ihn an de Ville weiter.

Auch sei ihm, dank eines Ersuchens von Staatsanwalt Suter, wofür er sich herzlich bedanke, der Inhalt des Testaments von Frau Erni mitgeteilt worden. Da dieses Testament bis zur offiziellen Eröffnung Verschlusssache sei, teile er bloß die Punkte mit, die für die Ermittlung von Interesse seien. Haupterbe des geltenden Testamentes sei Hiob Heller. Ein weiterer Erbe sei erstaunlicherweise der Kunstmaler Hans Graber, der bis jetzt noch nicht in Frau Ernis Umfeld aufgetaucht sei.

Ob dies der Kommunist sei, fragte Suter, der vor einigen Jahren aus der ehemaligen DDR zurückgekehrt sei? Ja, sagte Hunkeler, er habe ihn heute Morgen besucht, er werde ihn weiterhin im Auge behalten.

Dass er nichts über den Wunsch von Frau Erni sagte, das Testament zu ändern, erstaunte ihn selber.

Haller: Er habe Armin Merkle im Verdacht, denn der sei Abonnent einer rechtsextremen Zeitschrift. In Bezug auf die Patienten sei ihm nichts Besonderes aufgefallen. Es seien fast ausschließlich ältere, friedliche Menschen.

Madörin: Er habe sich vor allem mit den Dealern befasst. Aber das seien hartgesottene Burschen, aus denen nichts herauszupressen sei. Immerhin habe er einigen Druck gemacht und vier Balkanesen eingesperrt. Der Haftrichter werde sie ja dann schon wieder laufenlassen.

Über die sechs jungen Leute von der Bocciabahn wisse er nicht viel Neues. Eduard Vischer sei offenbar tatsächlich sauber und nur durch Zufall in die Ermittlung geraten. Die beiden Frauen seien leichte Fälle, die für die Tat kaum in Frage kämen. Zwei der drei anderen Burschen seien wohl auch als leichte Fälle einzustufen, mit geringer krimineller Energie. Hingegen sei Lukas Schindler, genannt Lucky, ein schwerer Fall und einschlägig bekannt. Er habe schon mehrere Haftstrafen wegen unerlaubten Handels mit Betäubungsmitteln abgesessen. Er werde rund um die Uhr beschattet, man hoffe, über ihn an eventuelle Hintermänner heranzukommen.

Was das für Personen sein könnten, fragte Suter, ob er klare Vorstellungen habe? Die internationale Drogenmafia, antwortete Madörin. Er halte es für möglich, wenn nicht für wahrscheinlich, dass diese verantwortlich sei für die Tat. Denn das Basler Modell des legalen Verabreichens von Drogen drohe auch in anderen Ländern Schule zu machen. Damit aber würden der Drogenmafia die Grundlagen entzogen. Da liege der Schluss nahe, dass sie zurückschlage, und sei es mit Mord.

Lüdi: Er habe nichts Neues zu berichten. Er stehe aber rund um die Uhr zur Verfügung.

Suter: Es sei eine Unverschämtheit, wie die Zürcher Boulevardpresse arbeite. Nicht nur, dass sie sich auf präpotenteste Art und Weise in Basler Angelegenheiten einmische und sich nicht entblöde, dem Nachbarkanton Zensuren zu erteilen, nein, sie nehme sich auch noch die Frechheit heraus, selber unbewiesene Thesen in die Welt zu setzen. Dadurch stelle sie die ganze Ermittlung in Frage. Auf einen anonymen Anruf hin, denn um einen solchen handle es sich, in dem behauptet worden sei, die Tatwaffe sei ein Fleischermesser gewesen, hätten die Zürcher Wichte diese Behauptung, als Frage verbrämt, als Tatsache vorgestellt, ein Vorgang, der jeglichem journalistischen Berufsethos spotte. So werde das Basler Kriko aus lüsterner Sensationsgier arbeitsunfähig gemacht. Hier am Rheinknie sei man gewohnt, sorgfältig zu arbeiten und zwischen Tatsachen und Vermutungen zu unterscheiden. Erst hätten diese Schreiberlinge sogar abgestritten, den Anruf auf Band aufgenommen zu haben. Er habe schwerstes Geschütz auffahren müssen, um diesen Aasgeiern das Handwerk zu legen. Der Erste Staatsanwalt habe, auf seine Veranlassung hin, massiven Druck gemacht in Zürich und durch gute Beziehungen immerhin erreicht, dass die Zeitung das Band mit dem Anruf herausrücken müsse. Es sei unterwegs mit Kurier, werde noch diesen Nachmittag in Basel eintreffen und könne dann sogleich zur Untersuchung freigegeben werden.

Damit war die Sitzung beendet. Sie setzten sich noch in die Cafeteria, Lüdi, Haller, Madörin und Hunkeler. Die Stimmung war mies.

»Ein Katzenhaar, ein Drohbrief, ein anonymer Anruf und ein Fleischermesser, das wir nicht haben«, sagte Lüdi, »das ist verdammt wenig. Wieso bauen wir einen solchen Apparat auf, wenn er nichts nützt? Wenn der Kerl nicht im Computer drin ist, nützt auch der Computer nichts.«

»Natürlich ist er drin«, sagte Madörin, »wir müssen ihn nur finden.«

»Was fehlt, ist das Motiv«, sagte Haller. »Warum bringt jemand eine Ärztin um?«

»Es war die Drogenmafia«, sagte Madörin. »Wenn überall auf der Welt ganz legal Drogen verteilt werden, kann sie ihren Stoff nicht mehr verkaufen, und sie verliert Milliarden. Das ist ein starkes Motiv.«

»Wenn es einer aus der Drogenmafia war«, sagte Lüdi, »so ist er längst über alle Berge.«

»Warum hat sie den Täter in die Praxis hineingelassen?«, fragte Haller. »Warum war sie überhaupt dort?«

»Ist Dr. Knecht zurück«, fragte Hunkeler, »hast du mit ihm geredet?«

»Ja«, sagte Haller, »braungebrannt und fit, er sieht aus wie ein Filmstar. Er hat wenig Zeit gehabt für mich, das

Wartezimmer war überfüllt. Er hat keine Ahnung, wer es gewesen sein könnte.«

Madörin setzte seinen Hundeblick auf, den Hunkeler so hasste.

»Du hast etwas Wichtiges verschwiegen«, sagte er, »als du über das Testament referiert hast. Ich habe das gemerkt, ich kenne dich zu lange.«

»Was soll ich verschwiegen haben?«

»Genau das möchte ich wissen.«

»Ich habe mitgeteilt, was ich mitteilen musste und durfte.«

»Nein«, sagte Madörin, stur wie ein Dackel.

Hunkeler spürte eine Hitze in sich hochsteigen, die nicht die Hitze des Julis war. Er hätte den Kerl packen, ihn ohrfeigen können.

»Stopp«, sagte Lüdi, »Ruhe bitte. Wir sind ein Team.«

Hunkeler erhob sich und ging hinaus.

Als er sich ins Auto gesetzt hatte, zog er den Zettel hervor, den er diesen Morgen geschrieben hatte. Er wischte sich den Schweiß vom Nacken, er hatte Mühe, sich zu beruhigen.

Notar Gerber, las er, das konnte er streichen. Besuch im Milchhüüsli, Lucky Schindler. Ist es möglich, längere Zeit ohne Liebe zu leben? Offenbar nicht, selbst Christa Erni hatte einen Liebhaber gehabt. Das konnte er also auch streichen. Medizinstudent Eduard Vischer, Albin und Konrad, Abraham und Rumpelstilzchen. Drei mal sieben sind 21, und wer war der Freund von Regula Hämmerli? Es ist eine Affenhitze. Das war wahr, das konnte er auch streichen. Und er beschloss, aufs Bruderholz hinaufzufahren.

Die Familie Vischer wohnte ganz oben in einer Villa, die von kühlendem Laub umgeben war. Gegen Westen zog sich das offene Feld hin. Am Horizont lag der Blauen, langgestreckt, sanft wie ein Tier, über und über bewaldet.

Es öffnete Frau Vischer, eine Dame in enganliegenden, weißen Hosen, von jugendlicher Gestalt, die von einem Hauch von Trauer umhüllt schien. Typisch Basel, dachte Hunkeler, die halten sich ein Leben lang fit und bereit für etwas, das nie kommt in dieser unerotischen Stadt.

Er stellte sich vor, sie erschrak und führte ihn in eine dezent möblierte Wohnhalle, die auf den Park hinausging. Sie brachte ihm ein Glas Orangensaft, setzte sich und schlug die Beine übereinander.

»Eduard liegt unter der Weide«, sagte sie, »es geht ihm nicht gut. Es war gestern schon einer da von euch, ein Herr Madörin. Der hat ihm arg zugesetzt.«

»Ich weiß«, sagte Hunkeler. »Ich werde ihm nicht zusetzen, ich möchte bloß mit ihm reden.«

»Reden Sie erst mit mir. Ich bitte Sie darum.«

Sie strich sich ihre Frisur zurecht, als ob diese in Unordnung gewesen wäre.

»Bitte?«, fragte Hunkeler.

»Er ist mein jüngster Sohn, erst 22. Er ist verliebt. In eine Nelly Zuberbühler aus Olten. Ich habe schon lange bemerkt, dass etwas nicht stimmt mit ihm. Als ich erfuhr, dass sie drogensüchtig ist, war es bereits zu spät. Er will nicht mehr von ihr lassen.«

Sie sprach sehr leise, als ob sie im nächsten Moment die Stimme hätte verlieren können. Sie war sehr traurig.

»Er nimmt keine Drogen, da bin ich sicher. Er hat das nicht nötig. Und trotzdem sperrt man ihn ein, mehrere Stunden lang. Ich frage mich, warum man das macht, ob man das überhaupt darf. Er leidet unter einem Schock.«

Sie wusste nicht weiter, sie wartete, was er sagen würde.

»Ich bedaure das«, meinte er, »aber es handelt sich um ein Tötungsdelikt. Da können wir nicht Rücksicht nehmen, so wie Sie sich das wünschen würden. Den Schock muss er verdauen, da hilft nichts. Sonst, nehme ich an, wird sich kein Nachteil für ihn ergeben.«

»Sie haben seine Fingerabdrücke genommen«, sagte sie, immer noch leise, aber eine Spur schärfer.

»Die werden wieder gelöscht, wenn nichts gegen ihn vorliegt.«

»Sind Sie da sicher?«

»Ja«, log er.

»Dann fällt mir ein Stein vom Herzen«, meinte sie und machte sich wieder an ihrer Frisur zu schaffen. »Ich führe Sie jetzt zu ihm. Aber gehen Sie bitte sanft mit ihm um, er ist sehr sensibel.«

Sie legte sich eine Hand an den Mund, lange, schlanke Finger, die Nägel in dezentem Rosa.

»Wenn ich bitten darf, so versuchen Sie, auf ihn einzu-wirken, dass er dieses Fräulein Zuberbühler verlässt. Sie ist keine Frau für ihn. Auf mich hört er nicht.«

»Vielleicht liebt er sie«, sagte er.

Sie hob wieder die Hand zum Mund, in ihren Augen war Angst.

»Das kann nicht Ihr Ernst sein.«

»Wer weiß das schon? Ich habe mit Frau Zuberbühler geredet. Sie jedenfalls scheint ihn zu lieben. Sie gefällt mir übrigens ganz gut.«

Jetzt war Unglauben in ihren Augen, dann eine Spur Feindschaft. Sie fasste sich und war plötzlich wieder die korrekte, hübsche Dame.

»Kommen Sie, wenn es denn sein muss.«

Sie führte ihn über den Rasen zu einem Weiher, über dem eine Trauerweide wuchs. Schilf, Binsen, auf einem Seerosenblatt saß eine kleine Schildkröte. Unter den Zweigen, die über das Wasser hingen, lag auf einem Liegestuhl Eduard, lang ausgestreckt, barfuß. Das fiel Hunkeler auf, weil ihm die beiden großen Zehen unförmig riesig erschienen.

»Ich lasse euch jetzt«, sagte Frau Vischer, wartete einen Moment und ging schnell davon. Hunkeler setzte sich auf eine Steinbank dicht am Wasser.

»Schön ist es hier«, sagte er. »Es ist angenehm kühl. Ich bin übrigens Kommissär Hunkeler.«

Der junge Mann blieb liegen und schwieg. Sein Blick war müde und ging in das feine Laub der Weide hinauf.

»Ich habe gestern Morgen mit Nelly Zuberbühler geredet«, sagte Hunkeler, »in der Wohnung an der Hundsbacherstraße. Es schien ihr gutzugehen. Sie war mit dem Hund und mit Ruth Künzli zusammen.«

»Ich liebe Nelly«, sagte Eduard, »ich werde sie nicht mehr loslassen. Sie ist meine Frau, ich werde sie retten.«

Hunkeler schaute übers Wasser. Die Schildkröte war nicht mehr auf dem Blatt. Er suchte sie, sah sie aber nicht.

»Sie meint«, sagte er, »sie sei sich überhaupt nicht sicher, ob sie gerettet werden will.«

»Liebt sie mich nicht?«, fragte Eduard und setzte sich auf, erschrocken. Nicht nur die Zehen, auch die Füße, die er ins Gras stellte, waren riesengroß.

»Warum gehen Sie nicht zu ihr, wenn Sie sie lieben? Ich glaube, sie mag Sie.«

»Sie will mich nicht bei sich haben. Sie sagt, ich sei von einem anderen Stern. Dabei leben wir beide auf der Erde.«

»Es gibt schon Unterschiede. Dieser Ort hier ist eine Idylle.«

»Nein, dieser Ort ist ein Friedhof. Hier wird die Liebe begraben. Schauen Sie meine Mutter an.«

»Die ist doch in Ordnung.«

»Sie ist eine Ruine, gut restauriert. Aber in ihr drin ist kein Leben.«

»Da bin ich mir nicht so sicher. Da wäre vielleicht noch ziemlich viel Leben drin.«

»Wenn was geschehen würde?«

Hunkeler schwieg. Er fühlte sich überrumpelt. Warum redete der junge Mann so direkt mit ihm?

»Jetzt schweigen Sie, was? Damit haben Sie nicht gerechnet, dass ein junger Mann selbstsicher mit einem Polizisten redet? Ich bin kein Hosenscheißer. Ich will nicht werden wie meine Eltern, um keinen Preis. Wenn sie wenigstens einen Liebhaber hätte. Sie hat nur diesen Fettarsch, meinen Vater. Einmal an Neujahr und zweimal an Ostern nach dem Eiersuchen, sonst ist zwischen denen nichts.«

»Man kann sich täuschen bei älteren Ehepaaren.«

»Ich täusche mich nicht. Lieber frei und auf der Gasse als in einem goldenen Käfig.«

»Warum sind Sie denn nicht auf der Gasse?«

Eduard griff sich den linken Fuß und rieb sich die Zehen. Dann nahm er den rechten Fuß und machte dasselbe.

»Ich studiere Medizin. Dafür brauche ich geregelte Verhältnisse. Ich brauche Zeit zum Lernen, ich kann nicht Geld verdienen nebenher. Zudem heiße ich Vischer mit V. Das ist ein angesehenes Basler Geschlecht. Was meinen Sie, was los wäre, wenn ich auf der Gasse leben würde.«

Hunkeler nickte, das war wohl wahr.

»Was ist übrigens mit Lucky Schindler los?«, fragte er.

Eduard stellte seine Füße wieder ins Gras und schaute sie an. Sie schienen ihm zu gefallen.

»Dazu sage ich nichts.«

»Sie sollten aber, wenn Sie ihm helfen wollen. Ich habe den Eindruck, er ist in Gefahr.«

Eduard legte sich die Hände in den Nacken, lehnte sich nach hinten und schaute eine ganze Weile in die Zweige hinauf.

»Ich habe den Eindruck«, sagte er dann, »Lucky macht es nicht mehr lange.«

»Warum? Der Drogen wegen oder wegen der Mafia?«

»Wegen beidem. Er steckt zu tief drin, und er ist nicht clever genug.«

»Und Hiob Heller?«

»Der ist in Ordnung, den lassen Sie mal in Ruhe.«

Sehr dezidiert kam das, als hätte ein Oberarzt entschieden.

»Als ich an der Hundsbacherstraße war«, sagte Hunkeler, »hat das Telefon geklingelt. 17-mal. Keine der beiden Frauen hat geantwortet. Warum nicht?«

Jetzt wurde Eduard rot, tatsächlich, bis über die Ohren, die groß und breit vom schmalen Gesicht abstanden.

»Ich habe gehört«, sagte Hunkeler, »Hiob Heller habe wieder mit Dealen angefangen. Stimmt das?«

Eduard schaute ihn gequält an, er wusste nicht weiter. Er entschied sich für die Wahrheit, auch das war deutlich zu sehen.

»Nur vorübergehend. Ich werde es ihm austreiben.«

»Hat irgendwer von Ihren fünf Kumpanen etwas mit dem Tötungsdelikt zu tun?«

»Nein.«

»Wissen Sie etwas über das Tötungsdelikt? Haben Sie zum Beispiel jemanden hineingehen sehen?«

»Wo hinein?«

»In die Praxis.«

»Man kann nicht unterscheiden, ob jemand die Praxis besucht oder bloß das Seniorenheim.«

Hunkeler schüttelte den Kopf, da hatte der junge Mann recht.

»Danke vielmals. Wenn ich weitere Fragen habe, komme ich wieder vorbei.«

»Bitte, jederzeit.«

Er ging über den Rasen zurück zur Wohnhalle, in der Frau Vischer saß, beide Fäuste gegen das Kinn gepresst. Sie hatte ihn nicht kommen hören, sie erschrak.

»Und?«, fragte sie.

»Ich glaube, er liebt sie wirklich«, sagte er.

Auf dem Rückweg in die Stadt hinunter sah er im Süden die Gempenfluh stehen mit ihren weißen Kalkfelsen. Er dachte daran hinzufahren, zwei Stunden durch den Wald zu gehen und sich anschließend zu einem Wurstsalat spezial und einem Bier auf die Terrasse der Wirtschaft zu setzen. Er hatte Lust, in den Jura hineinzuschauen, auf die Wellen der gegen Westen auslaufenden Hügel. Er hätte wandern wollen, stundenlang, tagelang, immer geradeaus dorthin, wo die Dörfer französische Namen trugen. Über einen Grat mit Föhren, hinunter ins Tal zu einem Bach, der auch im Juli kalt war. Wieder bergauf an feuchten Felsen vorbei, an denen Moos und Farne wuchsen. Über eine weit hingestreckte Juraweide hätte er gehen wollen, an Kuhfladen, Silberdisteln und Wettertannen vorbei.

Er hätte diese heiße Stadt hinter sich lassen wollen, in der Reichtum nicht Glück schenkte, sondern seelische Not. In der Liebe keine Himmelsmacht war, sondern ein Fehler. In der die Leute nicht lebten, wie sie wollten, sondern wie sie leben zu müssen glaubten.

Basel war eine prüde Stadt, das wusste er schon lange, von puritanischem Geiste durchweht. Man tat hier, was sich schickte, man wollte sich unter keinen Umständen eine Blöße geben. Und was sich nicht schickte, galt als schlecht. Man marschierte hier sogar an der Fasnacht in militärisch ausgerichteten Kolonnen. Trotzdem war er hier zu Hause, ein zugezogener Fremdling zwar, des einheimischen Dialekts nicht mächtig, aber immerhin toleriert. Denn in Basel wurden Fremde nicht schikaniert, sondern schlicht übersehen. Das hatte auch Vorteile, man konnte als Fremder tun und lassen, was man wollte.

Der junge Eduard Vischer übrigens, dachte er, war wohl stark und arrogant genug, seinen Willen durchzusetzen und Nelly Zuberbühler zu seiner Arztfrau zu machen. Nur hatte Hunkeler da seine Zweifel, ob das gut sein würde für sie. Vielleicht war es wirklich besser, wenn sie sich nicht retten ließ.

Er parkte vor dem Seniorenheim an der Titlisstraße und stieg aus.

Auf den Bänken unter den Platanen saß eine Gruppe alter Menschen, Frauen vor allem, schön herausgeputzt in geblümten Sommerröcken, rot, gelb, hellgrün. Er blieb stehen, um sich das anzuschauen. Ein ganzes Bukett von Rosen, Margeriten, Lilien sah er, vom Licht, das durch die breiten Blätter drückte, luftig gesprenkelt. Auf Klappstühlen zwei ältere Herren, eine Flasche Rotwein neben sich. Einer trug einen Strohhut, in dessen Band ein Karton steckte. Duo Hawaii war drauf zu lesen. Die Herren spielten Gitarre und sangen dazu, und Hunkeler summte mit: Steig in das Traumboot der Liebe, fahre mit mir nach Hawaii. Dort auf der Insel der Schönheit wartet das Glück auf uns zwei. Er sah ein altes Paar, das sich eng umschlungen festhielt und tanzte, langsam, fast bedächtig, aber im Takt genau. Die Frau war einen Kopf kleiner als er und bewegte sich anmutig, mit erstaunlicher Grazie. Der Mann bewegte sich hölzern, aber auch er gab sich Mühe, den Takt zu halten. Er trug einen dunklen Zweireiher. Es war Armin Merkle.

Als ihm einige Frauen fröhlich zuwinkten und mit Gesten einluden, er solle herüberkommen und sich mit ihnen im Kreis drehen, verwarf er bedauernd die Hände. Er hatte keine Zeit, leider, obschon auch er gern auf die Insel der Sehnsucht gefahren wäre.

In der Arztpraxis begrüßte ihn Frau Schwaab. Sie hatte sich die Lippen violett geschminkt und trug eine schneeweiße Bluse.

»Herr Dr. Knecht hat heute leider keine Zeit«, sagte sie, »kommen Sie bitte morgen wieder.«

Sie mochte ihn nicht, da war nichts zu machen.

»Hören Sie mal«, sagte er, »Sie sehen ja richtig schön aus heute. Wie haben Sie das geschafft?«

Sie zog eine Schnute, sie wusste nicht recht, ob das freundlich gemeint war.

»Ich will bloß mit Frau Zbinden reden«, sagte er, »das wird ja wohl möglich sein. Übrigens, was feiern die da draußen unter den Bäumen?«

»Die goldene Hochzeit des Paares Merkle«, sagte sie. »Die kennen nichts. Frau Dr. Erni ist noch nicht unter der Erde. Und schon tanzen sie wieder. Pietätlos ist das, richtig unanständig.«

»Die haben aber eine großartige Musik.«

»Albin und Konrad«, sagte sie, »die Säufer. Die gehören hinter Gitter.«

»Aber nein, sie spielen schön. Was meinen Sie, könnten wir nicht zusammen ein Tänzchen wagen?«

Sie schüttelte den Kopf. Nein, das wollte sie nicht. Und mit ihm schon gar nicht.

Er betrat das Laborzimmer. Ruth Zbinden saß am Tisch und füllte eine Tabelle aus. Sie freute sich, ihn zu sehen.

»Kaffee?«, fragte sie.

»Danke gern«, sagte er und setzte sich ans Fenster. Er

hätte gerne geraucht, um den Praxisgeruch zu vertreiben, ließ es aber bleiben. Auf dem Giebel der Bocciahütte gegenüber saß ein Amselmann, gelber Schnabel, schwarzer Frack, und sang. Er sang so laut, dass er noch durch die Scheibe zu hören war. Er hielt ein, drehte den Kopf, flatterte ein bisschen und begann aufs Neue zu flöten, ein schönes Abendlied. Von rechts, von der Straße her, erschien ein alter, großer Mann im Blickfeld. Er trug einen weißen Bart, einen schwarzen Anzug und einen schwarzen Hut, der nur ein Borsalino sein konnte. Er ging langsam, er stakste, als ob er der Erde, auf der er ging, nicht ganz trauen würde. Sein Blick war zu Boden gerichtet, als hätte er etwas gesucht. Er blieb stehen, bückte sich mühsam, hob irgendetwas auf, begutachtete es und steckte es in die rechte Rocktasche.

»Wer ist das?«, fragte Hunkeler.

»Das ist Abraham«, sagte Frau Zbinden, »er ist eingeladen zur goldenen Hochzeit.«

Sie schauten zu, wie der alte Mann in der Toilette der Bocciabahn verschwand.

»Was hat er gesucht?«

»Ach der, der schaut immer zu Boden. Er sucht Steine. Er hat die Taschen voller Kiesel.«

Er nahm einen Schluck aus der Tasse, die sie ihm hingestellt hatte. Der Kaffee schmeckte hervorragend.

»Von was lebt er? Hat er Rente?«

»Er hat eine Wohnung in der Milchsuppe unten. Er wird irgendeine Rente haben. Er braucht nicht viel.«

»Was ist eigentlich mit Rumpelstilzchen?«

»Sie wohnt auf dem Bauernhof gegen den Spitzwald hinauf. Sie hilft dort mit im Haushalt. Soviel ich weiß, ist sie heute Abend auch eingeladen. Die sind beide ein bisschen verrückt. Aber es sind liebe Menschen.«

Sie lächelte ihn freundlich an, aus hellen, graugelben Sommeraugen.

»Sie haben mir etwas verschwiegen«, sagte er. »Sie hätten mir von Hans Graber erzählen sollen.«

»So, hätte ich das? Und warum?«

Ihr Lächeln verschwand, wie weggewischt.

»Weil er der Geliebte von Frau Erni war.«

»Ach so?«

Sie errötete leicht, aber nicht sehr. Sie schien sich ziemlich gut im Griff zu haben.

»Stimmt, ich habe es verschwiegen. Weil ich es nicht sagen durfte. Ich habe schwören müssen.«

»Wie bitte? Frau Erni hat einen Eid verlangt?«

»Ja. Ich habe die beiden einmal überrascht. Es war am Abend spät, ich musste etwas holen. Ich war offenbar so leise, dass sie mich nicht gehört haben. Dann wusste ich es. Und sie hat mich in ihr Vertrauen gezogen.«

Er schaute hinüber zur Toilette, aus der der lange Abraham kam, den Blick auf den Boden gerichtet.

»Wie schafft man so was?«, fragte er.

»Was?«

»Ein Verhältnis zu haben mit einer stadtbekannten Persönlichkeit, über Jahre, und niemand merkt etwas?«

»Sie haben sich nicht oft gesehen. Vielleicht alle zwei Wochen. Immer spätabends, meist in der Praxis, manchmal bei ihm zu Hause. Das ist nicht aufgefallen, wohl deshalb nicht, weil sich niemand hat vorstellen können, dass sie eine Liebesbeziehung hatte.«

»War er auch bei ihr zu Hause?«

»Nein, das wollte sie nicht. Sie hat gesagt, das wäre ihr zu intim, ein Mann in den eigenen vier Wänden.«

Er schüttelte den Kopf. Er verstand überhaupt nichts mehr.

»Wenn man jemanden lieben will, so macht man es sich doch bequem und legt sich in ein weiches, breites Bett und nicht auf einen Praxisschragen.«

»Sie nicht, sie war speziell. Bei ihr musste die Liebe geheim sein, gefährlich, verboten. Sonst hätte sie nichts davon gehalten.«

»Könnte Ihrer Meinung nach Hans Graber als Täter in Frage kommen? Und wenn, warum?«

Sie zögerte, dachte nach, bis sie den Blick hob und ihn offen und ehrlich anschaute.

»Möglich wäre es, ja. Er hat vorgehabt, sich von ihr zu trennen. Sie hat es mir etwa einen Monat vor ihrem Tod erzählt. Er fühle sich missbraucht, hat er gesagt, ausgenützt als männliches Lustobjekt, ohne seelischen Überbau. Ich weiß das noch so genau, weil ich die Formulierung komisch fand. Und er wolle seiner jungen Frau treu bleiben.«

»Deshalb ersticht man doch keine Frau.«

»Vielleicht doch. Vielleicht hat sie ihn nicht loslassen wollen. Vielleicht geschah es im Affekt, weil sie sich gestritten haben.«

»Sie hatte eine Bisswunde an der Unterlippe. Aber das bleibt unter uns.«

»Dieses Schwein«, sagte sie.

»Warum Schwein? Das kann passieren in der Hitze der Liebe.«

»Ich hasse Gewalt gegen Frauen«, sagte sie, »auch wenn es ein Beißen aus Liebe ist.«

Sie saß da, ruhig wie eine Katze, die Hände wie Pfoten auf die Knie gelegt.

»Und Ihr Freund, der Forellen fängt?«, fragte er. »Wie geht es ihm? Lieben Sie ihn?«

»Natürlich. Wäre ich sonst mit ihm zusammen?«

Da hatte sie recht.

»Reden wir von Hiob Heller. Hat er seine Mutter oft besucht?«

»Nein, selten. Eigentlich nur, wenn es etwas zu bereden gab. Sie ist ihm aus dem Weg gegangen.«

»Warum? War ihr der Umgang mit ihrem Sohn auch zu intim?«

»Das kann schon sein. Sie war eine sehr spezielle Frau.«

»Sie mochten sie gut, nicht wahr?«

Sie nickte, ein Schleier glitt über ihre Augen.

»Ich bedanke mich«, sagte er.


Im Vorraum an der Theke stand Dr. Knecht und gab Frau Schwaab Anweisungen. Er unterbrach und musterte Hunkeler mit kühlem Blick.

»Jetzt lümmelt schon dieser Herr Haller hier dauernd herum«, sagte er. »Wie lange dauert das noch? Sie stören den ganzen Betrieb.«

»Tut mir leid«, sagte Hunkeler. »Ich müsste mit Ihnen reden.«

»Unmöglich. Schauen Sie einmal in den Warteraum.«

Er zeigte zur Glasscheibe hinüber, hinter der Leute saßen.

»Die brauchen alle meine Hilfe. Das ist vorrangig.«

»Eine Viertelstunde«, bat Hunkeler.

Dr. Knechts Gesicht lief rot an, was unter seiner Bräune kaum zu erkennen war. Aber er beherrschte sich.

»Gut. Kommen Sie einmal über Mittag, dann habe ich vielleicht fünf Minuten.«

»Was haben denn diese Leute alle? Sind sie krank?«

»Sie leiden unter der Hitze. Und einige haben eine Sommergrippe.«

Er wandte sich ab.

Als Hunkeler aus dem Haus trat, war drüben das Fest in vollem Gange. Das Duo Hawaii schien in Höchstform zu sein. Aloha-e!, sang es, und im Chor kam es zurück: Aloha-e! Aloha-e! Die Frauen tanzten paarweise, mit erstaunlich viel Schwung. Die Männer saßen am Tisch, auf dem ein Fass Ueli-Bier stand. Offenbar waren sie daran, sich zu betrinken. Es duftete nach Kalbsbratwürsten, die auf einem Grill lagen und von einer älteren, kleinen Frau gewendet wurden. Hunkeler ging zu ihr.

»Bitte eine Bratwurst«, sagte er, »aber nicht so eine Bleichmaus, sondern gut durchgebraten.«

»Hier sind alle gut durchgebraten«, sagte sie. »Wir wissen, was schmeckt.«

Er schaute zu, wie sie eine Wurst auf einen Pappteller legte. Schön aufgesprungen von der Hitze war diese, die Haut schwarz verkohlt, das Innere leuchtete saftig.

»Ein Brötchen«, sagte er.

»Aber selbstverständlich. Was meinen Sie denn?«

»Und Senf, bitte.«

Sie drückte ihm Senf auf den Teller.

»Sind Sie Rumpelstilzchen?«, fragte er.

»Ja, man nennt mich so. Ich schaue hier zum Rechten, dass alles schmeckt.«

»Ich besuche Sie einmal im Bauernhof oben, wenn's recht ist.«

»Aber sehr gern.«

Sie strahlte ihn an.

Er ging zum Männertisch, setzte sich und stellte sich vor. Das Gespräch verstummte sogleich. Er biss in die Wurst, als ob nichts wäre.

»Darf ich bitte ein Bier haben?«, fragte er.

»Ach so«, sagte Merkle, »Sie wollen mitfeiern.«

Hunkeler nickte.

»Wissen Sie«, sagte Merkle, während er ein Bier zapfte, »wir hier haben die Polizei nicht so gern. Die stellt alles auf den Kopf, als ob wir Mörder wären. Dabei haben wir alle Frau Dr. Erni sehr gern gehabt.«

»Zum Wohl«, sagte Hunkeler.

»Und die eigentlichen Verbrecher, die Drögeler«, sagte Merkle, »die lässt sie unbehelligt. Das geht doch nicht, dass man die noch ganz legal mit Drogen vollpumpt. Die gehören auf Entzug, und zwar im Gefängnis, bis sie entweder verrecken oder die Sucht überwunden haben. Anders geht es nicht. Wir haben hartes Brot gegessen in der Jugend. Das hat uns gelehrt. Die weiche Tour nützt gar nichts. So wird die Jugend bloß verweichlicht.«

»Ich weiß das nicht so genau«, sagte Hunkeler. »Es interessiert mich im Moment auch nicht. Ich suche einen Täter.«

»Ja, suchen Sie ihn, finden Sie ihn, wir helfen mit. Und dann an die Wand mit ihm und päng!«

Hunkeler schlürfte das Bier, das kühl und frisch war. Er schaute Abraham an, die Seidenkrawatte, den abgewetzten Hemdkragen, die Ränder des Borsalino waren abgeschabt.

»Den haben Sie auf dem Markt von Luino gekauft, am Lago Maggiore«, sagte er, »nicht wahr?«

»Stimmt«, sagte Abraham, »1964 war das, eine Busreise über den Gotthard mit meiner Frau selig.«

»Wie heißen Sie mit richtigem Namen?«

»Gustaf Schmidli.«

»Darf ich wissen, was Sie in den Taschen haben?«

»Warum?«

»Ich interessiere mich für Steine.«

Jetzt freute sich der alte Mann, er nickte.

»Seht ihr«, sagte er, »dieser Herr ist gescheit. Er interessiert sich für Steine.«

Er packte ein paar gewöhnliche Kiesel aus, legte sie hin.

»Das da ist ein Diorit, ein Eruptivgestein. Dieser ist relativ hell, sonst sind sie dunkler. Der ist gut fürs Nervensystem. Das ist ein Feuerstein, mit dem haben sie früher Feuer geschlagen. Das ist ein Quarz, daraus wachsen die Bergkristalle. Ein Glimmer, den kann man zu glänzenden Blättchen aufspalten. Ein Feldspat, eigentlich ein Silikat. Davon gibt es die Untersorten Orthoklas, Mikroklin, Albit, Anorthit. Feldspate sind gut für die Nieren. Haben Sie Nierenprobleme?«

»Nein. Was haben Sie sonst noch in der Tasche?«

Abraham legte einen Bund mit drei Schlüsseln auf den Tisch, einen Kamm, einen kleinen, runden Spiegel, ein

Schweizer Offiziersmesser, zwei Zigarrenstummel, vier Baumnüsse.

»Die sind für die Eichhörnchen im Kannenfeldpark. Dort gehe ich jeden Morgen spazieren.«

»Sie haben vorhin«, sagte Hunkeler, »als Sie zur Toilette gingen, etwas vom Boden aufgelesen. Was war das?«

»Ach so. Das war dieser Stummel da.«

Er zeigte auf den Aschenbecher, in dem das fast völlig heruntergebrannte Ende eines Stumpens lag.

»Ich habe kein Geld, um Stumpen zu kaufen. Ich lese sie vom Boden auf.«

»Was ist das für eine Marke?«, fragte Hunkeler. »Weiß das jemand?«

»Rössli 20«, sagte Merkle, »eine Sumatra von Burger und Söhnen. Hier, ich rauche sie selber.«

Er legte eine Schachtel Rössli 20 auf den Tisch.

»Ich habe gemeint, Sie rauchen Brissago?«

»Manchmal. Ich wechsle ab, damit ich nicht süchtig werde.«

Hunkeler steckte sich eine Zigarette an, nahm einen tiefen Zug und bat um ein weiteres Bier. Der Stummel stammte wohl von Merkle. Er schaute zu den tanzenden Frauen hinüber.

»Kann mir jemand die Schwestern Bühler zeigen?«

Merkle deutete zu zwei beindürren Frauen hinüber, die sich an den Händen hielten und sich langsam im Kreise drehten. Aloha-e!, sangen sie, Aloha-e!

Als er die Mühlhauserstraße zur Wirtschaft Nordbahnhof hinunterfuhr, überlegte er, ob er den heruntergebrannten Stumpenstummel nicht doch besser eingesteckt hätte. Aber dann kam er zum Schluss, dass die Spurensicherung wohl das ganze Areal abgesucht hatte. So ein Stummel wäre ihr nicht entgangen. Also musste er nachträglich weggeworfen worden sein, zum Beispiel von Armin Merkle.

Da es draußen im Garten immer noch zu heiß war, betrat er den Wirtsraum und setzte sich an den Tisch gleich links. Es war neun Uhr abends, er war der einzige Gast hier drin. Eine große Quartierbeiz, die bessere Tage gesehen hatte. Zweigeteilt, mit einem Saal gegen den Garten hin, in dem wohl vor Jahrzehnten getanzt worden war. Von draußen waren Geschrei und Gelächter zu hören.

Er musste lange warten, bis er bedient wurde. Das war ihm ganz recht. Er musste erst verdauen, was er gegessen und getrunken hatte. Zwei Bratwürste waren es gewesen und vier Bier. Und er musste überlegen.

Warum war Dr. Knecht so unwirsch gewesen, was versteckte er hinter seinem braunen Teint? Und was war eigentlich mit Ruth Zbinden? 500 000 Franken waren eine stolze Summe. Warum hatte Frau Erni ihre Laborantin mit so viel Geld bedacht? Und warum Dr. Knecht?

Endlich erschien Hans Graber, in Schuhen und Hemd. Am Gürtel hatte er einen großen Geldbeutel. Er zuckte nicht mit der Wimper, als er fragte, was es sein dürfe. Hunkeler bestellte Kaffee, und Graber nickte höflich.

Hatte das Testament überhaupt etwas mit der Tat zu tun?, überlegte Hunkeler. Ging es wirklich um Geld? Er war skeptisch. Er konnte es sich nicht gut vorstellen, dass jemand aus dem Umfeld der Praxis, den er kannte, des Geldes wegen, auch wenn es viel war, Frau Erni mit einem Fleischermesser erstochen hätte. Für so eine Tat hätte wohl niemand die nötige Brutalität aufgebracht. Oder vielleicht doch? Vielleicht Dr. Knecht?

Er kante diesen Arzt nicht gut, war nie bei ihm in der Sprechstunde gewesen. Er hatte ihn bloß im Vorraum ein paarmal gegrüßt.

Dr. Knecht schien ihm ein durch und durch beherrschter Mann zu sein, der sich stets unter Kontrolle hatte. Ein Karrierist, der die Macht, die ihm sein Amt verlieh, in berufsmäßige Arroganz umgemünzt hatte. Diese Arroganz war bei vielen Ärzten anzutreffen, vor allem bei jüngeren, die sich unsicher fühlten. Mit zunehmendem Alter pflegten auch sie mürbe und nahbar zu werden.

Aber zu einem Mord war der arrogante Dr. Knecht wohl nicht fähig. Zudem, was hätte ihm ein Mord genützt? Wusste er vielleicht vom Testament, hätte er das Geld dringend gebraucht?

Er nahm einen Notizblock hervor, riss einen Zettel ab und schrieb eine Frage darauf.

WARUM HABEN SIE MIR NICHT GESAGT, DASS SIE LETZTEN SONNTAG BEI FRAU ERNI IN DER PRAXIS WAREN?

Er legte den Zettel so auf den Tisch, dass er nicht zu übersehen war.

Nach einer Weile erschien Graber mit dem Kaffee und stellte ihn hin. Er sah den Zettel, nahm ihn, las ihn und steckte ihn ein. Das tat er, ohne ein Wort zu sagen, und ging hinter die Theke. Er holte vier Flaschen Bier aus dem Eiskasten, zapfte drei Stangen hell, stellte alles auf ein Tablett und trug es hinaus, ohne nur einmal herüberzuschauen.

Draußen im Garten wurde schrill gelacht, offenbar eine Frau, die das Bier nicht gewohnt war. Eigentlich eine gute Wirtschaft, dachte Hunkeler, mitten im Proletarierquartier, auch wenn hier nur noch das Subproletariat der Alkis verkehrte. Ein bisschen zählte er sich auch dazu. Und manchmal, wenn er sich elend fühlte, hätte er liebend gern zu ihnen gehört.

Endlich erschien Graber wieder. Er ging hinter die Theke, schrieb etwas auf einen Zettel, kam an den Tisch und legte den Zettel hin. Hunkeler las.

WEIL DAS NIEMANDEN ETWAS ANGEHT.

Er faltete den Zettel sorgfältig zusammen und steckte ihn in die Jackentasche.

»Sie wollten eine Schriftprobe von mir haben, nicht wahr?«, fragte Graber. »Warum?«

»Weil ich einen anonymen Drohbrief bekommen habe.«

Graber schüttelte den Kopf, ungläubig.

»Sie meinen doch wohl nicht, dass ich Ihnen einen anonymen Drohbrief geschrieben habe? Oder doch? Weshalb denn?«

Hunkeler leerte seine Tasse. Der Kaffee schmeckte fade.

»Wo waren Sie letzten Sonntag um 21 Uhr?«

»Zu Hause, mit Leo.«

»Zusammen mit Ihrer Freundin?«

»Nein, die war eingeladen.«

»Schade. Es wäre besser, Sie hätten ein Alibi für 21 Uhr.«

Graber glotzte ihn an, er schien nichts zu verstehen. Er griff sich einen Stuhl und setzte sich.

»Was ist los?«, fragte er.

»Sie haben im Praxisraum ein schwarzes Katzenhaar gefunden. Es muss nach der Reinigung durch die Putzfrau vom Samstagnachmittag dorthin gelangt sein. Und Sie haben eine schwarzweiße Katze.«

Jetzt wurde Graber schneeweiß im Gesicht. Das ging schlagartig vor sich. Er packte mit beiden Händen die Tischkante. Langsam gewann er wieder etwas Farbe.

»Ich habe Christa am Sonntagmorgen um neun in der Praxis besucht«, sagte er. »Wir hatten das schon zwei Wochen vorher so ausgemacht. Ich habe ihr gesagt, dass es das letzte Mal sei, dass ich sie besuche. Sie hat gesagt, dass dies unmöglich sei, dass sie nicht leben könne ohne mich. Sie hat mich mit einer Leidenschaft umarmt, der ich nicht habe entrinnen können. Ich glaube, ich bin ihr seit Jahren schlicht hörig gewesen. Es war primitiver, unausweichlicher Sex, sehr schön.«

Er nahm ein Taschentuch hervor und schneuzte sich umständlich. Er tupfte sich sehr schnell über die Wangen.

»Sie haben sie in die Unterlippe gebissen«, sagte Hunkeler.

»Das kann schon sein. Ich weiß nicht mehr, was ich tat.«

»Vielleicht haben Sie sie erstochen?«

Graber saß da, reglos, als hätte er auf irgendwas gewartet, was nicht kam.

»So eine Scheiße«, sagte er. »Ich wollte nie mehr etwas mit der Polizei zu tun haben, ums Verrecken nicht.

Und jetzt dies. Was wird meine Freundin dazu sagen? Und Leo?«

»Es ist eine dumme Geschichte«, sagte Hunkeler. »Vor allem das Katzenhaar.«

»Und wenn es gar nicht von meiner Katze stammt?«

»Das dürfte doch recht unwahrscheinlich sein. Man könnte das übrigens feststellen.«

»Muss das wirklich sein?«

Hunkeler wiegte den Kopf. Er wusste noch nicht, ob es wirklich sein musste.

»Womit soll ich sie denn erstochen haben? Ich hatte kein Messer bei mir.«

»Allem Anschein nach muss es ein mittelgroßes Fleischermesser gewesen sein.«

»Ich habe nie ein Fleischermesser besessen. Ich bin Vegetarier.«

»Und das soll ich Ihnen einfach so glauben?«

»Ja, bitte. Ich bringe doch meine Geliebte nicht um. Ich bringe überhaupt niemanden um.«

»Irgendjemand muss es getan haben.«

»Aber bestimmt nicht ich. Ich habe mich immer gegen Gewalt ausgesprochen, sogar gegen die Gewalt, die den Klasseninteressen des Proletariats gedient hätte. Ich bin ja deswegen von der Stasi überwacht worden.«

»Das hat nichts mit Politik zu tun«, sagte Hunkeler, »das hat mit Liebe zu tun.«

»Meinen Sie wirklich, ich hätte Christa aus Liebe getötet? Das wäre ja pervers.«

»Stimmt«, sagte Hunkeler.

»Also pervers bin ich nicht. Ich habe meine Liebesfähigkeit immer als produktive Kraft verstanden, als permanente Revolution, die Lebenskraft, Lebenslust produziert. So habe ich auch gelebt. Ich habe mich ein Leben lang bemüht, anständig zu sein zu den Frauen. Fast immer ist mir das gelungen.«

Draußen rief jemand nach dem Herrn Ober, aber Graber hörte nicht hin.

»Vielleicht hat sie noch einen anderen Liebhaber gehabt«, sagte Hunkeler. »Wäre das möglich?«

»Das ist alles so schäbig, so grässlich kaputt in dieser spätkapitalistischen Gesellschaft«, sagte Graber.

»Wäre es möglich?«

»Vielleicht. Ich habe nie einen Besitzanspruch an sie angemeldet. Das hätte sie auch gar nicht akzeptiert. Sie ließ sich nicht monopolisieren. Im Grunde ist sie mir ein Rätsel geblieben, bis zuletzt. Ich wusste auch gar nicht, warum sie mich liebte. Sie hat jedenfalls behauptet, sie liebe mich. Sie war scheinbar so prüde, dass man sie erst gar nicht als erotisches Wesen zur Kenntnis genommen hat. Aber dann plötzlich wurde sie so genau, dass einem Hören und Sehen verging.«

»Wer könnte denn der andere gewesen sein?«

»Keine Ahnung«, sagte Graber schroff.

Von draußen waren Schreie nach dem Herrn Ober zu hören, unwirsch und böse.

»Muss ich jetzt gleich mitkommen?«, fragte er. »Verhaften Sie mich?«

»Nein«, sagte Hunkeler, »wir warten mal ab.«

Er fuhr durch die Davidsbodenstraße in den St. Johanns-Ring hinein. Er rollte über die Schwellen, die zur Verkehrs-beruhigung in den Asphalt eingelassen waren. Beruhigend fand er diese Hindernisse indessen nicht, eher enervierend. Auf dem Burgfelderplatz drehte er nach links und parkte vor dem Milchhüüsli. Er beschloss, noch nicht hineinzuge-hen, sondern erst eine Weile zu warten.

Er setzte sich vorne am Platz auf eine Bank und steckte sich eine Zigarette an. Er wusste nicht recht, warum er das tat. Viel lieber hätte er frische Luft eingeatmet. Diese Rau-cherei war nichts als eine üble Gewohnheit.

Es fiel ihm auf, dass er sehr schlechter Laune war.

Der Platz lag leer in der immer noch drückenden Nacht-hitze. Drei Straßenlampen hingen darüber, reglos, von kei-nem Lüftchen bewegt. Eine Tramschiene glänzte in ihrem Lichte. Zwei Zierbäume rechts vor der Polizeiwache. Der Burgfelderhof gegenüber, früher eine fröhliche Quartier-beiz, jetzt eine fade Pizzeria. Am Anfang der Colmarer-straße, wo früher die Eckkneipe war, eine Apotheke. Auf der anderen Seite der Straße eine Filiale eines Superdis-countrings. Links gegen die Stadt hin ein Sexkino samt Sex-shop. In seinem Rücken die Kantonalbank.

Und noch immer gab es Leute wie er selber, die dach-ten, die Liebe sei eine Himmelsmacht. Verträumte Roman-tiker, die einiges von Treue hielten. Aber warum eigentlich sollte sich die Liebe nicht verändern, wenn sich die ganze Kultur, in der man lebte, veränderte? War Liebe wirklich eine von allem losgelöste, produktive Kraft, die das Leben revolutionierte? Oder war sie eine Randerscheinung, ein Vitaminpräparat oder ein Schlafmittel aus der Apotheke?

Sexshop, welch scheußliches Wort, dachte Hunkeler, als er über den leeren Platz schaute. Er hatte auf einmal eine fast unbezähmbare Sehnsucht nach Hedwigs Leib, der jetzt bestimmt schon schlafend im breiten Bett im Riegelhaus lag. Er hörte, wie sich vom Kannenfeldpark her ein Tram näherte, er hörte die Bremsen schleifen. Dann sah er die Drei auf die Haltestelle zurollen. Schön war sie anzuschauen, Triebwagen mit Anhänger, beide grün, beide erleuchtet, die abgewinkelten Bügel am Netz. Die Bahn hielt an, die hintere Tür des Triebwagens öffnete sich. Eine alte Frau stieg aus, winkte nach vorn zum Tramführer, als würde sie sich von einem Freund verabschieden. Die Tür schloss sich, das Tram rollte weiter der Stadt zu. Hunkeler sah vorne den Fahrer sitzen, er schaute geradeaus, er schien zu schlafen. Der Triebwagen war leer. Im hinteren Wagen saß ein junges Paar, das Mädchen hatte den linken Arm um den Hals des Jungen gelegt und schlief an seiner Schulter. Dann war wieder Stille. Nur die Schritte der Frau, die sich die Colmarerstraße hinauf entfernte, waren zu hören.

Hunkeler hatte gebannt zugeschaut, als hätte er bei Fellini im Kino gesessen. Was ihm auffiel, war der Glanz, der über allem zu liegen schien. Über dem Asphalt, auf den Schienen, auf den Schaufenstern der Apotheke. Nur der Himmel oben war dumpf.

Er sah, dass sich unter den Zierbäumen vor der Wache etwas bewegte. Ein Schatten, ein Hund oder eine Katze vielleicht. Dann regte sich nichts mehr. Nur die dünnen Stämme im Licht, die glänzten. Endlich löste sich ein Tier aus der Dunkelheit. Es lief in langgezogenen Wellenbewegungen über den Platz, nicht besonders schnell. Es war nicht auf der Flucht, es schien sich sicher zu fühlen. Es war ein wildes Tier, das nicht den Menschen gehörte, sondern sich selber. Das war auf den ersten Blick erkennbar. Ein Marder. Er verschwand in einem Durchgang der Colmarerstraße.

Hunkeler erhob sich und ging am Sexkino vorbei, aus dessen Schaufenster ihn nackte Frauen mit Riesenbrüsten und angeschwollenen Lippen anstarrten. Zwischen die Beine hatte ihnen jemand handgroße goldene Sterne geklebt, das sah er aus den Augenwinkeln.

Treue war vielleicht auch eine Frage des Alters, dachte er. Als alter Mann war man froh, wenn man die immer gleiche Frau, die man kannte, im Bett hatte und sich keiner andern neu präsentieren musste. Treue, fand er, war eine gute Gewohnheit.

Gleich gegenüber, wo früher der Coop-Laden gewesen war, war ein albanisches Nachtcafé. Dreißig Schritte weiter vorn war ein türkisches Nachtcafé, das einen Pizza-Kurierdienst unterhielt. Auch dieses hatte offen bis in die frühen Morgenstunden. Das Milchhüüsli, das er betrat, wurde von Serben geführt.

Er kannte dieses Lokal, er mochte es. Er trank hier manchmal nach Mitternacht ein Bier. Es gab zwei Darts-Automaten hier und im hinteren Raum ein Billard.

Vor wenigen Jahren noch war es eine sogenannte gutbürgerliche Wirtschaft gewesen, von Spießern und Kleinbürgern besucht. Zwei präparierte Lachsköpfe waren ausgestellt gewesen, der frühere Wirt war alljährlich für zwei Wochen nach Alaska geflogen, um Lachse zu fangen. Von diesem Abenteuer hatte er jeweils ein Jahr lang gezehrt. Bis er sich aufhängte.

Jetzt war das Milchhüüsli eine Nachtbeiz geworden, ein Abenteuerlokal, in dem hart gekämpft wurde mit Wurfspießen und Billardqueues. Es saßen immer noch die gleichen Leute da. Nur hatten sie ihre Outfits verändert. Keine weißen Blusen und keine Bügelfalten mehr, sie trugen Fundresses. Sie aßen nicht mehr Entrecôtes Café de Paris, sondern Snacks. Aber noch immer tranken sie Bier.

Hunkeler setzte sich an den Tisch links von der Tür, und zwar so, dass er draußen die Straße überblickte. Sie war immer noch leer, außer dass ein Tandem vorbeiglitt, vorne ein junger Mann, hintendrauf eine kleine Frau. Sie traten im selben Takt die Pedalen.

Er bestellte bei Milena ein großes Bier. Sie war von unbestimmbarem Alter und schien keinen Wert auf ihre äußere Erscheinung zu legen. Er hatte sie einmal morgens um sieben mit ihrer kleinen Tochter an der Hand über die Straße gehen sehen. Seither mochte er sie.

Vor einem der Darts-Apparate war der Kampf in vollem Gange. Er begriff das Spiel nicht, es interessierte ihn auch nicht. Es leuchteten Farben auf, englische Wörter, Zahlen. Am Tisch daneben saß die Fangemeinde, in Hawaiihemden und Shorts. Es kämpften ein jüngerer Südländer mit Tätowierung auf dem linken Bizeps und eine bleiche, unglaublich dicke Frau in Bluejeans. Es war schnell erkennbar, wer gewinnen würde. Die Frau warf die Pfeile sicher und genau dorthin, wo sie sie haben wollte. Sie machte das, ohne irgendeine Regung des Gesichtes zu zeigen. Sie hatte einen sehr schönen Mund, und es schien, als trüge sie auf dem Kinn blondes Flaumhaar.

Hunkeler trank einen Schluck Bier. Er wusste, dass er

nicht zu schnell trinken durfte. Er wollte diese Nacht noch ins Elsass fahren.

Er dachte an Christa Erni, der es gelungen war, auf der Praxisliege einen Mann wie Hans Graber scharf zu machen. Er fragte sich, wie sie das geschafft hatte. Weiter fragte er sich, ob bei der letzten dieser Liebesszenen nicht doch ein Messer in ihr Herz gedrungen war.

Wo er hingriff in diesem Fall Frau Dr. Erni, stieß er auf Liebe. Hans Graber und Christa Erni. Nelly Zuberbühler und Eduard Vischer. Karin Müller und Regula Hämmerli. Und wer war eigentlich der Liebhaber der Regula Hämmerli?

Wenn es wenigstens um Geld gegangen wäre, um Frau Ernis Erbschaft. Ein verstehbarer, nachvollziehbarer Mord aus eindeutiger, klarer Geldgier. Aber daran glaubte er immer weniger.

Er hatte genug von Liebe. Er selber war ein alter Mann. Er würde sich nicht mehr fortpflanzen, er hatte das bereits getan. Was übriggeblieben war von seiner Erotik, versuchte er mit Hedwig zu teilen, so zärtlich und genau, wie es noch ging. Und dass es immer noch ging, erfüllte ihn mit Bewunderung für Hedwig.

Aber er hatte die Nase voll davon, in anderer Leute Liebesgeschichten herumzuschnüffeln. Am liebsten hätte er nur noch auf den Tod gewartet, bedächtig und kühl. Er war der große Erlöser und nicht diese beschissene Himmelsmacht.

Er grinste über diese finsteren Gedanken und schaute auf die Straße hinaus. Im türkischen Nachtcafé gegenüber regte sich nichts. Ein einzelner Gast saß an einem Tischchen und aß eine Pizza. Über die Straße fuhr das Tandem mit denselben Leuten, diesmal in entgegengesetzter Richtung.

Um halb zwölf kam Hiob Heller herein. Hunkeler erkannte ihn sofort, an seinem schmalen Gesicht, an der markanten Nase, am nach hinten fliehenden Haaransatz. Tupfgenau der Vater, dachte er.

Der Mann ging in den hinteren Raum, wo ein junges Paar an einem Tischlein saß vor einem Halben Weißen. Er rief nach einem Kaffee, warf ein paar Münzen ein und ließ die Kugeln herausrollen. Er legte sie so auf den grünen Filz, dass sie ein Dreieck bildeten, griff sich ein Queue, setzte die weiße Kugel und stieß sie kräftig gegen das Dreieck, so dass dieses nach allen Seiten zerspritzte. Nun erhob sich der andere Mann, nahm auch ein Queue und stellte sich in Positur. Das Spiel war eröffnet.

Das alles war ohne ein Wort geschehen, ohne einen Blick auf die anderen Gäste im Lokal. Die beiden Männer spielten, ohne eine Gefühlsregung zu zeigen, man hörte nichts als die trockenen Anschläge der Kugeln. Die junge Frau saß reglos, rauchte eine Zigarette nach der anderen und schaute zu.

Um zwölf kam ein fünfzigjähriger Glatzkopf herein in weißem Shirt, das seine kräftigen Oberarme frei ließ. Er hatte eine Dogge bei sich, groß wie ein Kalb, schwarzweiß gefleckt. Ein selten schönes Tier war das wohl für einen Kenner, dachte Hunkeler, aber ihm missfiel das Tier, das sich gleich neben seinen Füßen auf den Boden legte, das Maul aufriss und gähnte. Der Mann bestellte einen Zweier La Côte, trank ihn aus und bestellte noch einen. Draußen glitt das Tandem vorbei, diesmal wieder Richtung Kannenfeldpark.

»Das ist meine Giselle«, sagte der Mann, »sie ist das liebste Mädchen auf der ganzen Welt. Ich kann sie drei Stunden im Auto lassen, ohne dass sie bellt. Und sie hat nie jemanden gebissen.«

Der Gast im Türkencafé gegenüber hatte seine Pizza wohl aufgegessen. Man sah, wie er bezahlte, sich erhob und das Lokal verließ. Er ging Richtung Stadt.

»Ob ein Hund bösartig ist oder nicht«, sagte der Mann, »hängt nicht vom Hund ab, sondern vom Halter. Es gibt keine Rassen, die von Natur aus bösartig sind. Auch die Pitbulls nicht. Sie werden bösartig gemacht vom Halter, wenn der Halter bösartig ist. Ich bin der liebste Mensch auf Erden, deshalb ist Giselle ein so liebes Mädchen.«

Hunkeler erhob sich, stieg über das schlafende Tier, stellte sich an die Bartheke und bestellte einen Espresso. Er schaute zu, wie Hiob Heller die letzten vier Kugeln souverän einlochte, wiederum eine Münze einwarf und ein neues Spiel begann. Es gab hier offenbar nichts anderes zu sehen, als dass beide hervorragende Billardspieler waren.

Er nahm die Espressotasse, stieg wieder über die nun schnarchende Dogge und setzte sich ans Fenster.

»Schlafen Sie mit Ihrem Mädchen?«, fragte er.

»Ja«, sagte der Mann, »sie schläft in meinem Bett. Ich habe zwei Kinder, die sehe ich nie. Ich hatte eine Frau, die redet nicht mehr mit mir. Ich habe jetzt eine andere Frau, aber ich habe ihr von Anfang an klargemacht, dass bei mir der Hund an erster Stelle kommt.«

Gegenüber fuhr ein kleiner Fiat vor. Pizzakurier stand

drauf, Best Pizza. Eine Frau stieg aus und trug eine gelbe Plastiktasche hinein. Der Kellner nahm sie in Empfang und brachte sie hinter die Theke. Dann stellte er vier Pizzaschachteln aufeinander. Die Frau nahm sie, trug sie hinaus ins Auto und fuhr Richtung Kannenfeldpark.

»Mögen Sie Hunde nicht?«, fragte der Mann.

»Wie kommen Sie auf diese Idee?«

»Weil Sie sich fürchten vor Giselle. Leute, die Hunde mögen, fürchten sich nicht vor ihr.«

»Wenn mich Ihr Köter ins Bein beißen will«, sagte Hunkeler, »so trete ich ihn in den Arsch.«

»Aber nicht mit mir«, sagte der Mann. »Ich lasse nicht zu, dass jemand mein Mädchen tritt.«

Hunkeler lächelte, so süß er konnte. Er sah aus den Augenwinkeln, wie sich Hiob Heller verabschiedete, hinausging und die Straße überquerte. Er betrat das Café, wo ihm der Kellner die gelbe Plastiktasche übergab. Es entstand offenbar ein Streit, die beiden Männer schienen sich anzuschreien. Der Kellner hatte plötzlich einen Revolver in der Hand und richtete ihn auf Hiob Heller. Der schüttelte den Kopf und berührte langsam den Arm des Kellners. Er nahm die gelbe Plastiktasche, kam heraus auf die Straße, ging ein paar Schritte Richtung Stadt, stieg in einen grauen Kastenwagen und fuhr davon.

»Ich bin schwer enttäuscht worden«, sagte der Mann, »vor allem von den Frauen. Ich habe keine Einzige gefunden, auf die ich mich wirklich verlassen konnte. Ein Hund enttäuscht Sie nicht. Ein Hund ist treu und zuverlässig. Sie sollten sich auch einen Hund zutun. Dann geht's Ihnen besser.«

»Danke für den Tipp«, sagte Hunkeler, »ich werde es mir überlegen.«

Er stieg über das Tier und ging hinaus. Er überlegte kurz, was er tun sollte. Dann betrat er das Café, setzte sich und bestellte Espresso. Nach einer Weile musste er mal und ging Richtung Toilette. Er kam an einer offenen Tür vorbei und schaute hinein. Im Zimmer saßen zwei junge Typen an Computern. Sie bemerkten ihn nicht, sie starrten konzentriert auf die Bildschirme, über die offenbar pausenlos Meldungen hereinkamen.

Hunkeler fuhr durch die Nacht ins Elsass hinaus. Er fuhr langsam, ließ den Wagen mit achtzig über die Straße rollen, freute sich, als in Ranspach die Stämme der Platanenallee aufglänzten und bei Trois Maisons die Hochebene im Lichte der Sterne zu schimmern schien. Er war allein unterwegs, und das gefiel ihm.

Was er gesehen und erlebt hatte heute durch den Tag, hatte ihm zugesetzt. Grabers Geständnis seines heimlichen, letzten Besuchs bei Christa Erni, seine Angst, eingesperrt zu werden. Eduard Vischers schier unmögliche Liebe zu Nelly Zuberbühler, die Angst in den Augen der Mutter. Merkles Wut auf die Drögeler, die er wohl am liebsten alle an die Wand gestellt hätte. Der Revolver, der einen kurzen Augenblick lang auf Hiob Heller gerichtet gewesen war.

Hunkeler war ein sentimentaler Mensch. Er wusste das, er konnte es nicht ändern. Er sei wie ein ungeschältes Ei, hatte ihm Hedwig einmal gesagt.

Manchmal wäre er gern ein anderer gewesen. Einer, der seine Gefühle im Griff hatte, der sich vom Intellekt leiten ließ. Der nichts an seine Psyche heranließ, was ihm nicht passte. Wozu hatte er denn einen Verstand? Doch wohl dazu, um ihn zu gebrauchen.

Er hätte sich gerne geschützt, abgeschottet vom Unglück anderer Menschen. Er hätte gern ein bisschen besser zu sich selber geschaut und an sein eigenes Wohlergehen gedacht. Diesbezüglich gab es ja gute Vorbilder im Kriminalkommissariat, allen voran Staatsanwalt Suter. Der entschied stets zugunsten der persönlichen Karriere, der war immun.

Hunkeler konnte das nicht, er wollte es im Grunde auch gar nicht können. Er war zu neugierig, er lebte zu gern.

Es war ihm klar, was er eigentlich hätte tun müssen. Hans Graber in Untersuchungshaft nehmen wegen eindeutiger Indizien. Ihn ein bisschen plagen und auf ein Geständnis hoffen. Das in der Arztpraxis gefundene Katzenhaar mit dem Haar von Grabers Katze vergleichen. Es hätte zwar nicht viel gebracht, Graber hatte ja seinen Besuch zugegeben. Aber so lief es in der Regel. Der Apparat war dazu da, um benutzt zu werden. Im Weiteren hätte er vermutlich auch Hiob Heller hereinnehmen müssen. Er war offensichtlich ein Kleinverteiler, in der gelben Plastiktasche hatten sich wohl genau abgemessene Stoffportionen befunden, die er auf seiner Fahrt durchs Mittelland verteilen sollte. Klug war das ausgedacht, praktisch und unauffällig. Zudem war er in Gefahr, wie der Revolver gezeigt hatte.

Aber das alles war ihm zu öde.

Es war halb zwei in der Früh, als er sein Auto vor dem Riegelbau parkte. Die Haustür stand offen. Er holte in der

Küche eine Flasche Beaujolais, ein Glas und ein Windlicht und setzte sich draußen in der Wiese an den Tisch, der unter Hedwigs Fenster stand.

Er trank langsam und bedächtig, er rauchte nicht. Er hörte, wie Hedwig im Traum ein paar Wörter sagte, er verstand ihren Sinn nicht. Er schaute in den Himmel hinauf, der weit und groß oben hing, durchsichtig bis in die Schwärze hinein.

Als er die Flasche ausgetrunken hatte, blieb er noch eine Weile sitzen. Der zunehmende Mond war im Osten erschienen, er hing knapp über dem Horizont. Ein leises Fächeln war zu hören, kaum wahrnehmbar, ein zartes Rauschen. Er schaute zur Pappel hinauf und sah, dass sich ihre Blätter im ersten Hauch des Morgens bewegten.

Am Donnerstagmorgen um halb elf fand in der St. Leonhards-Kirche die Abdankung für Dr. Christa Erni statt. Hunkeler hatte es eben noch geschafft, sich mit dem Ausklingen der Glocken in die letzte Bank neben Ruth Zbinden zu setzen. Er hatte in der Wohnung an der Mittleren Straße den dunklen Anzug samt schwarzer Krawatte geholt. Er hatte in der Nähe der Kirche keinen Parkplatz gefunden, sein Auto stand auf dem Trottoir.

Er betrachtete die Köpfe der Trauergäste, die er vor sich hatte. Fast ausschließlich ältere Leute waren es, viel graues Haar, einige Glatzen. Karin Müller, aufrecht und steif, Hans Graber, Frau Schwaab. Armin Merkle aus dem Seniorenheim, zusammen mit den Schwestern Bühler und anderen, deren Namen er nicht kannte. Abraham und Rumpelstilzchen waren da, Albin und Konrad. Nelly Zuberbühler und Ruth Künzli, Patrick und Sven. Sogar Eduard Vischer saß da in gediegenem, schwarzem Anzug.

Vorne beim Altar waren Blumenkränze, bestimmt dreißig Stück. Eine richtige Blumenwand war das. Auf dem Boden stand eine Urne, die Frau Ernis Asche enthielt. Die Orgel setzte ein, es war wohl etwas von Bach.

Dann eröffnete ein Regierungsrat die Feier, indem er einige wichtige Leute, die ferienhalber abwesend waren, entschuldigte. Ein schwerer Schock, sagte er, ein immenser Verlust, es gelte jetzt, dass die Bürgerinnen und Bürger, die guten Willens seien, zusammenstünden, um Trauerarbeit zu leisten und weitere Untaten zu verhindern.

Nach ihm ergriff Christina Häfelfinger das Wort. Hunkeler kannte sie von seiner Studentenzeit her, eine runde, quirlige Frau, die vor einigen Jahren Präsidentin der Regio Basiliensis geworden war. Sie ging gleich in medias res, wie sie sagte, und ließ die alten Zeiten aufleben. Sie habe Christa Erni stets bewundert, wegen ihrer Entschlossenheit und Konsequenz. Sie sei eine Frau gewesen, die stets nach ihrer Vernunft gehandelt habe, sie habe schon früh beschlossen, ihren Verstand tatsächlich zu gebrauchen. Sie erzählte von Demos und einem Sit-in im Hauptbahnhof, bei dem alle Teilnehmerinnen und Teilnehmer ein einfaches Bahnbillett nach der nächsten Station, nämlich nach Münchenstein, gelöst und somit als ganz normale Bahnbenützer nicht mehr hätten vertrieben werden können. Da Hunkeler bei diesem Sit-in auch mitgemacht hatte, hörte er amüsiert zu.

Gerade die Phantasie und die Frechheit, fuhr Frau Häfelfinger fort, die damals für so viel Furore gesorgt hätten, seien wieder bitter nötig. Gerade in der heutigen Zeit, in der sich alles rasend schnell verändere. Man müsse der Jugend unbedingt eine Chance geben.

Dann sprach der Erste Staatsanwalt. Er sagte ungefähr das, was er schon an der Pressekonferenz gesagt hatte. Er kam wiederum sehr gut an.

Als einer der wichtigsten Kulturträger der Stadt, ein siebzigjähriger Historiker, der früher einmal eine Werbeagentur gehabt hatte, Ludwig Hohls Satz von der unvoreiligen Versöhnung zitierte und alle voreilige Versöhnung als helvetisches Hauptlaster bezeichnete, das alle weiteren Defizite nach sich zöge, spürte Hunkeler, wie sein Kopf schwer wurde und vornübersank. Er ließ es geschehen, es war wohl zu heiß in der Kirche.

Er schreckte auf, weil er jemanden schnarchen hörte. Wie er den erschrockenen Augen von Ruth Zbinden entnahm, war er es selbst gewesen.

Es folgten drei weitere Reden, dann Großer Gott, wir loben dich, dann Orgelmusik.

Draußen auf dem Vorplatz das große Händeschütteln, man kannte sich, Basel war eben doch ein Dorf. Er sah sich nach Lucky Schindler um. Er sah ihn nicht.

Er ging mit Madörin den Stapfelberg hinunter und über den Barfüßerplatz zum Restaurant Kunsthalle hinauf, wo das Leichenmahl stattfand. Der Schweiß tropfte ihm in den Nacken, er war verkatert. Aber was er sah, gefiel ihm. Ein Zug schwarz gekleideter Menschen zog sich den Steinenberg hinauf, um zu Ehren der toten Christa Erni zu tafeln.

»Hast du Lucky Schindler gesehen?«, fragte er.

»Nein«, antwortete Madörin, »der war nicht da. Aber wir haben ihn im Auge. Wir schnappen ihn bald.«

»Warum?«

»Er mischelt mit bei den Albanern. Er will einen Coup landen.«

Er grinste hämisch, ein mieser, scharfer Dackel.

»Er hat übrigens ein Stellmesser«, sagte er, »und fuchtelt damit herum. Ein Stellmesser ist fast gleich wie ein Fleischermesser. Hast du das gewusst?«

»Ja«, sagte Hunkeler.

»Und warum hast du nichts gesagt?«

»Weil es eine falsche Spur ist.«

Sie hielten an, um ein Tram vorbeizulassen. Sein Grün leuchtete im Sonnenlicht.

Es gab Kartoffelsalat mit kaltem Kalbsbraten, dazu einen Rosé vom Neuenburgersee. Sie aßen im weißgedeckten Teil, der zum Garten hin offen war. Zum Anstoßen ließ er sich ein Glas füllen.

Gegen drei, als die Trauerstimmung schon längst fröhlicher Lebensfreude gewichen war, ging er durch den dunklen Teil der Wirtschaft dem Ausgang zu. Der Kater war verflogen, er fühlte sich gut. Beim Durchgang zur Toilette vorne links saß ein älterer Mann an einem dunklen Tisch, der ihn freundlich ansah.

»Herr Hunkeler?«, fragte er.

»Ja. Wer sind Sie?«

»Ich bin Heinrich Rüfenacht. Ich habe auf Sie gewartet.«

Er zeigte einladend auf den Stuhl gegenüber, und Hunkeler setzte sich.

»Man wird hier zwar im Sommer, wenn der Garten offen ist, nicht bedient«, sagte der Mann. »Aber man ist hier ungestört.«

Hunkeler schaute den Mann an, der ungefähr in seinem Alter sein musste. Er hatte eine Stirnglatze, von den Schläfen fielen ihm graue, fettige Strähnen. Platte Nase, schlaffe, gealterte Lippen. Er trug ein rotkariertes Hemd, seine Jacke hing an der Stuhllehne.

»Warum wollten Sie mich treffen? Ich habe nur wenig Zeit.«

»Zeit hat man immer«, sagte Rüfenacht. »Bis zum Tode. Dann ist die Zeit vorbei.«

Hunkeler wischte eine Fliege weg, die sich auf seine linke Hand gesetzt hatte. Das fiel ihm auf, er hatte hier noch keine Fliege gesehen.

»Ich wusste, dass Sie hier sind«, sagte der Mann. »Sie sind ja der Verfahrensleiter.«

Hunkeler rief einen Kellner, der vorne an der Theke stand. Er bestellte zwei Tassen Kaffee.

»Ich habe es auch versucht vorhin«, sagte Rüfenacht. »Mir hat er nichts gebracht. Aber Sie sind eben Kommissär Hunkeler.«

Hunkeler nickte, er hatte plötzlich alle Zeit auf Erden. Sie warteten und schauten sich an. Die Augen des Mannes wurden langsam sehr dunkel, fast schien es, als würden demnächst Tränen hervorquellen.

Er roch seltsam. Irgendein fremder Duft ging von ihm aus, fast exotisch.

»Waschen Sie sich nie?«, fragte Hunkeler.

»Nein, nur sehr selten. Ich halte nichts von Hygiene. Damit ruinieren wir bloß unsere Gesundheit, mit dem ständigen Schruppen. Der Körper hilft sich selber. Drüsen und Poren wissen gut genug, was sie ausscheiden müssen. Ich bürste auch meine Zähne nie. Man bürstet sich bloß den Zahnschmelz weg mit diesen Kunststoffborsten.«

Der Kellner brachte den Kaffee, es war Jesù, der kleine Spanier. Sie rührten beide drei Zuckerwürfel hinein, tranken und stellten die Tassen wieder hin.

»Sie müssen mich unbedingt besuchen«, sagte Rüfenacht, »und zwar in den nächsten Tagen. Sonst verrecke ich.«

»Haben Sie keine Freunde?«

»Nein.«

Hunkeler zündete sich eine Zigarette an, die erste heute.

»Warum sind Sie nicht an der Abdankungsfeier gewesen?«, fragte er.

»Warum hätte ich hingehen sollen?«

»Vielleicht haben Sie Frau Erni gekannt. Sie haben ja auch studiert damals, wie Sie am Telefon erzählt haben.«

»Stimmt. Ich habe mitgemacht bei den Demos.«

»Haben Sie auch Münchenstein einfach gelöst?«

»Aber sicher. Ich war auch bei der Tramblockade auf dem Barfi dabei.«

Ein Lächeln glitt über seine Lippen, kaum wahrnehmbar, es war erkennbar in den Mundwinkeln.

»Das ist lange her«, sagte er. »Eine schöne Zeit, nicht wahr?«

»Wollen Sie mit mir über jene schöne Zeit reden?«

»Auch.«

Der Mann saß ganz ruhig da. Locker und entspannt, als hätte er seinen Körper spielerisch unter Kontrolle.

»Wegen welcher Krankheit sind Sie bei Christa Erni gewesen?«, fragte Hunkeler.

»Wie kommen Sie da drauf?«

»Das ist doch klar. Sonst hätten Sie mich schon lange angerufen, bevor sie tot war.«

»Prostata«, sagte der Mann.

»Und? Wie ist es herausgekommen?«

»Es gibt zwei Möglichkeiten, einen Prostatakrebs zu behandeln. Auf die sanfte Art. Dann ist der Krebs vielleicht nicht ganz weg. Aber die Lebensqualität bleibt. Das heißt, man kann weiterhin Liebe machen. Oder auf die konsequente Art. Dann ist der Krebs zwar mit großer Wahrscheinlichkeit weg. Aber die Lebensqualität auch.«

»Und? Zu was hat sie Ihnen geraten?«

»Zur ersten Art. Und das ist richtig gewesen.«

»Das freut mich für Sie«, sagte Hunkeler, »dann ist ja alles gut.«

Er legte das Geld für die beiden Kaffees auf den Tisch, erhob sich und ging hinaus.

Als er zu seinem Auto kam, stellte er fest, dass er keinen Bußzettel unter dem Scheibenwischer hatte. Entweder war die Weisung ausgegeben worden, die Parkplätze um St. Leonhard nicht zu überprüfen, da viel Prominenz erwartet wurde. Oder der Polizist hatte Hunkelers Wagen erkannt. Er schaute sich um nach den anderen Autos. Auch sie hatten keine Zettel. Basel war eben doch eine liberale Stadt, wenn man prominent war.

Er dachte an Heinrich Rüfenacht, als er an die Mittlere Straße fuhr. Wirklich ein komischer Kauz. Der kam aus dem Elsass in die Stadt, nicht um an der Abdankungsfeier seiner Ärztin teilzunehmen, sondern um die Geschichte seiner Prostatabehandlung zu erzählen, die immerhin gut herausgekommen war. Er beschloss, den Mann am Wochenende zu besuchen.

Er ging ins Sommereck und setzte sich zu Edi an den Stammtisch. Draußen im Garten tranken drei einsame Männer Bier, sonst war die Wirtschaft leer.

»Falls du hungrig bist«, sagte Edi, »hätte ich wunderbaren Schwarzwälder Schinken, hauchdünn aufgeschnitten, mit Essigzwiebeln und grobkörnigem Pfeffer.«

»Nein danke«, sagte Hunkeler. »Bring mir einen Espresso.«

Er nahm die beiden Zeitungen, die auf dem Tisch lagen. In der *Basler Zeitung* stand ein ganzseitiger Nachruf auf Christa Erni, geschrieben vom Kulturträger, der in der St. Leonhards-Kirche gegen die voreilige Versöhnung geredet hatte. Über die Ermittlung war nichts zu lesen, außer dass sie mit allem Nachdruck vorangetrieben werde. Die Boulevardzeitung hatte auf der ersten Seite die Überschrift »Anschlag auf Pressefreiheit?«. Darunter beschwerte sich der Chefredakteur in markigen Worten darüber, dass er durch massivsten Druck eines Nachbarkantons dazu gezwungen worden sei, einen Informanten preiszugeben, obschon dieser anonym gewesen sei. Auch habe dieser anonyme Anrufer seine Stimme derart verstellt, dass es mit Sicherheit unmöglich sein werde, seine Identität festzustellen. Das Vorgehen der Regierung des Nachbarkantons rieche demzufolge nach reiner Druckausübung, um eine missliebige Zeitung mundtot zu machen. Ob denn die Mordwaffe nicht aller Wahrscheinlichkeit nach in der Tat ein mittelgroßes Fleischermesser gewesen sei? Ob man diese aller Wahrscheinlichkeit nach wahre Tatsache nicht einer breiten Öffentlichkeit mitteilen dürfe, damit die Bevölkerung bei der Aufklärung des schrecklichen Verbrechens mithelfen könne? Oder ob der Basler Filz etwas zu verheimlichen habe?

Hunkeler legte die Zeitung weg und schlürfte den heißen Espresso.

»Sag mal«, meinte er, »warum ist eigentlich deine Wirtschaft immer so leer?«

»Weil niemand herkommt«, sagte Edi.

»Warum kommt denn niemand her?«

»Weil niemand mehr in eine Quartierbeiz geht. Sie hocken alle vor dem Fernseher.«

»Aber jetzt doch nicht, an einem heißen Sommernachmittag, wo es unter deinen Kastanienbäumen schön kühl ist.«

»Mach nur«, sagte Edi, »mach mich nur noch ganz kaputt.«

»Nein«, sagte Hunkeler, »es nimmt mich nur wunder, was mit den Beizen geschieht. Kürzlich war ich im Nordbahnhof. Außer ein paar Biertrinkern ist dort auch niemand gewesen. Quartierbeizen gehörten doch zu unserer Kultur.«

»Das war einmal, das ist nicht mehr. Morgens um neun kommen noch ein paar Handwerker von den umliegenden Baustellen. Sie trinken ein großes Bier und essen ein Sandwich mit Schinken oder Salami. Sie kommen hierher, weil sie wissen, dass sie hier gute Ware bekommen. Dann verdiene ich ein bisschen, aber nicht viel. Sonst ist tote Hose.«

»Von was leben denn die drei neuen Beizen vorne beim Burgfelderplatz?«

»Die drei Nachtcafés?«

»Ja.«

»Weißt du das wirklich nicht?«, fragte Edi.

Hunkeler schüttelte den Kopf, er hatte keine Ahnung.

»Wenn du mich fragst«, sagte Edi, »so sind das Geldwaschanlagen. Die bezahlen Pachtzinsen, da wird einem schlecht. Diese Zinsen können sie unmöglich mit ihrer Kundschaft erwirtschaften. Das wissen doch alle.«

»Warum weiß es denn die Polizei nicht?«

Jetzt schien Edi wütend zu werden. Er schlug die Faust auf den Tisch, dass die Espressotasse hüpfte.

»Hör auf, ja? Oder willst du mich verarschen?«

»Ja«, sagte Hunkeler, »ich habe dich verarscht.«

»Offenbar ist das alles legal«, sagte Edi traurig. »Es gibt ein paar Tricks, wie man so etwas macht. Zum Beispiel kann man Zigaretten schmuggeln, in großem Stil. Wenn dieser Schmuggel nicht über die Schweizer Grenze geht, kann man das von der Schweiz aus ganz legal machen. Damit verdient man Geld, das man wieder in Umlauf bringen muss. Ich würde das auch tun, wenn ich schwarzes Geld hätte. Nur habe ich leider keins.«

»Wie bezahlst du deinen Pachtzins?«

»Der ist noch normal. Ich habe noch für zwei Jahre einen Vertrag. Dann muss ich hier aufhören.«

»Schlimm«, sagte Hunkeler. »Wo soll ich dann abends mein Bier trinken?«

»Vorne in einem der Nachtcafés. Die haben bis am Morgen früh offen.«

Der Rapport fand erst um 18 Uhr statt. Es waren alle anwesend, wie üblich, die meisten ein bisschen angetrunken vom Leichenmahl.

Dr. Ryhiner hatte nichts Neues zu berichten und verschwand nach kurzer Entschuldigung. Haller rauchte wortlos seine Pfeife. Madörin ließ missmutig verlauten, dass er die eingesperrten Dealer wieder habe laufenlassen müssen. Staatsanwalt Suter hatte den obersten Kragenknopf offen, so heiß war ihm. Offenbar hatte er einen Armagnac zu viel getrunken.

Nur Dr. de Ville schien frohgemut zu sein. Er hatte auch am Mahl teilgenommen, aber er schien Wein und Schnäpse bestens zu vertragen.

Er berichtete über das Band mit dem anonymen Anrufer. Ein Mann sei es offensichtlich, vermutlich ein leichter Raucher, das sei aber nicht ganz sicher. Alter zwischen vierzig und sechzig. Obschon er Hochdeutsch gesprochen habe, könne ausgeschlossen werden, dass er Baseldeutsch rede. Alles deute darauf hin, dass es ein Dialekt aus dem Raum Luzern sei.

Dann ließ er eine Kopie des Bandes laufen. Sie hörten alle

zu, wie eine hohe Stimme, fast Kopfstimme, sagte: »In Frau Dr. Christa Ernis Busen steckt ein mittelgroßes Fleischermesser. Es steckt dort zur Strafe.«

Sie schwiegen alle. Suter zog sich die Krawatte straff. Er blickte erwartungsvoll in die Runde, aber es gab keine Wortmeldung.

Endlich ergriff Lüdi das Wort.

»Warum sagt er Busen?«, fragte er. »Warum nicht Herz?«

Niemand wusste eine Antwort.

»Warum sagt er, dass ein Messer im Herz stecke? Das stimmt doch nicht. Das Messer war nicht mehr dort.«

»Warum hat er überhaupt angerufen?«, fragte Madörin. »Will er sich freiwillig verraten?«

Auch darauf wusste niemand etwas zu sagen.

De Ville holte einen Zettel aus der Rocktasche und las ihn vor. Es war die Schriftanalyse. Sie besagte, dass der anonyme Brief eindeutig von einem Mann stammte, der sich Mühe gegeben hatte, ungelenk zu schreiben, als ob er das Schreiben nicht gewohnt gewesen wäre, der aber sehr wohl häufig schrieb. Aller Wahrscheinlichkeit nach ein Intellektueller, der sich dümmer geben wollte, als er war. Darauf deutete auch die übertrieben fehlerhafte Rechtschreibung hin. Das Alter sei schwer zu schätzen, vielleicht zwischen dreißig und vierzig.

Wieder schwiegen alle. Es war deutlich zu spüren, dass alle das Ende der Sitzung herbeisehnten.

»Es stellen sich drei Fragen«, sagte Lüdi. »Erstens: Stammen anonymer Anruf und anonymer Brief vom selben Mann? Dem Alter nach nicht. Aber die Herren Spezialisten können sich auch einmal täuschen. Zweitens: Warum hat der Mann angerufen? Warum hat er geschrieben? Drittens: Warum hat der anonyme Schreiber von Hand geschrieben? Will er auf sich aufmerksam machen, will er eine Spur zu seiner Person legen?«

Niemand sagte ein Wort, und Suter schloss die Sitzung.

Hunkeler ging mit Lüdi in dessen Bureau. Sie setzten sich, sie dachten nach.

»Hältst du es tatsächlich für möglich«, fragte Hunkeler, »dass Anruf und Drohbrief vom selben Mann stammen?«

»Ja«, sagte Lüdi.

»Und hältst du es für möglich, dass er auf sich aufmerksam machen will?«

»Auch das.«

»Aber weshalb? Es geht doch niemand gerne ins Gefängnis.«

Lüdi rollte im Drehstuhl ein Stück zurück, so dass er die Füße gegen die Tischkante stemmen konnte. Er lachte lautlos und schüttelte angewidert den Kopf.

»Hältst du es für möglich«, fragte er, »dass ein durchschnittlicher, normaler Mann einer Frau ein Messer ins Herz stößt?«

»Nein«, sagte Hunkeler.

»Siehst du. Also ist es ein kranker Mensch. Das muss man ihm nicht unbedingt ansehen. Es kann auch eine angesehene, geachtete Person sein.«

»Zum Beispiel ein Arzt?«

»Ja. Oder ein angesehener Künstler.«

Hunkeler nickte. Wieder dachten sie nach.

»Du weißt nicht weiter, gell?«, fragte Lüdi.

»Nein.«

»Folglich müssen wir auf einen Zufall warten.«

»Wie steht es eigentlich mit dem türkischen Nachtcafé beim Burgfelderplatz?«, fragte Hunkeler. »Hast du da was?«

»Du meinst das Ankara?«

»Ja.«

Lüdi nahm die Füße vom Tisch, betätigte den Computer und fand das Gewünschte.

»Das Lokal wurde schon zweimal überprüft«, sagte er. »Es scheint alles legal zu sein.«

»Von was leben die?«

»Vom Pizza-Kurierdienst.«

»Und Dr. Knecht?«, fragte Hunkeler.

»Was willst du wissen?«

»Wie er finanziell dasteht.«

Wieder lachte Lüdi sein kurzes, tonloses Lachen. Die Frage schien ihm Freude zu machen.

»Ich wusste, dass du mich das fragen wirst«, sagte er, »ich habe bereits nachgeschaut.«

Er drückte die Tasten und las ab, was er über Dr. Knechts Finanzen wusste.

»Dr. Knecht ist am Anschlag. Er wurde vor drei Jahren geschieden und muss bezahlen für Frau und zwei Kinder. Er hat eine Jacht gekauft für geschätzte 200 000 Franken. Er hat sie vor Ägina liegen, das ist auch nicht billig. Dr. Knecht braucht dringend Geld.«

»Wie hast du das alles herausgefunden, mein Engel?«, fragte Hunkeler.

»Berufsgeheimnis«, sagte Lüdi. »Darüber redet man nicht.«

An diesem Abend ging Hunkeler schon um neun ins Bett. Er hörte die letzten Vogelstimmen draußen im Garten. Er spürte, wie eine Katze zu ihm hinaufsprang, auf leisen Pfoten zu seinen Kniekehlen schlich und sich einrollte. Einmal ging Hedwig durch den Raum, er hörte das nicht mehr richtig, er war bereits eingeschlafen.

Am andern Morgen, einem Freitag um halb neun, betrat er die Praxis von Dr. Knecht. Frau Schwaab trug die Lippen heute tomatenrot, dazu eine knallgelbe Bluse.

»Herr Dr. Knecht hat leider keine Zeit für Sie heute«, sagte sie kalt.

»Ich habe Bauchweh«, sagte Hunkeler. »Ich vermute, es ist die Prostata.«

»Die Prostata ist nicht im Bauch.«

»Ich habe Schmerzen. Ich brauche eine Konsultation.«

Sie schaute ihn ungerührt an, als wäre er ein Hausierer gewesen, der ihr irgendwas aufschwatzen wollte.

»Aua«, sagte er und griff sich an den Bauch.

Sie zeigte zum Wartezimmer hinüber, voll kühler Verachtung. Er ging hinein und setzte sich. Es warteten rund zwölf Leute, alle über sechzig. Sie waren sorgfältig gekleidet. Die wenigen Männer trugen trotz der Hitze Krawatten.

Er griff sich eine Zeitschrift vom vergangenen Frühjahr und schaute Fotos an, die Snowboarder im Pulverschnee des Hochgebirges zeigten. Er hob den Blick und sah Dr. Knecht unter der Tür stehen.

»Frau Kupferschmied bitte«, sagte der Arzt mit leiser, knapper Stimme und ging hinaus. Eine Dame mit gelb getöntem Haar und rotem Sommerkleid erhob sich, prüfte ihre Frisur und folgte ihm. Niemand sagte ein Wort.

»Heiß hier«, sagte Hunkeler, »nicht wahr?«

Die Leute zuckten zusammen, als hätte jemand in der Kirche geflucht. Einige blätterten ihre Zeitschrift um und vertieften sich in die Lektüre.

»Weiß jemand etwas über den Mord?«, fragte er. »Hat jemand etwas gesehen?«

Die Leute erstarrten, sie hätten sich am liebsten verkrochen. Niemand schaute ihn an.

Nach einer Weile hörte er eine sehr hohe, monotone Frauenstimme. Sie schien sinnlose Silben zu lallen. Sie kam von einer Frau im Rollstuhl, der in einer Ecke stand. Ein Mann hatte sich über sie gebeugt. Er hielt ihre Hand und versuchte, sie zu beruhigen. Aber die Frau lallte weiter.

»Wissen Sie etwas?«, fragte Hunkeler.

Der Mann war sehr verlegen. Es passte ihm gar nicht, was geschah.

»Wir wohnen im ersten Stock gegenüber«, sagte er. »Wir heißen Schüpbach. Kommen Sie nachher herüber.«

Dann war wieder Schweigen.

Hunkeler wartete länger als eine Stunde, bis er an der Reihe war. Als er dem Arzt in den Praxisraum folgte, beachtete ihn Frau Schwaab mit keinem Blick.

»Bitte?«, fragte Dr. Knecht und sah ihn an, als würde er ein seltenes Insekt untersuchen.

»Die Vorsteherdrüse«, sagte Hunkeler. »Ich habe Mühe zu urinieren.«

»Machen Sie sich frei, und legen Sie sich über die Liege.«

Hunkeler tat es und schaute aus den Augenwinkeln zu, wie der Arzt einen Plastikhandschuh überstreifte und mit einer Gleitsalbe beschmierte.

»Wie war das eigentlich mit Frau Regula Hämmerli«, fragte er. »War ihr wirklich nicht mehr zu helfen?«

»Nein«, sagte der Arzt.

»Und Heinrich Rüfenacht, wie war es mit ihm?«

»Auch da war nicht viel zu machen. Es musste alles herausgeschnitten werden. Er hat seine Männlichkeit verloren.«

»Wann war das genau?«

»Niederbeugen«, befahl der Arzt.

Hunkeler spürte, wie ihm etwas in den After glitt, grob und gewalttätig.

»Aua«, schrie er.

»Ruhe«, befahl der Arzt, »entspannen Sie sich.«

Der Finger drang weiter hinein, verharrte eine Weile, schien etwas zu betasten. Dann glitt er wieder hinaus.

»Etwas vergrößert«, meinte Dr. Knecht, »aber nicht signifikant. Kein Anlass zu ernster Besorgnis.«

Er streifte den Handschuh ab, warf ihn in einen Kübel und wusch sich die Hände. Hunkeler zog sich die Hose hoch.

»Wann war das mit Heinrich Rüfenacht?«, fragte er.

»Soll das ein Verhör sein oder eine Konsultation?«

»Ich kann Sie auch vorladen, wenn Ihnen das lieber ist«, sagte Hunkeler, so süß er konnte.

Wieder glitt eine Röte über Knechts Gesicht, wiederum kaum wahrnehmbar unter der Bräune. Er senkte den Blick und überlegte.

»Das war vor etwas mehr als sieben Jahren«, sagte er. »Ich wusste, dass Sie das fragen würden, ich habe nachgeschaut. Es war eine unglückliche Angelegenheit. Wir haben damals lange darüber diskutiert. Wir waren nicht einer Meinung.

Ich vertrat die Ansicht, dass Bestrahlung genügt hätte. Dann hätte Herr Rüfenacht seine Potenz nicht verloren. Vielleicht hätte es einen Rückschlag gegeben, vielleicht wäre er heute nicht mehr am Leben. Aber er wäre potent geblieben. Vielleicht kann eine Frau nicht ermessen, wie wichtig das für einen Mann ist. Ist es das, was Sie wissen wollten?«

Auch er lächelte, freundlich und kulant.

»Ja«, sagte Hunkeler. »Und noch etwas möchte ich wissen. Kannte Herr Rüfenacht die Frau Hämmerli?«

Das Lächeln verschwand aus Dr. Knechts Gesicht, wie weggeblasen von einer steifen Brise.

»Ich pflege mich nicht in die Privatangelegenheiten unserer Patienten zu mischen. Wo kämen wir da hin?«

»Stimmt«, sagte Hunkeler, »wo kämen wir da hin? Ich hätte übrigens noch eine dritte Frage. Sie betrifft Ihre Jacht, die vor Ägina liegt. Hat sie 200 000 oder 300 000 Franken gekostet? Und wie teuer ist eigentlich der Liegeplatz?«

Aber Dr. Knecht blieb ungerührt bis in die Fingerspitzen.

»Ich habe mich schon gewundert«, sagte er, »warum Sie unbedingt meinen Finger im After haben wollten. Sie können jederzeit kommen, ich werde Ihnen den Arsch aufreißen, wenn Sie es so haben wollen. Aber glauben Sie nicht, dass Sie mich aufs Glatteis führen können. Ich schaue jeden Tag dem Tod ins Auge. Einer miesen Ratte, wie Sie eine sind, bin ich jederzeit gewachsen. Darf ich Sie jetzt bitten, meine Praxis zu verlassen und nie mehr wiederzukommen?«

Er ging freundlich zur Tür und öffnete sie überaus höflich.

Hunkeler betrat das Haus gegenüber, stieg eine Treppe hoch und klingelte. Er ließ sich von Herrn Schüpbach ins Wohnzimmer führen. Auf dem Tisch standen drei Tassen, eine Büchse Instantkaffee, eine Flasche Rahm, Zucker und eine Thermosflasche mit heißem Wasser. Obschon er Instantkaffee hasste, ließ er sich einschenken und rührte Zucker hinein. Der Rahm war hinüber und zog Schlieren, aber er nahm einen Schluck und schaute sich um.

Ein Museum, das an vergangene, schöne Tage erinnerte, wie meist bei alten Leuten. Ein Ölbild mit finnischen Birken in gelbem Herbstlaub und See. Ein Hochzeitsbild mit streng blickenden Brautleuten, aufgenommen vor einem halben Jahrhundert. Der General Henri Guisan, der betende John F. Kennedy. Ein Igelfisch und das Sägeblatt eines Schwertfisches.

Frau Schüpbach schaute ihn gespannt an. Dann griff sie zur Tasse, führte sie zum Mund und trank. Ihre Hand zitterte so, dass der Kaffee eigentlich hätte überschwappen müssen. Aber er schwappte nicht über.

»Ich bin Kommissär Hunkeler«, sagte er. »Ich leite die Ermittlung im Falle Frau Dr. Erni. Ich habe vorhin im Wartezimmer gefragt, ob jemand etwas gesehen habe. Frau Dr. Erni ist am Sonntagabend gegen 21 Uhr getötet worden.«

»Meine Frau«, sagte Schüpbach, »muss leider seit ihrem Schlaganfall den ganzen Tag im Rollstuhl sitzen. Sie kann auch nicht mehr richtig reden, nur ich verstehe sie gut. Wenn es warm ist draußen, sitzt sie tagsüber auf dem Balkon. Manchmal sitzt sie dort bis Mitternacht. Sie sagt, da drin im Wohnzimmer falle ihr die Decke auf den Kopf.«

Die Frau lallte etwas.

»Sie sagt, es stimme, was ich eben gesagt habe.«

Er wandte sich seiner Frau zu, die leicht und zierlich im Rollstuhl saß.

»Was hast du gesehen, Rosa?«

Die Frau redete ziemlich lange, eintönig und langsam. Sie schien es genau zu nehmen. Sie schaute dabei unentwegt ihren Mann an. Dann hörte sie auf und wandte den Blick zu Hunkeler hinüber.

»Sie sagt, abends nach acht gehen dort nicht mehr viele Leute hinein, besonders an einem Sonntagabend nicht. Es ist ihr aufgefallen, dass kurz vor acht Frau Dr. Erni hineingegangen ist. Es ist ihr auch aufgefallen, dass sie den ganzen Abend nicht mehr herausgekommen ist. Im Weiteren sagt sie, dass kurz nach halb neun eine Frau hineingegangen ist. Sie war groß und kräftig, sie war sehr elegant angezogen und trug einen Hut. Sie ist nach zehn Minuten wieder herausgekommen und Richtung Parkplatz gegangen.«

Die Frau nickte und fing an zu lallen. Es war fast unerträglich, aber Schüpbach schien es nichts auszumachen.

»Im Weiteren hat sie kurz vor neun einen Mann hineingehen sehen. Sie weiß die Zeit so genau, weil die Kirche vorn an der Kreuzung jede Viertelstunde schlägt. Dieser Mann ist ungefähr zwanzig Minuten geblieben. Dann ist er herausgekommen und sehr schnell Richtung Parkplatz gegangen. Sie sagt, dass sie nicht weiß, ob der Mann und die Frau bei Frau Dr. Erni waren. Möglicherweise seien es auch Besucher des Seniorenheims gewesen.«

Die Frau nickte und wartete gespannt, was weiter geschehen würde.

»Wie sah der Mann aus?«, fragte Hunkeler.

Die Frau wandte den Blick zu ihrem Mann und begann zu lallen.

»Sie sagt, er sei mittelgroß und normal angezogen gewesen. Ihr sei aufgefallen, dass er beim Hineingehen nichts in der Hand gehabt habe, beim Hinausgehen schon. Er habe einen hellen Plastiksack in der Hand gehabt, und zwar auf eine seltsame Art, als ob er ihn am liebsten weggeworfen hätte. Ebenfalls sei ihr aufgefallen, dass kurz vor seinem Herauskommen ein Rollladen zu hören gewesen sei, der heruntergelassen oder heraufgezogen wurde. Sie sagt aber, das hätte irgendein Rollladen gewesen sein können.«

»Und der Hut der Frau«, fragte Hunkeler, »wie sah der aus?«

Jetzt musste die Frau überlegen, sie dachte angestrengt nach. Dann verfiel sie in ihr Lallen.

»Sie sagt, dass sie das nicht mehr genau wisse. Sie glaubt, sich zu erinnern, dass er wie ein Jägerhut ausgesehen habe. Möglicherweise habe eine Feder, von einem Habicht oder so, im Band gesteckt.«

»Und warum haben Sie diese Beobachtungen der Polizei nicht mitgeteilt?«, fragte Hunkeler.

»Weil uns niemand gefragt hat«, sagte Schüpbach.

Die Frau nickte. Dann strahlte sie plötzlich über das ganze Gesicht. Wie ein Mädchen, wie eine junge, schöne Frau.

Hunkeler fuhr zum Rheinbad hinunter und parkte. Es war noch heißer als gestern, bestimmt 36 Grad. Er las die Wassertemperatur ab, 25 Grad. So warm war der Rhein sonst bloß Mitte August, und das auch nur in Ausnahmefällen, wenn mehrere Wochen kein Regen gefallen war.

Er wanderte flussaufwärts, mit brennenden Sohlen. Er sah über dem Münster eine steile, schwarze Wolkenwand stehen. Aber nichts regte sich im Blätterwerk der Malven und Espen, die aus den Ritzen der Ufermauer wuchsen.

Er ging an der Schiffländte vorbei, an der das *Basler Dybli* lag, ein Ausflugsschiff für Rentner und Touristen. Es fuhr abwärts bis zu den Schleusen von Kembs, aufwärts bis Rheinfelden. Bestimmt eine schöne Flussfahrt, er hatte schon oft vorgehabt, auch einmal mitzufahren. Vielleicht nach der Pensionierung, dachte er.

Er ging über die Mittlere Brücke und sah, dass über dem ganzen Jura schwarze Wolken standen. Eine dunkle Front, die über die Stadt herzufallen drohte. Aber vermutlich würde nichts draus werden, kein kühler Wind, kein Regenguss. Basel lag eben in der Oberrheinischen Tiefebene, ein Hitzeloch, um das die Sommergewitter einen Bogen machten.

Er kam an der Straßenwirtschaft Zum Schmalen Wurf vorbei und sah einen Mann winken. Graues Haar, grauer Bart, rotes Trinkergesicht, vor sich einen Halben Roten. Auf dem Tisch ein Klappstuhl, Zeichenblock und Bleistift. Es war Jean, mit dem er vor Jahrzehnten in der Rio-Bar zusammengesessen hatte.

»Dass man dich wieder einmal sieht«, sagte Jean. »Wo steckst du immer?«

»In der Arbeit«, sagte Hunkeler, »ich habe einen Beruf.«

»Oje, ein Sklave des Mammons. Mach dich frei, Junge, und genieße das Leben.«

»Ich kann nicht zeichnen wie du, ich muss krampfen.«

»Siehst du die Wolken dort drüben?« Jean zeigte zum Jura hinüber. »Die werde ich zeichnen, wenn sie die Klimax erreichen. Sie sind immer noch daran, sich aufzubauen, ich habe sie genau im Auge. Sie wachsen, sie machen sich groß. Sie werden explodieren und die Stadt ersäufen. Hast du mir einen Schneck?«

Hunkeler zeigte auf seine Badehose, da war kein Geld drin.

»Dann eben nicht«, sagte Jean, »vielleicht später einmal.«

Der Rhein floss grün und träge. Am andern Ufer die Häuser der Augustinergasse, die Pfalz mit dem roten Chor des Münsters, eine unglaubliche Schönheit, die da aus dem Wasser wuchs.

»Ist Hans Graber eigentlich wieder auf der Gasse?«, fragte er.

»Nein, den siehst du nicht mehr. Der ist wohl größenwahnsinnig geworden, seit er in der DDR war. Wenn du mich fragst, er ist tiefste Provinz.«

Hunkeler nickte und schaute sich um. Am Nebentisch saßen drei Männer, die er ebenfalls von früher her kannte. Der eine hatte jeweils behauptet, er werde demnächst einen Lyrikband herausbringen. Die beiden andern waren wohl Maler, ihre Namen kannte er nicht. Sie tranken Rotwein, sie nickten unsicher herüber.

»Die Basler Bohème lebt also noch«, sagte er, »unerbittlich und zäh.«

»Wie meinst du das?«, fragte Jean, als hätte er in der Klimax des Himmels einen unpassenden Farbton erkannt. Aber da war Hunkeler bereits nicht mehr am Tisch. Er stieg eine Steintreppe hinunter und bis zu den Knien ins Wasser, das hier seicht war. Er tat das vorsichtig, er wollte in keine weggeworfene Fixerspritze treten. Dann sprang er flach hinein und kraulte an den Weidlingen vorbei, die hier vertäut lagen. Er ließ sich unter dem zweiten Brückenbogen hindurchtreiben und schwamm mit langsamen, kräftigen Zügen zurück ans Großbasler Ufer.

Um zwei saß er beim Rapport. Er fühlte sich mies, sein After hatte zu schmerzen begonnen. Der Kerl hatte wohl mit Absicht so brutal zugestoßen. Es gab nichts Neues, außer von Madörin, der mit grimmiger Miene erklärte, sie hätten Lucky Schindler aus den Augen verloren.

»Wie denn das?«, fragte Hunkeler. »Seid ihr schwachsinnig geworden?«

»Schrei nicht so laut«, sagte Madörin. »Erzähl uns lieber, was du uns alles verschweigst.«

»Ich will wissen, wie das geschehen konnte.«

»Er ist in der Fischingerstraße in eine Durchfahrt hineingegangen. Als ihm der Kollege gefolgt ist, war die Durchfahrt leer. Und der Hinterhof auch.«

»Ihr seid wohl alle übergeschnappt«, schrie Hunkeler. »Du hättest ihn hereinnehmen müssen, schon längst. Ich verlange, dass er auf der Stelle mit allen zur Verfügung stehenden Kräften gesucht wird.«

»Das habe ich veranlasst«, sagte Madörin.

»Übrigens, Herr Kommissär Hunkeler«, sagte Suter in schneidend sachlichem Ton, der nichts Gutes verhieß. »Ich an Ihrer Stelle würde nicht so herumschreien. Was Sie sich herausnehmen, ist von ganz übler Art. Über Mittag hat Dr. Knecht angerufen und sich beschwert, Sie würden in seinen Privatangelegenheiten herumschnüffeln. Was haben Sie dazu zu sagen?«

»Ich habe ihn gefragt, wie viel er für sein Boot bezahlt habe.«

»Sie haben nicht nur in willkürlicher Weise eine Konsultation verlangt, die Sie gar nicht gebraucht hätten.«

»Doch, ich habe Probleme mit dem Urinieren.«

»Sie haben darüber hinaus durchblicken lassen, dass Sie ihn verdächtigen, Frau Erni erstochen zu haben.«

»Er hat Geldprobleme. Und er ist einer der Erben.«

»Ich weiß, er hat es mir gesagt. Dr. Knecht ist ein unbescholtener Bürger, und er möchte in Ruhe arbeiten können.«

»Er hat mir gedroht, er werde mir den Arsch aufreißen. Ich werde ihn kriegen, das schwöre ich.«

»Ruhe«, sagte Lüdi, trocken und scharf. »Ich beantrage, die Sitzung zu beenden.«

»Madörin lässt Lucky Schindler entwischen«, schrie Hunkeler. »Haller unterlässt es, bei Schüpbach nachzufragen.«

»Warum hätte ich die fragen sollen?«, meinte Haller. »Armin Merkle hat erzählt, Herr Schüpbach hocke den ganzen Tag vor dem Fernseher und Frau Schüpbach auf dem Balkon.«

»Ebendeshalb hättest du sie fragen müssen, du Arsch.

Ich habe die Nase endgültig voll von diesem Stümperhaufen. Mich sieht man hier nicht mehr, jedenfalls übers Wochenende nicht.«

Er erhob sich und ging hinaus.

Im Auto versuchte er, sich zu beruhigen. Er war klatschnass vom Schweiß. Was war eigentlich los, warum schwitzte er so? Noch vor einem Jahrzehnt hatte ihm die Hitze nichts anhaben können. Am liebsten wäre er gleich ins Elsass gefahren und hätte sich hinter den kühlen Lehmmauern versteckt. Wer war er denn? Der Anführer eines Idiotenhaufens? Einer, dem selbst ein aufgeblasener Wichtigtuer wie Dr. Knecht auf der Nase herumtanzen konnte? Und was ging ihn die tote Christa Erni eigentlich an? Was interessierte ihn, mit wem sie geschlafen oder nicht geschlafen hatte? Nicht die Bohne interessierte ihn das. Er wollte in Ruhe gelassen werden, in kühler Landluft ein Bier trinken. Nichts wollte er sonst, gar nichts.

Er steckte sich eine Zigarette an, nahm zwei Züge und warf sie aus dem Fenster. Er beschloss, noch schnell bei Hiob Heller vorbeizuschauen.


Es war Ruth Künzli, die ihm öffnete. Sie trug enge Jeans, die ihre breiten Hüftknochen vorstehen ließen, was er unpassend fand. Aber er schämte sich sogleich, dass er das fand. Sie führte ihn in die Küche. Der Hund kam mit, legte ihm den Kopf aufs Knie und geiferte. Er kraulte ihm den gefleckten Kopf.

»Trinken Sie einen Tee?«, fragte Ruth.

»Nein, danke.«

Er betrachtete die junge Frau, die ruhig vor ihm saß, die langen Finger auf den Knien. Nicht die Spur von Nervosität war in ihren Augen.

»Die andern schlafen wohl noch?«, fragte er.

»Hiob ja. Nelly nicht. Sie ist auf einer Wanderung.«

»Wohin?«

»Sie sind heute Morgen mit dem Tram nach Riehen gefahren. Von dort wollen sie in fünf Tagen auf den Feldberg wandern.«

»Ich habe gesagt, sie soll hierbleiben.«

»Keine Angst, sie rennt nicht weg. Eduard Vischer ist bei ihr. Er hat ein Handy, hier ist die Nummer.«

Sie schrieb sie auf einen Zettel und gab ihm den.

»Jetzt möchte ich doch gern einen Tee haben«, sagte er, »bitte.«

Sie schenkte ein. Er trank, es schmeckte abscheulich bitter.

»Schafft sie das denn?«, fragte er.

Sie nickte, entschlossen. Offenbar hatte sich etwas verändert seit seinem letzten Besuch.

»Nelly ist zäher, als man denkt. Und Eduard hilft ihr. Der holt sie heraus.«

»Wie steht es eigentlich mit Ihnen? Warum brauchen Sie das Zeug?«

»Warum wohl. Sie rauchen doch auch, oder nicht?«

»Ja, aber ich möchte, ich würde es nicht brauchen.«

»Das möchte ich auch.«

Er schob den Hund weg und griff noch einmal zur Tasse. Der Tee schmeckte noch immer abscheulich.

»Grässlich«, sagte er. »Warum trinken Sie das?«

»Weil es gesund ist. Es bringt die Schwingungen in Harmonie.«

»Was für Schwingungen?«

Darauf sagte sie nichts.

»Was ist mit Hiob? Warum hat er wieder angefangen zu dealen?«

Jetzt erschrak sie. Sie senkte den Blick und wischte sich etwas vom linken Knie weg.

»Ich habe gesehen«, sagte er, »wie er im Ankara eine gelbe Plastiktasche abholte und mit auf die Tour nahm. Warum tut er das? Das ist gefährlich. Ich habe gesehen, wie der Kellner eine Pistole auf ihn gerichtet hat.«

Sie schaute ihn an, sie war leichenblass.

»Hiob darf nichts geschehen«, sagte sie, »auf keinen Fall.«

»Sagen Sie die Wahrheit. Und ich werde dafür sorgen, dass ihm nichts geschieht.«

Sie überlegte ziemlich lange, ruhig atmend, die Finger auf den Knien. Dann war sie so weit.

»Es war vor einem halben Jahr. Er hatte immer zu wenig Geld, obschon er, außer am Sonntag, jede Nacht seine Tour machte. Er war unzufrieden, aggressiv, auch gegen mich. Ich habe ihm gesagt, er solle mich verlassen, wenn es nicht anders gehe. Aber das hat er nicht gewollt. Dann hat ihm Lucky Schindler vorgeschlagen, Stoff mitzunehmen auf die Tour. Gegen gute Bezahlung. Hiob hat beschlossen, das ein Jahr lang zu tun und sich dann ins Maggiatal abzusetzen, in eine Hütte oberhalb von San Carlo.«

»Hat diese Hütte ein Telefon?«

Sie schrieb die Nummer auf und schob ihm den Zettel zu.

»Und Sie? Was wäre aus Ihnen geworden?«

»Er hätte mich mitgenommen.«

»Aber Sie brauchen doch Methadon.«

»Für Geld ist alles zu haben«, sagte sie, »überall.«

Sie erhob sich, nahm eine Büchse Hundefutter aus dem Eiskasten, öffnete sie und löffelte Fleisch in einen Napf. Sie machte das mit langsamen Bewegungen, als ob es in diesem Moment nichts Wichtigeres zu tun gegeben hätte. Aber er sah, dass sie nachdachte. Der Hund fraß.

»Warum bedroht ihn jemand mit einer Pistole?«, fragte sie.

Im Gang draußen war eine Tür zu hören, dann vernahm man Schritte. Hiob Heller kam herein, barfuß, in einem blauen, seidenen Morgenrock. Er stutzte nur kurz, als er den Gast wahrnahm. Er ging wortlos zum Herd, setzte Wasser auf, löffelte Kaffeepulver in eine Tasse und warf fünf Zuckerwürfel hinein. Dann wartete er, was geschehen würde.

»Das ist Kommissär Hunkeler, von dem ich dir erzählt habe«, sagte Ruth.

Hiob schaute voller Interesse zu, wie sich im Topf die ersten Blasen bildeten, wie sie hochstiegen und das Wasser zu sieden begann. Er goss das heiße Wasser in die Tasse. Dann hob er sie an den Mund und nahm einen Schluck, aber der Kaffee war wohl noch zu heiß.

»Wie war das mit Giorgio Braun damals in der Zuidersee?«, fragte Hunkeler. »War es ein Unfall oder ein Verbrechen?«

»Erstens war es ein Unfall«, sagte Hiob, »und zweitens wäre es ohnehin längst verjährt. Warum?«

»Manchmal geschieht es, dass einen die Vergangenheit einholt.«

Hiob setzte sich auf einen Stuhl, stützte die Ellbogen auf den Tisch und trank langsam und sorgfältig.

»Wir waren beide total stoned«, sagte er. »Giorgio fiel über Bord. Er lachte auch dann noch, als sein Gesicht kaum noch zu erkennen war. Und ich lachte mit. Ich habe mich vor Lachen gekrümmt. Aber das steht wohl alles in Ihrem Computer, obschon es gelöscht sein müsste. Ich habe übrigens seither nichts mehr angerührt.«

»Aber jetzt dealen Sie wieder«, sagte Hunkeler.

Ein kurzer Blick zu Ruth, dann hatte Hiob plötzlich das Messer in der Hand, das auf dem Tisch gelegen hatte. Ein mittelgroßes, massives Messer, es sah fast aus wie ein Fleischermesser. Hiob betrachtete es, er schien überrascht zu sein, dass er ein Messer in der Hand hielt. Er legte es wieder hin.

»Musste das sein?«, fragte er.

»Ja«, sagte Ruth, »ich musste es ihm sagen. Er hat von einer Pistole erzählt, die auf dich gerichtet gewesen sei.«

Hiob erhob sich, nahm aus dem Schrank ein Brot, säbelte sich ein Stück ab. Das Brot musste eine Woche alt sein, es war steinhart. Trotzdem biss er hinein.

»Was Sie soeben von der Vergangenheit gesagt haben, stimmt. Ich kann tun und lassen, was ich will. Sie holt mich ein. Ich träume von diesem lachenden, ertrinkenden Gesicht, jeden dritten, vierten Tag. Deshalb habe ich einen Job gesucht, bei dem ich tagsüber schlafen kann. Weil ich die Dunkelheit nicht ertrage, wenn ich aus diesem Traum erwache.«

»Wir fangen neu an«, sagte Ruth, »es geht schon.«

Sie hatte die Hände zwischen ihre Knie geklemmt, sie fing an, ihren Oberkörper zu wiegen, vor und zurück.

»Lucky Schindler ist verschwunden«, sagte Hunkeler.

Hiob schaute ihn an, auch er plötzlich leichenblass.

»Wir haben ihn rund um die Uhr bewacht. Er ist uns entkommen.«

Hiob wartete eine Weile. Dann erhob er sich und ging hinaus. Sie saßen wortlos, Ruths Wiegen hörte nicht auf. Sie hörten, wie Hiob in seinem Zimmer ins Handy sprach. Er kam zurück in die Küche, setzte sich und trank langsam die Tasse aus.

»Lucky will das Ankara übernehmen«, sagte er. »Zusammen mit den Albanern. Aber das wird ihm nicht gelingen, die Türken sind zu clever. Für mich ist Lucky ein toter Mann.«

Er säbelte sich ein weiteres Stück Brot ab und biss hinein. Er musste gute Zähne haben.

»Ich habe soeben die Kiosk AG angerufen und mich krankgemeldet. Die heutige Tour mache ich noch, sie können nicht so schnell umorganisieren.«

Er nahm Ruths Hand, fest und lieb, als würde die Hand ihm gehören.

»Du kommst mit. Wir müssen verduften.«

»Nach San Carlo ins Maggiatal«, sagte Hunkeler.

Ein schneller Blick zu Ruth, dann nickte Hiob.

»Es wäre besser, Sie würden sich stellen. Bei uns wären Sie sicher.«

»Nein«, sagte Hiob.

»Etwas möchte ich noch wissen«, sagte Hunkeler und zeigte auf das Messer, das auf dem Tisch lag. »Hat das alles, dieses Messer da zum Beispiel, irgendetwas mit dem Tod von Christa Erni zu tun?«

Hiob schüttelte den Kopf, ein ungläubiges Lächeln glitt über sein Gesicht.

»Aber nein. Wie könnte ein Sohn seine Mutter umbringen?«

Hunkeler stieg die drei Treppen hinunter und ging zu seinem Auto. Bevor er losfuhr, rief er Madörin an. Er ließ es fast 20 Mal klingeln, bevor der Kollege abnahm. Er spürte die Hitze, die das Autodach ausstrahlte. Er schaute einer Mutter zu, die ihr quengelndes Kind an der Hand mitschleppte. Er hätte das Handy am liebsten an die nächste Hausmauer geschmettert.

»Hör mal«, sagte er, »ihr müsst unbedingt das Ankara am Burgfelderplatz überwachen. Rund um die Uhr.«

»Mit dir rede ich nicht mehr«, sagte Madörin, »erst am Montag wieder.«

»Halt, unterbrich nicht. Lucky Schindler will das Ankara übernehmen, vermutlich für die Albaner. Es gibt Zoff.«

»Das weiß ich schon längst, alter Knabe. Wir sind auf Pikett übers ganze Wochenende, wir verreisen nicht in die Sommerfrische wie du.«

Hunkeler fuhr am Allschwiler Weiher vorbei hinauf Richtung Spitzwald. Oben sah er die Wolkenwand stehen. Aber noch immer regte sich kein Lüftchen.

Er parkte vor dem Bauernhof. Ein fetter Bernhardiner kam herangewatschelt. Er versuchte ein kurzes Bellen und legte sich dann auf den Rücken, wohl in der Erwartung, Hunkeler würde ihm sein schmutziges Bauchfell kraulen. Aber der ließ es bleiben.

Er betrat den Stall. Magere, schwarzweiß gefleckte Kühe standen hier, gehalten nach alter Art. Es war ein Biohof, mittwochs und samstags konnte man hier Biogemüse kaufen. Rumpelstilzchen in Gummistiefeln war daran, die Saughülsen einer Melkmaschine über die Striche eines Euters zu stülpen. Das Vakuum saugte an, die Milch begann zu fließen. Im Schorgraben lag sehr viel Dung, die Mistkarrette stand daneben. Auf der Stallbank saß Abraham, in dezent dunklem Anzug, auf dem Kopf den Borsalino.

Die beiden freuten sich, den Kommissär zu sehen. Die Frau streckte ihm den Arm zur Begrüßung entgegen, ihre Hand war ihr wohl zu schmutzig. Abraham erhob sich und deutete eine Verbeugung an.

Hunkeler setzte sich neben ihn. Er genoss die Stimmung im Stall. Das Saugen der Melkstutzen, das Käuen der Kühe, den Aufprall des Dungs im Graben. Die wartenden Katzen vor der Tür, die Fliegen. Das Gepiepse der jungen Schwalben im Nest am Balken oben, die beim Anflug der Eltern die Schnäbel aufrissen. So war das in seiner Jugend gewesen.

»Der Bauer ist mit seiner Frau ans Brünig-Schwingen gefahren«, sagte Rumpelstilzchen. »Ich habe gesagt, sie sollen nur gehen, ich könne das auch. Es geht ganz gut.«

Er griff sich die Mistgabel, die an der Mauer lehnte, und begann, den Dung auf die Karrette zu laden. Er achtete darauf, nicht zu viel Stroh mitzunehmen. Er stellte sich zwischen die beiden Holme, ging in die Knie und packte zu. Mit einem Ruck stemmte er das Gewicht hoch und ließ die Karrette hinausrollen. Er stieß sie mit letzter Kraft über ein Brett auf den Miststock und kippte sie aus. Dann zog er sie zurück in den Stall.

»Das haben Sie nicht zum ersten Mal gemacht«, sagte die Frau.

»Nein.«

»Ich bin leider zu schwach, um zu helfen«, sagte Abraham. »Ich bin zu alt.«

»Das macht nichts«, sagte die Frau. »Wir lieben uns trotzdem. Und du kannst bei der Zwetschgenernte helfen.«

»Ja, und bei der Apfelernte auch.«

»Wir haben uns verlobt«, sagte die Frau, »wir feiern übermorgen Sonntag im Restaurant Spitzwald. Kommen Sie auch? Es würde uns freuen.«

»Wenn ich Zeit habe, gern«, sagte Hunkeler. »Herzliche Gratulation.«

»Er zieht zu mir, ich habe hier zwei Zimmer. Das geht ganz gut.«

»Eine späte Liebe«, sagte Abraham, »aber lieber spät als nie.«

Hunkeler schaute sich die Steine an, die neben Abraham auf der Bank lagen. Orthoklas, Mikroklin, Albit, Anorthit. Auch ein kleiner, grünlicher Stein war dabei, seltsam geformt.

»Darf ich?«, fragte er.

»Aber sicher«, sagte Abraham, »ich habe die alle auf der Kuhweide oben gefunden. Der Bauer ist froh, wenn ich die Kiesel auflese.«

Hunkeler nahm den grünlichen Stein und schaute ihn an.

»Das ist ein Skarabäus«, sagte er, »aus Ägypten. Der schaut sogar echt aus. Aber vermutlich ist es ein billiges Souvenir-Fabrikat. Sonst wäre er sehr wertvoll.«

»Er lag drei Meter von der Straße weg, unter dem dritten Zwetschgenbaum rechts. Dass es ein Käfer ist, habe ich gesehen. Aber ich habe nicht gewusst, was für einer. Wie heißt er?«

»Skarabäus. Das ist der Totenkäfer der alten Ägypter. Sie haben ihn den Toten mitgegeben auf die Reise.«

»Er war voll Kuhdreck. Ich habe ihn mit Abwaschmittel gereinigt. Es ist eine Schnur dran gewesen, aus Leder. Er hat hier ein Loch.«

»Also hat ihn jemand am Hals getragen«, sagte Hunkeler.

»Ja, es ist ein Anhänger. Ich kann mir nicht vorstellen, wie jemand so etwas fortwerfen kann. Vielleicht aus Enttäuschung, oder was meinen Sie?«

Hunkeler zuckte mit den Achseln, er wusste es auch nicht.

Etwas später fuhr er weiter Richtung Spitzwald. Beim dritten Zwetschgenbaum rechts hielt er an. Alter, rostiger Stacheldraht, Brennnesseln, Kuhfladen. Ziemlich viel Gras, die Wiese war nicht überweidet. Zwetschgenbäume, über und über behangen mit teilweise schon violetten Früchten. Ein guter Platz, um etwas aus dem Auto zu werfen, ohne aussteigen zu müssen.

Oben auf der Höhe kurvte er nach rechts und rollte langsam nach Allschwil hinunter. Der Himmel über dem Schwarzwald war noch wolkenfrei. Über den Vogesen war er schwarz, er sah es wetterleuchten.

Er fuhr über Neuwiller, Hagenthal und am Golfplatz vorbei. Im Wald sah er den Wegweiser, der zur Kapelle der drei Jungfrauen führte. Er fuhr langsam, er freute sich auf das Wochenende. Er freute sich auf das Alter, in dem er nicht mehr arbeiten musste. Er beschloss, zwei Esel zu kaufen, Hühner und Pfauen. Die würden ihn weniger ärgern als der stumpfsinnige Madörin, der dauernd den Dealern nachrannte, als wären sie schuld am Drogenproblem gewesen. Es hatte ihm gefallen im Stall, die Ruhe, die Sicherheit der alltäglichen Verrichtungen. Er öffnete alle vier Fenster, roch den sommerlichen Heuduft und begann plötzlich, laut zu singen: Ich bin vom Gotthard der letzte Postillion, ich bin vom Gotthard der Postillion. Weiter wusste er nicht, und er sang den Anfang nochmals.

In Folgensbourg nahm er den Weg nach Muespach, an den Pappeln vorbei, die den Weg säumten, hinab in die Senke, wo ein großer Hof stand. Es war eine Täuferfamilie, die vor Jahrhunderten von den Bernern aus der Schweiz vertrieben worden war und hier im Elsass hatte siedeln dürfen, wenn auch nur außerhalb der Dörfer. Er wusste, dass dieser Hof die besten Milchkühe weit und breit hatte.

Er parkte vor der Wirtschaft zur Ausweiche. Sie hieß so, weil früher eine einspurige Bahnlinie dran vorbeigeführt hatte. Hier war die zweigleisige Station gewesen, wo sich die Züge hatten ausweichen können.

Die Fensterläden waren geschlossen, die Tür stand offen. Er ging hinein und setzte sich an den Tisch gleich rechts. Es war muffig im Raum, aber angenehm kühl. Drei elektrische Birnen brannten an der Decke, das Alpenpanorama an der hinteren Wand war im Dämmerlicht kaum zu erkennen.

Er bestellte bei der Wirtin, einer älteren Frau, die in Pantoffeln heranschlurfte, ein Bier. Dann grüßte er zum Stammtisch hinüber, an dem drei Männer saßen. Zwei in blauen Übergewändern, der dritte trug Gummistiefel. Er kannte die Männer. Die zwei trugen immer blaue Übergewänder, der dritte trug immer Gummistiefel. Und stets hatten sie ein Glas Côtes du Rhône vor sich.

Er steckte sich eine Zigarette an und zog den Rauch tief in die Lunge. Gut war das, ab und zu, wenn man süchtig war.

Als die Wirtin das Bier brachte, fragte er sie, ob sie einen Moment Zeit habe. Sie setzte sich an den Tisch, sie war begierig auf Neues.

»Kennen Sie Heinrich Rüfenacht?«, fragte er.

»Mais bien sûr, Monsieur. Mir kenne de alli. E Dichter, un auteur, il écrit.«

»Was schreibt er denn?«

»Das weiß niemand in der Gegend. Aber er hat Erfolg, sonst müsste er arbeiten und könnte nicht vom Schreiben leben.«

»Was tut er den ganzen Tag? Er kann doch nicht immer schreiben?«

»Non, non, Monsieur. Er hat Tiere. Esel, Schafe und so. Die Schreie der Esel hört man bis hierher, er wohnt gleich dahinten. Er schreibt nur abends von acht bis zehn Uhr. Er hat hier im ersten Stock ein Zimmer, das Haus steht ja fast leer. Ich muss ihm jeweils einen Liter Rotwein hinaufbringen. Er kommt um acht, pünktlich wie ein Wecker. Er geht hinauf, il écrit. Um zehn kommt er herunter, dann hat er den Rotwein ausgetrunken. Er nimmt hier noch ein paar Bier, genau auf dem Stuhl, auf dem Sie jetzt sitzen. Dann fährt er heim.«

»Mit dem Auto?«

»Mais oui. Monsieur Rüfenacht geht nie zu Fuß.«

»Und was sagt die Polizei dazu?«

»Ach die. Die kommen nicht zu uns, wir sind ihnen wohl zu wenig.«

Hunkeler nahm einen ausgiebigen Schluck. Gutes Elsässer Bier, es schmeckte hervorragend.

»Ist er gestern auch hier gewesen?«

»Nein, gestern nicht. Und vorgestern auch nicht. Wir haben uns schon gefragt, ob er krank sei.«

»Und vorvorgestern?«

»Vorvorgestern? Da war er da.«

»Und die Tage vorher?«

Sie überlegte. Dann schüttelte sie den Kopf.

»Er war am Montag und Dienstag da. Er war am Sonntag da. Er war immer da. Seit Jahren, seit Jahrzehnten. Er hat noch kein einziges Mal gefehlt, bis auf die beiden letzten Abende.«

Sie schüttelte wieder den Kopf. Dann lächelte sie.

»Vous savez, il est fou. Er schpinnt e weni. Er wäscht sich

nicht, er stinkt. Aber er sagt, das halte ihn gesund. Ist ihm etwas passiert?«

»Nein, nein«, sagte Hunkeler. »Aber sagen Sie, hat er eine Freundin?«

»Nein, nicht mehr. C'est très dommage. Er hat eine gehabt.«

»Wann ist das auseinandergegangen?«

»Vor einigen Jahren. Sie hat ihn noch ab und zu besucht. Aber man hat beiden angesehen, dass es aus war. Vermutlich hat er ihr zu sehr gestunken. Trinken Sie noch ein Bier?«

»Gern«, sagte Hunkeler.


Um neun parkte er vor seinem Haus. Die schwarzweiße Katze kam angerannt und strich ihm um die Beine. Er hob sie hoch, um sie zu streicheln. Aber das wollte sie nicht haben. Sie wollte ihm bloß um die Beine streichen.

Der Nussbaum hing voll grüner Nüsse. Ein richtiges Bubenjahr heuer, dachte er und grinste. Er sah unter dem dichten Laub einen Korb stehen. Er ging hin und sah, dass neun gelbe Küken darin herumpiepsten. Auf dem Boden des Korbes lag Sägemehl, durchmischt mit Haferflocken.

Er musste lachen. Das hätte er nicht gedacht, dass Hedwig Bäuerin werden wollte.

Sie kam unter die Tür und betrachtete ihn misstrauisch.

»Was grinst du so blöd?«, fragte sie. »Lachst du mich aus?«

»Du und Bäuerin«, sagte er, »das hätte ich mir wirklich nicht vorstellen können.«

»Wart nur, du wirst dich noch wundern.«

Sie setzten sich hinter dem Haus in die Wiese und aßen Salat, Pâté und weißes, frisches Brot. Dazu tranken sie eine Flasche kühlen Riesling aus der Gegend von Colmar.

»Ich bin auf dem Markt in Altkirch gewesen«, sagte sie. »Da hatte eine Frau einen ganzen Korb voll Küken. Mehrere Dutzend, ein richtiges Gewusel war es. Die waren so allerliebst, dass ich nicht anders konnte. Die Frau hat gesagt, es sei kein Problem, sie müssten nur eine Wiese haben und einen Ort zum Schlafen, Haferflocken und ein bisschen Wasser. Sie würden schon wissen, was tun. Sie würden wachsen und uns bald Eier legen. Da habe ich neun genommen.«

»Warum gerade neun?«

»Weil neun eine schöne Zahl ist.«

Sie lächelte, dann plötzlich wurde sie rot.

»Du bist ein alter, mieser Sack«, sagte sie. »Du kannst es einfach nicht lassen.«

»Stimmt«, sagte er, »ich kann es nicht lassen.«

Sie schauten zur Weide hinüber, zur Pappel links, die in den schwarzen Himmel ragte. Ein Rieseln ging durch die Blätter, als ob es regnen würde. Aber es war bloß der Wind. Drüben über dem Jura sah man das Wetterleuchten.

»Hühner«, sagte Hunkeler, »muss man am Morgen herauslassen aus dem Hühnerstall. Am Abend muss man sie wieder einsperren, sonst holt sie der Marder. Man muss sie füttern, sie können nicht nur von der Wiese leben. Man muss ab und zu den Stall putzen. Man muss mit ihnen lieb sein, man muss mit ihnen reden. Sie brauchen einen Hahn, sie sind nämlich nicht blöd.«

»Was meinst du eigentlich? Hältst du etwa mich für blöd?«

»Nein. Aber wenn du Hühner hast, musst du zu ihnen schauen.«

»Genau das will ich tun. Damit der Hof ein bisschen belebt ist. So habe ich immer einen Grund herzukommen.«

»Und wenn es nicht geht?«

»Dann musst eben du da sein. Du bist doch ein Bauernbub, habe ich gemeint?«

»Genau deshalb bin ich skeptisch.«

»Nichts da«, entschied sie. »Wir haben jetzt Hühner. Wir schauen gemeinsam zu ihnen. Und wir essen jeden Morgen ein frisches Ei.«

Sie war entschlossen, und das gefiel ihm ungemein. Er spürte kühle Luft auf der Haut. Er sah, wie ein Blitz durch den Himmel fuhr. Dann rollte der Donner heran.

»Wie geht's mit deiner Arbeit?«, fragte sie. »Hast du eine Spur?«

»Vielleicht.«

»Du kannst mir schon erzählen. Ich habe viel Zeit.«

Er schenkte den Rest des Weines ein. Der Riesling hatte eine wunderbar trockene Säure.

»Bevor ich hierherfuhr«, sagte er, »bin ich beim Bauernhof auf dem Spitzwald gewesen. Im Stall saß ein siebzigjähriger Mann. Er hat seiner Freundin zugeschaut, wie sie molk. Die beiden wollen sich verloben, am nächsten Sonntag. Wir sind auch eingeladen.«

»Warum nicht?«, fragte sie.

»Ich habe gedacht, es sei eigentlich seltsam, wie die Liebe die Leute zusammenführt. Findest du nicht?«

»Blödsinn. Das ist normal.«

»Dieser Mann sammelt Kiesel. Er hat die Taschen voll davon. Er hat dort oben in der Wiese gleich neben der Straße einen Skarabäus mit Lederschnur gefunden. Er hat ihn gewaschen, Spuren sind da keine mehr drauf. Jemand hat diesen Skarabäus als Anhänger getragen. Und er hat ihn weggeworfen. Warum wirft jemand einen Anhänger weg, einen wunderschönen Skarabäus?«

»Weil er denkt, er nütze nichts mehr.«

»Wirft er ihn weg? Legt er ihn nicht in eine Schublade? Er hat ihm doch geholfen eine Zeitlang, sonst hätte er ihn nicht getragen. Folglich verehrt er ihn immer noch, auch wenn er ihm nicht mehr hilft.«

Sie überlegte lange.

»Ich denke«, sagte sie, »er hat den Skarabäus plötzlich gehasst. Aus einem bestimmten Grund.«

»Was könnte der Grund sein?«

»Eine Liebesgeschichte«, sagte sie. »Die Person, die ihm den Käfer geschenkt hat, hat ihn verlassen. Das ist der einzig mögliche Grund.«

Wieder fuhr ein Blitz durch den Himmel, dann noch einer, der Donner folgte Schlag auf Schlag. Die Pappel beugte sich nach links, gepackt von einem kräftigen Windstoß. Auch die Weide wurde gezerrt, ihr feines Gezweige flatterte. Dann prallten die ersten Tropfen auf den Tisch. Sie nahmen Teller und Gläser und liefen hinein.

Es prasselte nieder, es blitzte und krachte. Das Wasser schien formlos aus dem Himmel zu fallen. Sie hatten sich in Hedwigs Bett gelegt, bei offenem Fenster. Kühle, fast kalte Luft wehte herein, feucht und duftend. Hedwigs Leib war immer noch heiß, nass vom Schweiß oder von den Regentropfen, die sie getroffen hatten. Ein Sommerleib, schön und plötzlich sehr gierig.

Dann lagen sie da, und draußen krachte es noch immer.

»Ich glaube, die wollen das ganze Land ersäufen da draußen«, sagte sie. »Das war eine Liebe soeben wie auf der Arche Noah. Ringsum die Sintflut, und in der Arche liebt sich ein Paar. Wie hat übrigens die Frau von Noah geheißen? Weißt du das? Wieso kennt man wieder einmal bloß den Namen des Mackers und nicht den Namen seiner Frau?«

»Weil Gott die Bibel geschrieben hat«, sagte Hunkeler, »und Gott war ein Macker und keine Frau.«

»Findest du das nicht auch ungerecht?«, fragte sie und setzte sich auf.

»Doch.«

Dann sprang er plötzlich vom Bett und lief hinaus, nackt, wie er war. Er rannte zum Nussbaum, nahm den Korb, trug ihn ins Haus und stellte ihn auf den Stubentisch. Die Küken sahen aus, als kämen sie direkt aus der Waschmaschine.

»Und jetzt?«, fragte Hedwig, die an den Tisch getreten war.

»Jetzt ziehen wir uns an«, sagte er. »Du holst das Waschbecken und legst sie hinein. Dann nimmst du den Föhn und föhnst sie, bis sie trocken sind und warm haben. Ich hole einen anderen Korb und Sägemehl in der Tenne. Dann legen wir sie hinein, und sie übernachten hier in der Stube.«

Als er erwachte, hörte er ein Rauschen, eintönig und unaufdringlich. Ein graues Licht war im Zimmer, kühl, wie ihm schien. Er lag unter einer Decke, neben sich Hedwigs Leib. Sie schlief tief, sie schnarchte leise. Er spürte etwas Warmes in den Kniekehlen, griff hin und spürte eine Katze.

Er hörte ein Klingeln, aufdringlich und böse. Er schloss die Augen und wartete, aber es klingelte weiter. Es war das Telefon im Gang draußen.

Er erhob sich und legte die Katze auf Hedwigs Bauch. In der Stube schaute er schnell in den Korb, der auf dem Tisch stand. Die Küken schliefen, zu einem gelben Knäuel zusammengedrängt. Er hob ab. Es war Madörin.

»Hör mal, alter Knabe, ich muss dich leider aus deinen Träumen reißen. Es tut mir leid.«

»Aber nicht jetzt«, sagte Hunkeler. »Hier ist alles eingenebelt. Ich will noch mindestens zehn Stunden schlafen.«

Die Melkmaschine war zu hören aus dem Stall gegenüber, ein Muhen, das Rasseln einer Kette.

»Tut mir leid«, sagte Madörin. »Aber vor einer Stunde, genau um fünf Uhr fünfzehn, ist im Ankara eine Bombe explodiert. Ich nehme an, es ist korrekt, dass ich dir das mitteile. Sonst scheißt du mich wieder zusammen.«

Hunkeler hatte plötzlich kalte Füße. Die Kälte kroch aus dem geplätteten Boden hinauf in seinen Leib.

»Folglich ist es jetzt eine Viertelstunde nach sechs«, sagte er.

»Genau.«

Hunkeler überlegte. Er hatte doch irgendwas geträumt soeben. Von einem Wasser, von einem trüben Teich, in dem ein viel zu großer Fisch herumschwamm. Er wusste es nicht mehr genau.

»Ist irgendwer umgekommen oder verletzt worden?«, fragte er.

»Nein. Sie haben um vier geschlossen. Auch im Computerraum war niemand mehr. Sie wollten niemanden umbringen, sie wollten bloß die Computer zerstören.«

»Aber ihr habt doch das Lokal überwacht.«

»Wir haben alle, die hineingingen und herauskamen, registriert. Von denen war es niemand. Sie sind durch den Hinterhof gekommen und haben einen Brandsatz in den Computerraum geworfen.«

»Ach so, gratuliere. Ihr seid ja wirklich saustark.«

»Meinetwegen«, sagte Madörin, »mach mich nur fertig. Immerhin bist du jetzt erwacht.«

Er legte auf.

Hunkeler trat vors Haus und pisste ins nasse Kraut. Es tropfte von den Blättern des Nussbaumes, es tropfte aus der Dachtraufe, die war offenbar wieder einmal verstopft. Er sah, wie der Bauer gegenüber eine Karrette auf den Miststock schob.


Eine halbe Stunde später fuhr er los. Er hatte die ganze Straße für sich allein, es war Samstag. Trotzdem fuhr er langsam, er wusste, dass er nicht mehr zu spät kommen konnte. Bei Trois Maisons kramte er den Zettel aus der Tasche, den ihm Ruth Künzli gegeben hatte. Er stellte Hiob Hellers Handynummer ein.

»Ja?«, meldete sich der.

»Ach so«, sagte Hunkeler, »ich wollte nur schauen, ob Sie erreichbar sind. Wo sind Sie jetzt?«

»Ich sitze mit Ruth in der Autobahnraststätte Altdorf. Wir frühstücken, Schinken mit Ei. Warum?«

»Vor anderthalb Stunden ist der Computerraum im Ankara in die Luft geflogen.«

»Na ja, ich habe so etwas erwartet. Gut, dass wir verduftet sind.«

Er legte auf.

Hunkeler rief die Auskunft an und verlangte die Nummer der Autobahnraststätte Altdorf, Richtung Süden. Er stellte sie ein. Er brauchte ziemlich lange, bis er die Frau, die offenbar an der Kasse saß, überzeugt hatte. Ein jüngeres Paar, sagte er, er mit großer Nase und fliehendem Haaransatz, sonst unauffällig. Sie wie ein Ross, knochig, mit breiten Hüften in engen Jeans. Sie essen Schinken mit Ei.

»Ja«, sagte die Frau in singendem Urner Dialekt, »sie sitzen vorne am Tisch und essen. Es ist ein Hund bei ihnen.«


Vor dem Ankara standen Polizei- und Feuerwehrautos und der Wagen der kriminaltechnischen Abteilung. Hunkeler ging hinein. Die Wirtschaft schien intakt zu sein. Nur ein beißender Rauchgeruch hing in der Luft. Im Gang, der zur Toilette führte, stand de Ville und schaute in den verkohlten Raum. Die Computer waren geborsten, die Plastikteile verbrannt. De Ville hatte rot angelaufene Augen. Er roch penetrant nach Wein, aber er hielt sich wacker auf den Beinen.

»Hélas, Hünkeler«, sagte er, »können denn diese Arsch-löcher ihre Bomben nicht an einem gewöhnlichen Arbeits-tag explodieren lassen? Muss es ausgerechnet der Samstag-morgen sein?«

Madörin, der ebenfalls da stand und in den Raum schau-te, hatte sein verbissenes Dackelgesicht aufgesetzt, ein biss-chen zu verkniffen, er hatte ein schlechtes Gewissen.

»Ich kann doch nicht an zwei Orten zugleich sein«, sagte er. »Wir haben zu wenig Leute, um Vorder- und Rückseite zugleich zu überwachen.«

Hunkeler nickte und ging hinaus. Er hatte hier nichts mehr zu tun. Er ging über die Straße ins Milchhüüsli und bestellte an der Bar einen Milchkaffee, den Kaffee heiß, die Milch kalt.

Milena hatte ein bleiches Morgengesicht. Sie war offen-bar noch nicht dazu gekommen, sich zu waschen und zu kämmen. Was auch nicht nötig war an einem so frühen, verpissten Samstagmorgen.

Hunkeler griff sich die Boulevardzeitung, die auf der Theke lag. Der Basler Drogenmord erschien nicht mehr auf der ersten Seite. Er hatte nichts anderes erwartet.

Um acht fuhr er zurück ins Elsass. Er nahm den Weg am Allschwiler Weiher vorbei hinauf zum Spitzwald. Beim dritten Zwetschgenbaum rechts hielt er kurz an und schaute zu den Kühen hinüber, die in der dampfenden Wiese stan-den. Es regnete noch immer, es war ein Landregen jetzt. Oben kurvte er nach rechts, mit drehenden Scheibenwi-schern. Vom Schwarzwald war fast nichts zu sehen, er war in graue Wolken gehüllt.

Um Mittag hörte der Regen auf. Es war angenehm kühl. Hedwig trug den Korb mit den Küken zum Schweinestall hinüber und stellte ihn dort unters Dach. Hühner seien im Grund wilde Tiere, meinte sie, die sich selber zu helfen wüssten. Hühner seien klüger als Hähne. Und sie wolle keine Stubenhühner haben.

Sie zogen sich Gummistiefel und Pelerinen an und machten sich auf den Weg Richtung Wald. Die Malven in den Gärten lagen am Boden, ebenso die Sonnenblumen. Die Brücke hinten über den Bach war noch immer handhoch überflutet. Heller, wellenförmig gemaserter Schlamm lag darauf, es war schön, da hineinzutreten.

Sie kamen über das offene Feld. Die Maisstauden waren fast alle umgeknickt. Einige zeigten ihre aufgerissenen, weißen Kolben. Ein schwerer Traktor rollte vorbei, rot leuchtend in der grauen Landschaft. Die mannshohen Hinterräder rissen eine Schlammspur auf. Sie achteten darauf, ihr auszuweichen.

Als sie durch den Wald gingen, hörten sie das Flöten eines Pirols.

Hedwig blieb stehen.

»Warum singt er? Wo doch alles nass und grau ist?«

»Er singt nicht aus Freude«, sagte Hunkeler. »Er singt, um sein Revier abzustecken. Das muss er auch tun, wenn es nass und grau ist. Die Konkurrenz lauert.«

»Wo willst du eigentlich hin?«, fragte sie.

»Einfach ein bisschen spazieren.«

»Nein, du hast etwas im Sinn.«

»Blödsinn. Ich will einfach ein bisschen durch die verregnete Landschaft gehen mit dir.«

»Üblicherweise«, sagte sie, »wenn wir durch die verregnete Landschaft gehen, lachst du mich alle hundert Meter an. Weil du es ebenso idiotisch findest, durch eine verregnete Landschaft zu gehen, wie ich.«

»Wir gehen etwas trinken, bei Munch in Knoeringue, oder noch besser, in der Ausweiche in Muespach.«

»Ach so, dort willst du hin.«

Sie gingen durch Knoeringue und grüßten die Leute, die ihre Gärten aufräumten. Sie kamen an der spätgotischen Kirche vorbei mit der alten Umfriedungsmauer. Ausgangs des Dorfes sahen sie den Bunker daliegen, eine Festung aus dem Zweiten Weltkrieg, unförmig und sinnlos. Rechts der Straße stand das Silo, in das im Herbst der Mais der umliegenden Dörfer gekarrt wurde. Es stand da wie ein ausgedienter Bohrturm, unförmig und trostlos.

Sie erreichten die Ausweiche, gingen hinein und bestellten Kaffee. Hedwig schien sich nicht wohl zu fühlen, sie schätzte es nicht, wenn sie hinter ihm herlaufen musste.

»Hör mal«, sagte er, »da drüben in der Alten Post wohnt ein Heinrich Rüfenacht. Ein Schweizer, ein Dichter, er hat keine Frau. Er hat hier oben im ersten Stock ein Zimmer gemietet. Da trinkt er jeden Abend von acht bis zehn einen Liter Wein und schreibt. Er hat mich letzten Montag angerufen und gesagt, er bringe sich um, wenn ich ihn nicht besuche. Er ist vorgestern an der Abdankungsfeier gewesen und hat mich noch einmal gebeten, ihn zu besuchen.«

Sie rümpfte die Nase, sie war enttäuscht.

»Warum gehst du nicht allein hin? Ich mag keine Säufer.«

»Weil ich ihn zusammen mit dir besuchen will. Schau ihn dir einmal an.«

»Du missbrauchst mich als Spürhund«, sagte sie.

»Ja.«

Sie gingen über die Rue de la vieille Poste, die sich auf der Krete der langgezogenen Hochebene nach Westen zog. Man sah in alle vier Himmelsrichtungen, über Dutzende von Kilometern hinweg. Man sah die Kirchtürme der umliegenden Dörfer, die drei Gebirge ringsum, die Lücke der Burgundischen Pforte.

Die Alte Post bestand aus dem alten Posthaus mit Scheune und Stall. Heinrich Rüfenacht war im Garten und schlug Pflöcke für die umgeknickten Sonnenblumen ein. Er trug Gummistiefel, schmutzige Manchesterhosen und einen alten, löchrigen Pullover, der ihm bis über die Hüften reichte. Er schien sich über den Besuch zu freuen.

»Schaut euch das an«, sagte er. »Gestern noch war hier das Paradies mit Hummeln, Käfern und Schmetterlingen. Jetzt liegt alles am Boden. Es freuen sich nur noch die Frösche und Molche. Sie kriechen aus ihren Löchern und bevölkern das nasse Erdreich. Das Wasser schwappt über, es überrollt die Erde und vertreibt, was atmet.«

»Schön gesagt«, sagte Hunkeler. »Sie haben wohl lange nicht mehr gedichtet.«

»Schon zwei Tage nicht mehr. Es fällt mir nichts mehr ein. Darf ich Ihnen mein Anwesen zeigen?«

Er führte sie der Hausmauer entlang, an der dunkelgrüne Büsche wuchsen. An Tomatenstauden vorbei, an Gurken, Kürbissen und Stangenbohnen. Sie hatten dem Sturm standgehalten, sie waren sorgfältig angebunden. Ein Weiher lag da, zwei Esel standen vor einem Stall. Sie drehten die Köpfe, bewegten die Ohren und schauten wieder weg.

Zwei Pfauen mit langen Schwänzen, samt Krönchen, vier weiße Gänse, die zu schreien begannen, die Schnäbel aufsperrten und ihre bösen Zungen zeigten. Eine Menge Hühner, in der Wiese unten ästen Schafe.

»Wo übernachten die alle?«, fragte Hedwig.

»Im Stall. Sie gehen freiwillig hinein am Abend. Am Morgen kommen sie freiwillig heraus, wenn ich öffne. Schafe und Esel bleiben draußen.«

»Wenn es stürmt, gehen sie auch freiwillig hinein?«

»Ja, dann gehen sie auch hinein. Die sind nicht so blöd, wie man meint.«

»Ich habe auch Hühner«, sagte sie. »Neun Stück. Und einen Stall habe ich auch. Vielleicht sollte ich noch ein paar Gänse halten.«

»Gänse sind die besten Wächter«, sagte er, »die gehen auf alles los und schreien.«

Er zeigte auf einen Heuhaufen, der nass am Boden lag.

»Den hätte ich gestern eigentlich einfahren wollen. Ich hatte schon die Gabel in der Hand, um hineinzustechen. Da habe ich es schnarchen hören. Ich habe nachgeschaut. Es war ein Igel, der im Heuhaufen schlief. Und jetzt ist das Heu nass.«

Er versuchte ein Lächeln, es war knapp erkennbar in den Mundwinkeln.

»Darf ich Sie in die Küche führen? Tee oder Kaffee?«

Er führte sie in die Küche. Ein großer, alter Raum mit eingeschalten Balken an der Decke, mit Holzherd, Schrank und Ausguss aus Kalkstein. An der Wand hing in Lederschlaufen ein Satz Fleischermesser, kleine, mittlere und große. Es fehlte keines.

»Was tun Sie damit?«, fragte Hunkeler.

»Ich metzge die Schafe.«

»Können Sie das?«

»Natürlich. Ich halte nichts von der städtischen Zimperlichkeit. Wenn ich schon Schafe halte, will ich sie auch verwerten.«

Auf dem Schrank stand ein Foto, schwarzweiß, das ein Paar zeigte.

»Darf ich?«, fragte Hunkeler.

Rüfenacht nickte. Er nahm einen Stumpen aus einer Schachtel, steckte ihn an und rauchte. Es waren Villiger, Premium No. 8.

Hunkeler nahm das Bild, setzte sich und schaute es genau an. Rüfenacht schien zu lächeln, aber das war nur zu ahnen, seine Lippen blieben schlaff.

»Ich habe kalten Brennnesseltee mit Zitrone«, sagte er. »Ich gieße jeden Morgen eine Kanne voll auf. Ich trinke alle zwei Stunden eine Tasse davon. Das entschlackt.«

Er stellte drei Tassen auf den Tisch und schenkte ein. Sie tranken, es schmeckte wie altes Heu.

Hunkeler schaute in die Ecke, wo mehrere Dutzend leere Weinflaschen standen. Côtes du Rhône der billigen Sorte. Dann schaute er wieder das Bild an.

Es war eine knapp dreißigjährige Frau mit hellem Haar und großen, dunklen Augen. Daneben ein gleichaltriger Mann mit Beatlemähne und offenem Hemd. Beide lachten, sie waren verliebt. Im Hintergrund war eine Pyramide zu sehen. Am Hals trug der Mann an einer kurzen Schnur einen Anhänger.

»Das im Hintergrund«, sagte Hunkeler, »ist die Stufenpyramide von Sakkara. Die Frau ist die junge Regula Hämmerli. Der Mann sind Sie. Was tragen Sie am Hals?«

»Einen Skarabäus«, sagte Rüfenacht. »Das war 1969, kurz nach dem Sechstagekrieg. Oberägypten war für Touristen geschlossen, aber Kairo und Umgebung waren offen. Regula hat sich schon damals für die ägyptische Kultur interessiert. Sie hat mich zur Reise eingeladen und mir den Skarabäus geschenkt.«

»Ist er echt?«

»Nein, wo denken Sie hin. Ein Skarabäus aus der Zeit von Thutmosis dem Dritten, Neues Reich, 1450 v. Chr., hat schon damals viel gekostet.«

»Warum Thutmosis der Dritte, warum nicht Echnaton oder Tutanchamun?«

»Ach so, ja, da haben Sie recht. Ich erwähne Thutmosis den Dritten, weil mir sein Grab besonders gut gefällt. Ich bin mit Regula später noch dreimal in Luxor gewesen.«

»Haben Sie den Skarabäus noch?«

»Ja, sicher.«

Er öffnete sein Hemd und holte einen grünlichen Käfer hervor, der an einer Lederschnur hing.

»Es ist ein billiges Touristen-Fabrikat. Aber ich halte ihn trotzdem in Ehren. Haben Sie sonst noch eine Frage?«

Er lächelte jetzt wirklich, die Fragerei schien ihn zu belustigen.

»Ja. Wie lange haben Sie Regula Hämmerli geliebt? Ich meine, bis wann?«

»Bis zuletzt, bis am 10. Juni, 21 Uhr, wenn Sie es genau wissen wollen. Ich habe sie gepflegt, bis in den Tod. Ich liebe sie heute noch.«

»Haben Sie deshalb aufgehört zu schreiben, weil sie nicht mehr da ist?«

»Das ist richtig. Ich habe für sie geschrieben. Sie war die einzige Person außer mir, die meine Schrift hat lesen können. Hier, sehen Sie.«

Er öffnete den unteren Teil des Schrankes. Auf zwei Tablaren lagen Dutzende von Schulheften, sorgsam gestapelt. Er nahm eines heraus, öffnete es und legte es auf den Tisch. Die Seiten waren beschrieben mit kleinen Buchstaben, schön anzuschauen, wie ein Bild.

»Schön ist das«, sagte Hedwig, »aber lesen kann ich kein Wort.«

»Sehen Sie?«, sagte Rüfenacht, fast triumphierend. »Das kann kein Mensch lesen, außer mir. Aber ich will es nicht lesen, ich habe es ja geschrieben.«

Er schüttelte den Kopf und grinste vor sich hin. Seine Lippen hatten etwas Farbe bekommen.

»Was sagt man in solchen Fällen?«, sagte Hunkeler. »Das Leben geht weiter. Kopf hoch, junger Mann.«

»Danke für den guten Rat«, sagte Rüfenacht. »Sie sind ein guter Psychologe, Herr Kommissär.«

Sie erhoben sich alle drei, sie lächelten sich an.

»Vielleicht komme ich am Montagabend wieder vorbei«, sagte Hunkeler, »wenn Sie dann zu Hause sind.«

»Ich bin da, ich bleibe abends zu Hause.«

Sie wanderten weiter über den verschlammten Feldweg, missmutig, auch Hedwig war verstimmt. Die Sonne schien viel zu grell in die nasse Landschaft, das Blau oben zwischen den Wolken war viel zu heftig. Beim Windenhof kehrten sie um und folgten dem alten Römerweg, wortlos einherstapfend. Sinnlos war das, völlig zwecklos, diese Wanderei über verdreckte Nebenwege.

Am Abend fuhren sie zu Munch. Sie bestellten geräucherten Schinken vom Wildschwein, kalt aufgeschnitten. Dazu Salat, eine Flasche Beaujolais Village und Mineralwasser. Die Leute am Stammtisch hatten freundlich gegrüßt, als sie hereingekommen waren, aber Hunkeler hatte nur kurz etwas vor sich hin gebrummt. Der Schinken musste zwar wie immer hervorragend sein, aber heute schmeckte er nicht.

Hedwig wartete ziemlich lange, bis sie etwas sagte.

»Ich glaube, ich bin der einzige Mensch auf dieser Erde«, sagte sie, »der dich über längere Zeit auch nur einigermaßen ertragen kann. Ich frage mich, wie ich das schaffe.«

»Weil du mich liebst«, sagte er. »Du hast gar keine andere Wahl.«

»Ach so? Ich könnte es ja einmal ausprobieren.«

»Hör auf, ja?«, schrie er, so dass das Gespräch am Nebentisch verstummte. Hedwig wollte sich erheben, aber er packte ihre beiden Hände und hielt sie fest.

»Es tut mir leid«, sagte er, »es tut mir wahnsinnig leid.«

»Wenn du jetzt weinst«, sagte sie, »stehe ich auf und gehe. Und du siehst mich nicht wieder.«

»Du bleibst da, ja? Für immer und ewig.«

Er ließ ihre Hände los, nahm die Gabel und stocherte im

Salat herum. Sie nahm ihr Glas, nippte daran, mit leichtem Spott auf den Lippen.

»Was ist eigentlich los?«, fragte sie.

»Wenn ich jetzt rede, muss ich weinen. Und wenn ich weine, gehst du. Also sage ich nichts.«

Sie trank ihr Glas aus, es schmeckte ihr gut. Sie schenkte neu ein.

»Zum Wohl, alter Mann. Wir werden uns doch nicht auseinanderbringen lassen durch deinen Beruf.«

Sie aßen schweigend, und nach einer Weile hatte er sich beruhigt.

»Ich kann einfach nicht kühl und sachlich bleiben«, sagte er, »wenn ich merke, dass jemand eine Frau umgebracht hat. Das schaffe ich nicht.«

»War er's denn?«

»Ich glaube schon.«

»Aber er trägt den Skarabäus immer noch am Hals.«

»Vielleicht hat er zwei oder drei.«

Er schob sich einen Bissen Schinken in den Mund, trank einen Schluck. Es schmeckte schon besser.

»Und?«, fragte er. »Was hältst du von ihm?«

»Kein schlechter Mann«, sagte sie, »etwas speziell und eigensinnig, aber durchaus interessant.«

»Würde er für dich in Frage kommen? Ich meine, würdest du ihn dir genauer anschauen, wenn du einen Mann suchen würdest?«

»Eine Frau sucht nie einen Mann.«

»Wie macht sie's dann?«

»Was?«

»Dass sie einen findet.«

Sie warf den Kopf leicht nach hinten und strich sich mit der Hand übers Haar. Wieder erschien eine Spur von Spott auf ihren Lippen. Aber dann dachte sie nach.

»Sie fasst ihn ins Auge«, sagte sie.

»Genau das meine ich. Würdest du ihn ins Auge fassen?«

»Schon, ja. Aber dann würde ich nein sagen.«

»Warum?«

»Er hat etwas Schlaffes an sich.«

»Er ist impotent«, sagte er, »seit sieben Jahren, wegen einer Prostataoperation. Und vor sieben Jahren ist ihm seine Frau weggelaufen zu einer Lesbe.«

»Nein so was.«

Sie bestellte eine Vieille prune und er für sich einen Marc de Bourgogne. Sie warteten, bis die Schnäpse kamen, stießen an und tranken.

»Was kann eine Frau mit einem Mann anfangen, der impotent ist?«, fragte er. »Kann sie ihn immer noch lieben?«

»Das weiß ich nicht. Jedenfalls kann sie seine Freundin sein.«

»Was heißt das?«

»Das kannst du dir doch selber vorstellen.«

»Ich stelle mir vor, dass er für sie wertlos ist.«

»Muss das sein?«, fragte sie, und der Spott lag jetzt auch in ihren Augen.

»Ja. Ich möchte diese Geschichte verstehen.«

»Ihr seid alle die gleichen Platzhirsche«, sagte sie. »Jeder hat den Schönsten und Größten und Längsten.«

»Sag mir, was du denkst«, bat er.

Sie überlegte. »Wertlos würde ich nicht sagen. Er kann ihr in vielem helfen. Und sie ihm auch.«

»Helfen schon. Aber Liebe ist etwas anderes als Hilfe.«

Sie ließ den Pflaumenschnaps in ihrem Glas kreisen und nahm einen Schluck.

»Ich glaube schon«, sagte sie, »dass ein Mann nach einer solchen Operation für die Frau, die ihn liebt, erotisch wertlos wird. Was soll sie tun? Erbarmen haben mit ihm? Wie soll das ein Mann aushalten?«

»Danke. Das wollte ich hören.«

Sie trank ihr Glas in langsamen, kleinen Zügen aus.

»Das war aber anstrengend«, sagte sie. »Komm jetzt heim.«

Am andern Morgen gegen neun weckte ihn das Telefon. Er blieb eine Weile liegen in der Erwartung, das Klingeln würde aufhören. Aber es hörte nicht auf.

Es war Madörin.

»Hör mal«, sagte er, »du schläfst ja wie ein Bär. Aber ich musste dich trotzdem wecken.«

»Warum? Es ist Sonntag.«

»Der Rhein führt Hochwasser, eine braune Brühe. Trotzdem haben sie ihn treiben sehen.«

»Wen?«

»Lucky Schindler. Er hat einen Strick um den Hals gehabt. Dieser Strick hat sich in der Schraube eines Motorbootes vor dem Schmalen Wurf verheddert. Sonst wäre er wohl erst im Rechen der Kembser Schleuse gefunden worden, wenn überhaupt.«

»Herrgott«, sagte Hunkeler.

Er öffnete die Haustür, um frische, kühle Luft hereinzulassen. Der Himmel war bedeckt, aber es regnete nicht.

»Hat er sich erhängt?«

»Das glaube ich nicht. Vermutlich hat man ihn erwürgt.
Er muss mehrere Stunden im Wasser gelegen haben. Sein
Körper wurde wegen des Hochwassers dauernd gegen ei-
nen Weidling geschlagen. Aber da war er schon tot.«

»Herrgottsack«, sagte Hunkeler.

Er ging in die Stube, setzte sich an den Tisch und steckte
sich eine Zigarette an. Beim ersten Zug wurde ihm
schwindlig, er drückte sie wieder aus. Eigentlich hätte er
sogleich nach Basel fahren müssen. Er war Verfahrensleiter,
und Lucky Schindler hatte zum weiteren Umkreis der
Christa Erni gehört. Aber er wollte nicht, er wollte den Fall
Schindler dem Kollegen Madörin überlassen.

Er trat in Hedwigs Zimmer, zog sich an und schaute
zum Fenster hinaus. Ein friedliches Bild mit Kirsch- und
Zwetschgenbaum, mit Weide und Pappel. Das Gras stand
schon wieder halbmeterhoch, er musste es schneiden. Er
schaute zum Schweinestall hinüber und sah, dass jemand
den Korb mit den Küken umgeworfen hatte. Er ging hinaus, quer durch die Wiese hin zum Korb. Es war der Marder
gewesen. Er hatte bloß einige Krallen und Federn übriggelassen.

Hunkeler holte den Spaten, schaufelte unter der Weide
ein Loch und begrub die Überbleibsel. Dann ging er hinein
und weckte Hedwig.

»Hör mal, es ist etwas Trauriges geschehen.«

Sie setzte sich erschrocken auf, das Leintuch vor der
Brust.

»Die Küken sind hin. Der Marder hat sie geholt.«

Sie schwieg. Er sah zwei Tränen aus ihren Augen rollen.

»Wir holen auf dem nächsten Altkircher Markt andere. Neun Stück, wenn du willst, weil neun eine schöne Zahl ist.«

»Warum hast du nicht aufgepasst?«, fragte sie.

»Es waren deine Hühnchen, du bist die Bäuerin.«

»Aber du bist der Bauernbub.«

»Streiten wir nicht«, sagte er. »Nächstes Mal stellst du den Korb in den Stall.«

»Du bist ein widerlicher Dreckskerl«, sagte sie und begrub ihr Gesicht im Kissen. »Du hilfst mir nie.«

»Doch, ich helfe dir. Und zwar durch dick und dünn.«

Er setzte in der Küche Wasser auf und deckte den Tisch. Er aß Münsterkäse mit Kümmel und Weißbrot. Am liebsten wäre er jetzt gleich zu Heinrich Rüfenacht gefahren, um mit ihm zu reden.

Als Hedwig in die Küche kam, schenkte er ihr Kaffee ein. Er sah, dass sie sich langsam, fast schwerfällig bewegte, als befürchtete sie, etwas zu zerbrechen.

»Es tut mir leid«, sagte sie, »dass ich dich beschimpft habe.«

»Macht nichts«, sagte er.


Gegen Mittag fuhr er zurück nach Basel. Er nahm den Weg über Spitzwald. Beim Bauernhof parkte er, stieg aus und klopfte an die Haustür. Rumpelstilzchen führte ihn in die

Küche. Am Tisch saß Abraham, wie immer im dunklen Anzug. Er aß Kartoffeln und Käse.

»Ich will nicht stören«, sagte Hunkeler. »Ich möchte Sie bloß bitten, mir den Skarabäus, den Sie in der Wiese gefunden haben, für zwei, drei Tage zu überlassen.«

»Ungern«, sagte Abraham, »ich habe mich bereits an ihn gewöhnt.«

Er öffnete sein Hemd und knüpfte sich eine Schnur vom Hals, an der der Skarabäus hing.

»Da, nehmen Sie. Aber ich will ihn unbedingt zurück-haben. Er bringt mir Glück.«

Hunkeler verabschiedete sich, ging hinaus und stieg über den Bernhardiner, der vor der Haustür lag. Im Auto rief er Eduard Vischer an.

»Wo sind Sie?«, fragte er.

»Im Moment auf der Hohen Möhr. Wir stehen unter dem Dach eines Bauernhofes, wegen eines Gewitters. Aber es verzieht sich bald.«

»Alles in Ordnung?«

»Ja, außer dass Nelly an beiden Füßen offene Blasen hat.«

»Kann ich Sie sehen?«

»Ja, meinetwegen. Wir sind etwa um 15 Uhr im Hotel Löwen in Zell.«

Hunkeler durchquerte die Stadt Richtung Huningue. Er passierte die Grenze, wo Zöllner standen wie im Alten Testament. In Huningue hielt er die Geschwindigkeitsbegrenzung genau ein. Auf der Europabrücke nach Deutschland hinüber sah er, dass der Rhein schmutzigbraunes Hochwasser führte. Er rollte langsam mit im Sonntagsverkehr, der sich ins Wiesenthal hineinzog. Links und rechts Dörfer und bewaldete Hügel, neben der Straße das Flüsschen, das normalen Wasserstand hatte. Offenbar hatte es im Schwarzwald hinten nicht viel geregnet. Bei Hausen verengte sich das Tal, die Berge wurden höher. Die Straße wand sich dem Flusslauf entlang, mit angenehmen, abwechslungsreichen Kurven. Nach einer Dreiviertelstunde war er in Schönau.

Er fand den Campingplatz auf Anhieb, er war gut ausgeschildert. Wohnwagen an Wohnwagen, Vordach an Vordach. Unter einigen wurden Karten gespielt, anderswo brutzelten Würste auf Holzkohlenglut. Ein fetter Geruch, den er nicht mochte. Starke Oberschenkel sah er, helle Shorts, mächtige Bierbäuche. Eine Gemütlichkeit, die aufgesetzt erschien, das Wetter war wohl doch etwas zu kühl.

Er folgte dem Uferpfad flussaufwärts, an Erlen und Weiden vorbei. Im Wasser lagen Gesteinsbrocken, hinter denen wohl Forellen standen. Er sah keine, die Oberfläche war zu unruhig.

Er ging etwa eine Viertelstunde, dann sah er eine Frau in hohen Gummistiefeln, groß und breitschultrig. Sie watete ein paar Meter gegen die Strömung. Dann ließ sie mit federnder Rute die Leine durch die Luft sirren, hin und her, bis sie die Mücke dort hatte, wo sie sie haben wollte. Dort ließ sie den Köder aufs Wasser fallen. Sie tat das mit höchster Konzentration, wandte den Blick keinen Moment vom anvisierten Fleck und traf zentimetergenau. Sie trug eine Art Jägerhut mit drei Federn im Hutrand. Es war Karin Müller.

Am Ufer saß Ruth Zbinden, mit gekreuzten Beinen an einen Erlenstamm gelehnt, und las ein Buch. Als sie eine Seite umblätterte, schaute sie kurz zur Frau hinaus und lächelte. Dann las sie weiter.

»Ist das Ihr Freund?«, fragte Hunkeler.

Frau Zbinden blickte auf und erschrak. Eine Röte glitt über ihr braunes Gesicht, aber ihre graugelben Augen blieben strahlend hell. Sie legte das Buch in ihren Schoß.

»Nein, das ist meine Freundin. Spielt es eine Rolle?«

»Nein, eigentlich nicht.«

Gemeinsam schauten sie zu, wie die Frau draußen die Mücke neu platzierte.

»Seit wann lieben Sie Frau Müller?«, fragte er.

»Seit Mitte März dieses Jahres. Sie hat damals in Schönau einen Wohnwagen gemietet. Sie hat mich ein Wochenende mitgenommen, dann war die Sache klar.«

»Und Frau Hämmerli?«

»Die hat es gewusst.«

Sie strich sich übers Gesicht, als hätte sie sich eine Strähne wegwischen wollen. Dann lächelte sie wunderschön.

»Wir sind nicht eifersüchtig«, sagte sie, »wir nehmen die Liebe dort, wo sie wächst. Wir sind nur im Wohnwagen zusammen gewesen, übers Wochenende. In Basel haben wir uns nie getroffen. In Basel hat sie Regula gehört.«

»Und jetzt? Treffen Sie sich jetzt auch in Basel?«

»Nein. Warum fragen Sie das?«

»Frau Müller ist am Abend des 2. Juli in der Praxis von Christa Erni gewesen, gegen 21 Uhr.«

»Ich weiß. Aber sie war es nicht.«

Die Frau draußen ließ die Rute plötzlich zurückschnellen, dass sie sich bog wie eine Weidengerte. Sie hatte einen Fisch an der Angel. Sie drehte die Kurbel, hielt die Rute so, dass sie die Schläge der Beute abfedern konnte. Langsam holte sie die Leine ein, griff zum Kescher. Dann sprang der Fisch hoch, so dass man seinen aufblitzenden Leib sah, und war weg.

Die Frau blickte herüber zum Ufer und zuckte mit den Achseln. Als sie Hunkeler sah, holte sie die Leine ganz ein und kam herangewatet.

»Das ist die Dritte, die mir entwischt«, sagte sie, »sie beißen zu spitz.«

Sie nahm das Silberkreuz, das über ihrer Bluse hing, und versorgte es über ihren Brüsten.

»Was gibt's denn«, fragte sie, »dass Sie sich herbemühen an einem heiligen Sonntag?«

»Ich habe drei Fragen«, sagte er. »Erstens möchte ich wissen, warum Sie mir nichts von Heinrich Rüfenacht gesagt haben. Zweitens, warum Sie mir nicht gesagt haben, dass Sie am Abend des 2. Juli in der Praxis von Christa Erni waren. Drittens, warum Sie mich angelogen haben.«

»Wer hat gelogen?«, fragte Frau Zbinden.

»Sie. Sie haben behauptet, Sie beide hätten das Wochenende hier verbracht und seien erst am Montagmorgen nach Basel zurückgekommen.«

»Habe ich das?«

Hunkeler überlegte, er wusste es nicht mehr genau.

»Kann sein, dass Frau Schwaab das behauptet hat. Sie hat gesagt, Sie kämen montags jeweils etwas später in die Praxis, da Sie das Wochenende mit Ihrem Freund im Schwarzwald verbringen. Da Sie an jenem Montag etwas später eintrafen, habe ich angenommen, Sie hätten die Nacht von Sonntag auf Montag hier verbracht.«

»Das habe ich nie behauptet. Es ist einfach so, dass ich den Wochenanfang schrecklich finde und gern etwas später komme.«

»Gut«, sagte Hunkeler, »offenbar habe ich mich getäuscht.«

Er schaute Frau Müller an, die sich in den Ufersand gesetzt hatte und ruhig aufs Wasser hinaussah.

»Hier geht es mir immer gut«, sagte sie, »am Wasser, wenn es gurgelt und rauscht. Wenn ich fische, vergesse ich alles. Kaum bin ich wieder in der Wohnung, packt mich die Depression. Das ist jetzt schon ein halbes Jahr so. Es hat angefangen im März. Ich habe doch gemerkt, dass etwas nicht mehr stimmte mit Regula. Deshalb habe ich mich wohl auch in Ruth verliebt. Es war ein Versuch, mich zu retten.«

»Und? Ist Ihnen das gelungen?«

»Ich weiß nicht, ob ich diese Zeit ohne Ruth überstanden hätte«, sagte sie. »Kaum war ich jeweils wieder in der Wohnung am Sonntagabend, habe ich an Suizid gedacht. Ein paarmal habe ich sogar daran gedacht, die sterbende Regula zu erlösen.«

»Wie zu erlösen?«

»Mit einem Stich ins Herz.«

Das sagte sie so, als wäre es ein ganz normaler Gedanke gewesen.

»An jenem 2. Juli habe ich keine Antidepressiva mehr gehabt. Ich habe Christa angerufen und welche verlangt.

Sie hat mich um halb neun in die Praxis bestellt und mir das Verlangte gegeben.« So einfach war das, es leuchtete ein.

»Haben Sie vorher noch kurz Heinrich Rüfenacht angerufen und ihm mitgeteilt, Christa Erni sei in der Praxis?«

Sie strahlte ihn aus hellblauen Augen an.

»Nein. Warum hätte ich das tun sollen?«

»Wer hat jeweils zu Regula Hämmerli geschaut übers Wochende, wenn Sie im Schwarzwald waren?«

»Wir sind nur zweimal hierhergekommen, nachdem wir die Diagnose hatten. Ich habe es dringend gebraucht, um mich zu erholen. Beide Male hat Heinrich Rüfenacht zu ihr geschaut, allerdings nur bis 19 Uhr. Dann ist jemand von der Spitex gekommen, bis 23 Uhr. Anschließend ist wieder Rüfenacht dran gewesen.«

Er steckte sich eine Zigarette an, nahm drei tiefe Züge und spickte sie mit dem Nagel des rechten Zeigefingers aufs Wasser hinaus.

Ein Schatten erschien, ein kleiner, kurzer Wirbel, ein Fisch schnappte danach. Dann trieb die Kippe ruhig flussabwärts.

»Jetzt wäre es gut«, sagte Frau Müller, »jetzt beißen sie richtig.«

»Nur noch einen Augenblick«, bat Hunkeler. »Warum haben Sie mir nichts von Heinrich Rüfenacht gesagt?«

»Er ist widerlich«, sagte Frau Zbinden, »er stinkt.«

»Aber offenbar hat ihn Frau Hämmerli ziemlich lange geliebt.«

»Wenn man das Liebe nennen will«, sagte Frau Müller. »Das war Ausbeutung. Sie hat ihn ausgehalten.«

»Vor sieben Jahren, als sie zu Ihnen kam, hat sie ihn weiterhin ausgehalten?«

»Ja. Der hat doch kein Geld verdient. Darf ich jetzt?«

»Ich hätte noch eine letzte Frage«, sagte er. »Was sind das für Federn auf Ihrem Hut?«

»Ich denke, die sind vom Häher.«

»Vielen Dank«, sagte er und schaute zu, wie die Frau die Angelrute nahm und hinauswatete.


Er stieg wieder ins Auto und fuhr talauswärts Richtung Basel, über Wembach, Mambach, Atzenbach. Gegen vier parkte er vor dem Hotel Löwen in Zell. Es stand an der Kreuzung mitten im Dorf, ein alter, stattlicher Bau, vormals eine allererste Adresse. Jetzt, da die Ortschaft umfahren wurde, schien es aus der Zeit herausgefallen zu sein.

Nelly und Eduard saßen in der Wirtsstube. Nelly hatte die nackten Füße auf den Stuhl nebenan gelegt. Er tupfte ihr die Fersen ab und machte sich daran, neue Heftpflaster aufzukleben.

»Aua«, sagte sie, »das tut verdammt weh.«

»Halt ruhig«, sagte er, »das tut nur ein bisschen weh.«

»Nein, das tut so weh, dass ich schreie.«

»Dann schrei meinetwegen, aber halt still.«

Hunkeler bestellte eine Tasse Kaffee. »Wie ist es gegangen bis jetzt?«, fragte er. »Immer wacker geradeaus?«

»Und bergauf«, sagte sie, »und bergab. Am ersten Tag über diesen verdammten Dinkelberg nach Adelhausen. Gestern wieder über einen verdammten Berg nach Schopfheim. Heute über die verdammte Hohe Möhr hierher, an den Arsch der Welt. Ich frage mich nur, warum er unbedingt will, dass ich das alles mitmache.«

»Zieh jetzt die Schuhe an«, sagte Eduard.

»Aber nicht mehr diese verdammten Betonklötze. Die scheuern mich wund bis auf die Knochen.«

»Nein, die Turnschuhe.«

Nelly nahm ein Paar Turnschuhe aus dem Rucksack und zog sie an.

»Du hast gut reden mit deinen verdammten Eisenfüßen«, sagte sie. »Dir könnte ein Panzer über die Zehen rollen, du würdest es nicht einmal merken.«

»Sie ist müde«, sagte Eduard, »aber es geht ihr ganz gut. Auf dem Feldberg oben wird es ihr noch bessergehen.«

»Wenn ich auf diesem verdammten Berg überhaupt lebend ankomme und nicht vorher verrecke.«

Hunkeler grinste. Er sah die braune Haut auf ihren mageren Schultern, ihre grünen Augen, die sehr hell waren.

»Ich finde es gut«, sagte er, »dass Sie sich retten lassen wollen. Die Liebe ist eben doch eine Himmelsmacht, nicht wahr?«

Sie rümpfte die Nase. Dann streckte sie ihm die Zunge heraus. Dann fing sie an zu schluchzen und verbarg ihr Gesicht in einem Taschentuch.

»Sie ist kaputt«, sagte Eduard, »das ist der erste Schritt zur Besserung.«

Hunkeler rührte zwei Zuckerwürfel in den Kaffee und goss Sahne dazu.

»Vorgestern am Morgen früh«, sagte er, »ist der Computerraum im Ankara in die Luft geflogen.«

»Nein«, sagte Eduard, »bitte nicht.«

Über seiner Nasenwurzel waren plötzlich zwei senkrechte Striche, tiefe, strenge Falten.

Nelly putzte sich die Tränen weg und versorgte das Taschentuch.

»Wo ist Lucky?«, fragte sie.

»Er wurde aus dem Rhein gefischt, mit einem Strick um den Hals.«

Sie schwiegen alle drei, und Nelly weinte jetzt wirklich. Ihr Gesicht war plötzlich sehr blass. Sie verzog keine Miene, schloss bloß die Augen, aus denen Tropfen drückten, über ihre Wangen kugelten und heruntertropften. Eduard nahm das Taschentuch und wischte ihr damit so liebevoll über das Gesicht, dass Hunkeler staunte.

»Patrick und Sven habe ich aus den Augen verloren«, sagte er. »Aber mit Hiob und Ruth habe ich telefoniert. Sie saßen gestern früh in der Autobahnraststätte Altdorf beim Frühstück. Sie waren auf dem Weg ins Tessin.«

»Und Buddha?«, fragte Nelly.

»Der ist bei ihnen.«

»Es war also allerhöchste Zeit«, sagte Eduard, »dass wir abgehauen sind. Sonst würden wir jetzt im größten Schlamassel stecken.«

Hunkeler trank einen Schluck Kaffee. Er schmeckte ziemlich fade.

»Es wird auch jetzt noch Fragen geben«, sagte er, »ich meine, wenn Sie zurück sind in Basel.«

»Gut«, sagte Eduard, »wir werden antworten. Aber ich weiß nicht viel. Und Nelly weiß nicht viel mehr.«

»Was wissen Sie?«

»Das, was ich Ihnen gesagt habe. Ich habe Ihnen gesagt, Lucky werde es nicht mehr lange machen, da er zu tief drinstecke und nicht clever genug sei.«

Das hatte er gesagt, Hunkeler wusste es noch genau.

»Wir möchten gern Namen haben.«

»Es gibt keine Namen.« Das kam hart und entschlossen. »Weil wir keine Namen wissen.«

»Hiob hat nichts ausgeplaudert«, sagte Nelly. »Und Lucky hätte sich lieber die Zunge abgebissen, als etwas zu verraten. Der hat das schon früh gelernt.«

»Woher haben denn Sie das Heroin gehabt, wenn Sie es unbedingt gebraucht haben?«

»Das darf ich nicht sagen.«

Jetzt lief Eduards Gesicht zündrot an bis in die abstehenden Ohrläppchen hinein. Er nahm einen Schluck vom Apfelsaft, der vor ihm auf dem Tisch stand, und schloss für einen Moment die Augen. Dann hatte er sich wieder gefasst.

»Nelly ist unschuldig und ich auch. Wir werden Auskunft geben, aber nur in Anwesenheit meines Anwalts. Und vor allem werden wir morgen unsere Wanderung fortsetzen.«

»Wieder über so einen verdammten Scheißberg«, sagte Nelly.

»Ich gratuliere Ihnen, Herr Vischer«, sagte Hunkeler.

»Wozu?«

»Zu Ihrer wunderbaren Frau.«

Am Abend, als Hunkeler sein Haus betrat, saß am Stubentisch Hedwig. Sie trug ihr tief ausgeschnittenes, rotes Kleid und weinte. Sie hatte schon eine ganze Weile geweint, er sah es ihren Augen an.

»Niemand hat mich gern«, sagte sie. »Erst nimmt man mir die Küken weg, und dann lässt man mich sitzen.«

Er nahm ihre Hände, zog sie hoch und schaute ihr genau ins Gesicht.

»Was ist das für ein Quatsch?«, fragte er.

»Das ist kein Quatsch. Wir haben abgemacht, dass wir tanzen gehen. Und dann lässt du mich warten.«

»Ach so, du meinst die Verlobung im Spitzwald. Stimmt, das habe ich vergessen.«

Er schüttelte den Kopf. Dann lachte er sie an.

»Wie kannst du so etwas bloß vergessen?«, schimpfte sie. »Du liebst mich nicht. So etwas ist wichtig für eine Frau.«

»So etwas ist auch wichtig für einen Mann. Also los, fahren wir.«

Sie fuhren los. Oben auf der Hohen Straße sah er im Rückspiegel den roten Ball der Sonne, der dem Horizont zurollte.

Es war ein Tessiner Fest. Tessiner Teller mit Salami und Mortadella, weißes Tessiner Brot, roter Tessiner Merlot. Albin und Konrad spielten Tessiner Melodien.

Drei Schwestern von Rumpelstilzchen, alle klein und rundlich, handfeste Frauen zwischen sechzig und siebzig. Zwei hatten ihren Mann bei sich, die dritte war verwitwet. Zwei Kollegen von Abraham, alte Männer in abgenutzten Anzügen, die schwiegen, aßen und viel Wein tranken. Das Bauernpaar, das vom Brünig-Schwingen zurück war. Dazu einige Leute aus dem Seniorenheim, Armin Merkle mit Frau, die Schwestern Bühler, das Ehepaar Schüpbach.

»Hören Sie mal, Herr Kommissär Hunkeler«, sagte Merkle, »was tun Sie eigentlich den ganzen Tag? Wir bezahlen Sie mit unseren Steuern, wir Bürger und Bürgerinnen. Erst wird unsere verdiente Ärztin erstochen. Dann wird ein junger Mann, der zwar ein Drögeler, aber immerhin ein Schweizer war, erwürgt. Wo leben wir eigentlich? Auf dem Balkan?«

»Woher wissen Sie das?«, fragte Hunkeler.

»Vom *Radio Basilisk.* Die haben das gebracht. Sie haben gesagt, sie werden der Basler Polizei von nun an vermehrt auf die Finger schauen. Wissen Sie was? Soll ich Ihnen etwas sagen?«

»Gern.«

»Die Basler Polizei ist unfähig. Die hätten schon längst aufräumen müssen mit dem ausländischen Saupack. Die müsste man sofort abschieben, in Handschellen. Und wenn sich einer wehrt, bekommt er einen Plastiksack über den Kopf.«

»Zum Wohl«, sagte Hunkeler, hob sein Glas und lächelte Hedwig an. Sie sah schön aus, das Fest gefiel ihr.

Der Wein war gut, Salami und Mortadella waren hervorragend. Nur das Brot war zu trocken.

»Darf ich bitten?«, sagte Hunkeler. Er nahm Hedwig bei der Hand, zog sie in die Ecke, wo eine Tanzfläche ausgespart war, und umarmte sie. Sie tanzten über eine Stunde lang, sie sangen mit:

»Che bella notte, che fa. In gondoletta si va,
colla Lisetta, per far l'amor.«

Anderntags um acht in der Früh saß Hunkeler in der Küche. Er trank die dritte Tasse Tee und schaute zum Fenster
hinaus. Ein Grünspecht flog heran in weiter, wellenförmi-
ger Bewegung, landete am halbmorschen Birnbaum neben
dem Schweinestall, rutschte ein bisschen hinauf und fing an
zu hämmern. Sein roter Kopf leuchtete in der Morgen-
sonne. Ein dürrer Ast ragte wie ein arabischer Halbmond
in den blassblauen Himmel.

Er hatte immer noch die Tessiner Musik von gestern
Abend in den Ohren, Albins krächzende Stimme, die Gi-
tarrenklänge. Schön, sich zu verlieben in seinem Alter,
dachte er, und immer wieder in dieselbe Frau.

Er nahm Notizblock und Stift und schrieb auf.

Montag, 9. Juli

Erstens: Heute vor einer Woche wurde die Leiche von
Christa Erni gefunden.

Zweitens: In den ersten Tagen hat sich nichts bewegt.
Dann plötzlich viel. Ankara explodiert, Lucky Schindler
erwürgt, Heinrich Rüfenacht entdeckt.

Drittens: Ankara interessiert mich nicht, Lucky Schindler auch nicht. Rüfenacht interessiert mich. Es ist widerlich,
aber es muss sein.

Viertens: Karin Müller, vielleicht Anstiftung zum Mord?

Fünftens: Der Marder hat die Küken geholt. Auch das ist
widerlich, nicht für den Marder, aber für die Küken.

Sechstens: Ein strahlender Morgen hier. Widerlich, dass ich nicht bleiben kann.

Siebtens: Besuch beim Antikenhändler Dreyfus.

Achtens: Widerlich wird die Info-Sitzung sein. Durchhalteparole: Leckt mich am Arsch.

Neuntens: Abends Besuch bei Rüfenacht. Er wird sich gut wehren, aber er will überführt werden.

Zehntens: Tessiner Musik ist manchmal widerlich, manchmal schön.

Er schenkte sich eine vierte Tasse ein und trank. Der Tee schmeckte bitter, er hatte zu lange gezogen. Er griff noch einmal zum Stift.

Elftens: Warum trägt der Grünspecht eine rote Haube? Warum ist er so schön?

Hedwig kam herein, im blauen Morgenmantel. Sie ging behutsam, sie schien immer noch zu schlafen. Er schenkte ihr eine Tasse Kaffee ein.

Um halb zehn klingelte er beim Antikenhändler Dreyfus an der Dufourstraße. Die Tür wurde geöffnet, er stieg hoch über eine breite Treppe und betrat den Vorraum einer gediegenen alten Wohnung. An den Wänden Vitrinen mit Skarabäen und Bronzefiguren von Anubis, Osiris, Isis. Zwei Kalktafeln mit Hieroglyphen, auf einer dritten waren Echnatons langes Gesicht und seine geschwungenen Lippen zu sehen.

Dreyfus war ein siebzigjähriger, untersetzter Mann mit weißem, festem Kraushaar. Hunkeler stellte sich vor, holte den Skarabäus aus der Tasche und gab ihn dem Mann. Der schaute ihn kurz an und lächelte. Er betrat einen Raum, der offenbar sein Bureau war, setzte sich und klemmte sich ein Glas vors rechte Auge. Er betrachtete den Käfer gut fünf Minuten lang, wortlos, mit verkniffenem Mund. Dann nahm er das Glas weg und legte den Skarabäus auf den Tisch. Er lächelte glücklich.

»Eigentlich hätte ich ihn gar nicht genauer untersuchen müssen«, sagte er, »ich habe gleich gesehen, dass er echt ist.«

»Woran haben Sie das gesehen?«

»Ich arbeite schon fünfzig Jahre in diesem Beruf. Ich merkte es schon, als ich ihn in die Hand nahm. Ein selten schönes Stück. Es gibt nicht sehr viele aus der Zeit von Thutmosis dem Dritten. Später, aus der Ramessidenzeit der 19. und 20. Dynastie, gibt es viele. Danach war nur noch Niedergang. Kennen Sie das Grab von Thutmosis dem Dritten?«

»Nein.«

»Es ist nicht groß. Aber es ist meiner Ansicht nach das schönste. Kleine Figuren an den Wänden, wie Picasso. Eine kompakte Einheit von unglaublicher Kraft. Aber Skarabäen gibt es nicht viele aus jener Zeit.«

Er hob den Blick, er wartete, er war gespannt.

»Er gehört nicht mir«, sagte Hunkeler. »Ich weiß nicht, ob der Besitzer ihn verkaufen will. Trotzdem möchte ich wissen, was er ungefähr wert ist.«

»Vor dreißig Jahren noch konnte man so einen für wenige hundert Franken kaufen. Inzwischen sind die Preise enorm gestiegen. Die Leute suchen zeitlose, sichere Werte. Zudem ist die Ausfuhr altägyptischer Kunstgegenstände rigoros eingeschränkt worden. Man bekommt schon noch gute Ware, aber auf dunklen Pfaden. Ich mache das nicht, ich habe einen guten Namen zu verteidigen.«

Er nahm den Käfer mit der linken Hand, legte ihn auf den Rücken der rechten Hand und betrachtete ihn liebevoll.

»Ich würde ihn für achttausend Franken verkaufen. In Kommission, wenn Sie wollen. Aber Sie wollen ja nicht.«

Er legte den Skarabäus wieder auf den Tisch. Hunkeler nahm ihn und schob ihn in die Jackentasche.

»Vielen Dank«, sagte er. »Ich möchte Ihnen selbstverständlich Ihr Gutachten bezahlen.«

»Wo denken Sie hin. Es ist mir eine Freude, einen so wunderschönen Käfer kennenzulernen.«

Er begleitete Hunkeler zur Tür.


Hunkeler fuhr an die Mittlere Straße, parkte und nahm die Post aus dem Briefkasten. Er stieg in seine Wohnung hinauf und öffnete alle Fenster, um frische Luft hereinzulassen. Dann sortierte er die Briefe. Es war keiner da, der ihn interessierte, er warf alles weg.

Er ging nach vorn zum Kiosk am Burgfelderplatz und kaufte eine Schachtel Rössli 20, Sumatra, und eine Schachtel Villiger, Premium No. 8. Damit ging er ins Sommereck und setzte sich zu Edi an den Stammtisch.

»Ich habe vier Formaggini bekommen aus dem Tessin«, sagte Edi, »von einem Gast, der dort ein Ferienhaus hat. Er hat sie mir gestern gebracht. Mit Öl, Essig und schwarzem Pfeffer schmecken sie wunderbar. Willst du?«

»Nein danke. Einen Espresso bitte.«

Edi ging enttäuscht zur Kaffeemaschine und ließ zischend den Espresso einlaufen. Er brachte die Tasse und verschwand in der Küche.

Hunkeler schälte eine Rössli 20 und eine Villiger Premium aus der Hülle und legte sie nebeneinander. Die Rössli 20 war dicker als die Villiger Premium, aber beide hatten ein konisch zugespitztes Mundstück.

Er griff zu den Zeitungen auf dem Tisch. Die *Basler Zeitung* berichtete zurückhaltend, dass an der Basler Riviera gleich oberhalb der Mittleren Brücke ein toter Mann aus dem Rhein gezogen worden sei. Der Name des Toten sei noch nicht bekanntgegeben worden. Es sei noch nicht klar, ob der Mann ertrunken oder Opfer eines Gewaltverbrechens geworden sei. Die Ermittlungen seien angelaufen.

Auf der Titelseite der Boulevardzeitung war ein Brustbild Lucky Schindlers abgebildet. Hunkeler schätzte, dass es vor mindestens zehn Jahren aufgenommen worden war. Lucky trug schulterlanges Haar, er sah gesund aus und lachte. Darunter die Frage: Ist Lucky das zweite Basler Drogenmordopfer?

Hunkeler überflog den Text, der aus Behauptungen in Frageform und Vorwürfen an die Basler Polizei bestand. Ist die Basler Drogenpolitik am Ende? Was hat die Basler Polizei zu verstecken? Wann werden wir endlich umfassend informiert?

Er dachte einen Moment daran, den Chefredakteur anzurufen und zu fragen, wo er Namen und Foto herhatte. Er ließ es bleiben, er war auf einer anderen Fährte.

Edi kam an den Tisch mit einem Teller, auf dem zwei

Käse lagen, mit Öl und Essig beträufelt, mit schwarzem Pfeffer bestreut. Er schnitt ein Stück ab, steckte es in den Mund und schob Brot nach. Seine Augen glänzten.

»Die sind Extraklasse«, sagte er.

Er sah die beiden Stumpen auf dem Tisch liegen.

»Rauchst du jetzt Stumpen?«

»Nein«, sagte Hunkeler. »Ich überlege bloß, ob man die beiden miteinander verwechseln könnte.«

»Sicher nicht. Der linke ist dicker.«

»Vielleicht kann man sie doch verwechseln, wenn sie heruntergebrannt sind. Wenn man die beiden Stumpen ausdrückt, zerdrückt man sie, und sie platzen auf. Dann siehst du nicht mehr, welcher dicker ist als der andere.«

Edi nahm sein Messer und schnitt die Stumpenenden ab.

»Steck sie an«, sagte er, »lass sie herunterbrennen und drück sie aus. Dann sehen wir's.«

Hunkeler tat es, nahm von beiden ein paar Züge und legte sie in den Aschenbecher.

»Was tut ihr eigentlich den ganzen Tag?«, fragte Edi und schnitt den zweiten Käse an. »Jetzt haben wir schon den zweiten Drogenmord innerhalb einer Woche. Und nichts geschieht.«

Hunkeler spürte eine Wut in sich aufsteigen.

»Hör auf, ja? Friss lieber nicht so viel.«

»Ich fresse, wann ich Lust habe. Es geht mir besser, wenn ich fresse.«

»Du wirst noch verrecken an deiner Fresserei.«

»Warum soll ein Mann in meinem Alter nicht dick sein? Was habe ich denn sonst noch vom Leben?«

»Schau weg«, befahl Hunkeler. »Ich drücke jetzt die beiden Stummel aus.«

Edi schloss die Augen und mampfte, es schmeckte ihm offensichtlich sehr gut. Hunkeler drückte im Aschenbecher die beiden Stummel aus, die auf knapp einen Zentimeter heruntergebrannt waren.

»Jetzt kannst du schauen«, sagte er.

Edi öffnete die Augen, schob sich den Rest des zweiten Käses in den Mund und betrachtete einen Moment lang die ausgedrückten Stummel.

»Der rechts ist der dicke, der links der dünne. Das sieht man auf den ersten Blick.«

»Dann eben nicht«, sagte Hunkeler und steckte sich eine Zigarette an.


Er fuhr zum Rhein hinunter und betrat das Badehaus. Der Fluss kam immer noch hoch und braun daher, trieb in ungewohnt schnellem Tempo Unmengen Wasser nordwärts dem Meer zu. Ein Schlepper zog einen Öltanker hinauf Richtung Schweizerhalle, seine Bugwelle rollte heftig über das Ufer.

Der Treidelweg war überflutet. Auf dem Fährsteg wartete eine Reisegesellschaft mit Kindern, die rote Trampersäcke am Rücken hatten. Der Asphalt war angenehm warm.

Beim Hotel Drei Könige stieg er die Treppe hinab und sprang hinein. Er wurde gleich mitgerissen von der Strömung, er liebte das. Das Rieseln der Kiesel auf dem Grund war lauter als sonst. Er legte sich auf den Rücken und schaute hinauf ins Himmelblau, das zart und gläsern dort oben hing. So hatte auch Lucky Schindler getrieben, bei Nacht wohl, denn Menschen erdrosselt man nicht bei Tageslicht, sondern bei Dunkelheit. Er hatte einen Strick am Hals gehabt, der sich in der Schiffsschraube verfangen hatte.

Beim Badehaus stieg er an Land, duschte sich und ging hinauf zum Kiosk. Er aß einen Salatteller mit Ei, trank Milchkaffee und schaute hinaus auf den Fluss.

Beim Rapport um 14 Uhr herrschte hilflose Nervosität. Suters angewidertes, beleidigtes Gesicht, Madörins Hundeblick, selbst aus de Villes Augen schien jede Lebenslust gewichen zu sein.

»Dies ist eine Katastrophe«, sagte Suter. »Es scheint, dass wir die Situation nicht mehr im Griff haben. Nicht nur, dass immer noch völlig unklar ist, wer Frau Ernis Mörder sein könnte. Da tappen wir nach wie vor im Dunkeln. Das kann ja für einmal passieren, dass wir einen Mörder nicht finden. Aber dass jetzt noch mitten in der Stadt, direkt unter den Augen unserer Kollegen, eine Pizzeria in die Luft fliegt, dass einer der Tatverdächtigen, den wir eigentlich rund um die Uhr hätten observieren müssen, kaltblütig umgebracht und in den Rhein geworfen wird, das ist ganz und gar unerträglich. Wer sind wir denn? Unfähige Stümper, welche die Sicherheit dieser Stadt nicht mehr garantieren können? Eine Landjägertruppe aus biederen

Großvätern? Oder eine entschlossene, schlagkräftige Profi-truppe?«

Er schwieg, um die Wirkung seiner Rede abzuwarten. Alle hatten den Blick gesenkt. Dann ergriff Ryhiner das Wort.

»Es tut mir leid«, sagte er, »ich muss leider gleich ge-hen. Nur so viel. Lucky Schindler ist eindeutig erdrosselt worden, mit einem Strick. Das muss gestern Abend gegen 21 Uhr geschehen sein. Offensichtlich ist er vorher noch gefoltert worden. Schläge gegen Kopf und Rippen, mehrere Brandwunden von Zigaretten auf dem Rücken. Offenbar wollte man etwas herauspressen aus ihm. Er muss gleich anschließend in den Rhein geworfen worden sein. Ver-mutlich hat man gehofft, seine Leiche im hochgehenden Fluss zum Verschwinden zu bringen. Das ist alles vorläufig. Danke, meine Herren.«

Er schritt hinaus.

Jetzt war de Ville an der Reihe. Er berichtete, der Com-puterraum des Ankara sei durch eine Sprengladung mit Zeitzünder gesprengt worden. Die Täterschaft sei durch den Hinterhof gekommen, habe eine Scheibe eingeschla-gen, die Bombe hineinfallen lassen und sich dann in aller Ruhe wieder entfernt. Die Zerstörung sei total, die Wir-kung der Ladung genau bemessen gewesen. Mehr sei im Moment leider nicht anzumerken, aber die Ermittlungen würden auf Hochtouren laufen.

Madörin meldete, es seien 17 Verhaftungen vorgenom-men worden, alle aus dem Drogenmilieu, vorwiegend Dea-ler. Gestanden habe noch keiner, und er bezweifle sehr, dass jemand gestehen würde. Es sei fast unmöglich, einen Keil in diese Saubande zu treiben, keiner würde reden. Zudem sei es sehr wahrscheinlich, dass sowohl der Urheber des Brandanschlages als auch die Täterschaft des Mordes an Lucky Schindler die Schweiz bereits verlassen hätten. Das sei so üblich in diesem Milieu, diese Leute seien den Ermittlungen stets zwei Nasenlängen voraus. Das Beste wäre, meinte er, wenn man dieses Saupack gar nicht einreisen ließe.

Ob das alles sei?, fragte Suter.

Madörin zuckte mit den Schultern. Ja, das war alles.

Haller hatte nichts zu berichten, auch Lüdi nicht.

Dann ergriff Hunkeler das Wort. Er sagte, dass ihn Brandanschlag und Mord an Lucky Schindler nur am Rande interessierten. Es sei Aufgabe des Kollegen Madörin, in diesen Bereichen zu ermitteln. Er selber konzentriere sich ganz auf den Fall Christa Erni. Und da habe er eine heiße Spur, die er konsequent weiterverfolge. Sie führe zu einem Mann Namens Heinrich Rüfenacht, einem Schweizer Schriftsteller, der im Elsass, in Muespach, wohnhaft sei. Dieser Mann komme auch als Drohbriefschreiber und anonymer Anrufer bei der Boulevardzeitung in Betracht. Er sei sich dessen fast sicher. Aber es sei noch zu früh, um genaue Angaben über seine Ermittlungen zu machen. Er bitte darum, ihm freie Hand zu lassen. Im Übrigen sei er der Meinung, dass der Fall Christa Erni nichts zu tun habe mit den Fällen Ankara und Lucky Schindler.

Es herrschte ziemlich lange Schweigen, die Männer überlegten.

Ob er schon die französische Gendarmerie eingeschaltet habe?, fragte Suter.

Nein, das sei zu früh.

Es wäre gut, sagte Suter, wenn das Basler Kriko wenigstens in einem Fall zu einer Lösung kommen würde. Der Druck der Medien werde langsam unerträglich. Er erteile dem Kommissär hiermit die Order, im Falle Christa Erni konsequent weiterzuermitteln.

Damit war die Sitzung beendet.

Hunkeler saß noch eine Weile in seinem Bureau, den Stuhl nach hinten gekippt, die Füße gegen den Tisch gestellt, den Kopf auf den Knien. Er dachte nach, was er noch weiter hätte tun können. Es kam ihm nichts in den Sinn.

Er hörte, wie die Tür aufging. Es war Lüdi, er erkannte ihn am vorsichtigen Schritt. Er öffnete die Augen.

»Ich habe alle möglichen Quellen angezapft«, sagte Lüdi. »Es gibt nichts über Heinrich Rüfenacht. Auch als Autor nicht. Wenn der ein Buch veröffentlicht hat, so muss das in einem sehr kleinen Verlag geschehen sein.«

»Er hat noch nichts veröffentlicht«, sagte Hunkeler.

»Wenn einer nichts veröffentlicht hat, so ist er auch kein Autor. Oder stimmt das nicht?«

»Nicht unbedingt. Ein Autor ist einer, der schreibt. Rüfenacht hat jeden Tag geschrieben, immer abends von 20 bis 22 Uhr. Bis letzten Dienstag, den 4. Juli. Er hat für seine Frau geschrieben. Sie war die Einzige, die seine Schrift hat lesen können. Aber sie ist vor rund vier Wochen gestorben.«

»Warum hat er weitergeschrieben, wenn sie doch tot war?«

»Das weiß ich nicht. Ich weiß nur, dass er wegen einer Prostataoperation seit sieben Jahren impotent ist.«

»Interessant«, sagte Lüdi und lachte sein lautloses Lachen. »Moment mal, ich hole Kaffee.«

Hunkeler blieb sitzen, reglos, er spürte, wie er in sich
hineinsank und ruhig wurde. Er hörte Lüdi hereinkommen,
er sah den Pappbecher, den ihm sein Kollege hinstellte. Er
nahm ihn und trank. Der Kaffee schmeckte erbärmlich
fade.

»Bist du sicher?«, fragte Lüdi.

»Beinahe. Sicher ist man erst, wenn man ein Geständnis
hat.«

»Ich kenne das Elsass ziemlich gut«, sagte Lüdi. »Ich
gehe dort oft wandern. Im Sommer, wenn es wächst und
blüht, ist es das Paradies. Im Winter, bei Nebel und Regen,
ist es die Topographie der Depression.«

»Nicht unbedingt. Wenn du das Holz im Ofen knistern
hörst und eine Katze auf deinem Bauch schnurrt, ist es ge-
mütlich.«

»Du hast eine Frau, die dich liebt.«

Hunkeler nickte.

»Stell dir vor«, sagte Lüdi, »du hockst sieben Winter lang
in einem eingenebelten Riegelhaus und wartest auf deine
Frau. Die kommt nicht, weil du nicht mit ihr schlafen
kannst. Die geht doch fremd, oder nicht?«

»Ja.«

»Also. Du schreibst zwar jeden Abend zwei Stunden
lang, konsequent und eisern, weil dich das Schreiben am
Leben erhält. Aber was schreibst du für Sätze?«

»Das weiß ich doch nicht«, sagte Hunkeler.

»Doch, das weißt du. Du schreibst Sehnsuchtssätze,
Sätze über die gute, alte Zeit. Und langsam wirst du unpro-

duktiv. Du machst zwar weiterhin Sätze, aber es fehlt ihnen der Pfiff, die Aggressivität. Das merkst du. Du willst es zwar nicht wahrhaben, aber du merkst es. Das ist gar nicht anders möglich. Dann ist es dir plötzlich egal, ob du lebendig bist oder tot, ob du liebst oder nicht liebst. Da du keinen fremden Atem hörst, weißt du nicht mehr, ob du selber noch atmest. Dann sehnst du dich nach einer Tat, die dir beweist, dass du tatsächlich noch am Leben bist. Auch wenn diese Tat in den Tod führt. Vielleicht war es so. Oder was meinst du?«

»Rüfenacht hat ein Alibi. Er saß am Abend des 2. Juli in seinem Zimmer, das er in der Wirtschaft Zur Ausweiche in Muespach gemietet hat, und hat geschrieben.«

»Hat ihn jemand gesehen?«

»Sicher. Die Wirtin hat ihn hereinkommen und wieder hinausgehen sehen.«

»Wie lange braucht man, um von dieser Wirtschaft an die Titlisstraße zu fahren?«

»Eine Viertelstunde.«

»Also. Geh einmal nachschauen, was das für ein Zimmer ist.«


Hunkeler fuhr an der Ausweiche vorbei, vor der mehrere schwere Motorräder geparkt waren. An einem Tisch unter dem Kastanienbaum saßen junge Leute in schwarzen und roten Ledermonturen, die Sturzhelme lagen am Boden. Über den Vogesen am Horizont stand die glutrote Sonne.

Er rollte langsam zur Alten Post und parkte. Rüfenacht

war im Garten. Er trug dieselbe schmutzige Hose wie letztes Mal, denselben löchrigen Pullover. Er schien sich zu freuen, dass er Besuch erhielt.

»Die Sintflut ist vorbei«, sagte er, »jetzt erhebt sich aufs Neue das Paradies aus den Fluten.«

»Ich möchte mit Ihnen reden«, sagte Hunkeler.

»Aber gern. Gehen wir hinein.«

Sie gingen in die Küche. Rüfenacht schnitt ein paar Tomaten auf und bestreute sie mit Salz. Er holte Speck und Käse, öffnete eine Flasche Côtes du Rhône. Sie prosteten sich zu. Der Wein war entsetzlich sauer.

»Entweder«, sagte Hunkeler, »sind Sie kein richtiger Alkoholiker. Oder Sie sind arm.«

»Warum?«

»Alkoholiker mit Geld trinken guten, teuren Wein, weil sie aufpassen auf ihre Leber.«

»Ich bin arm.«

Sie aßen langsam, bedächtig. Die Tomaten schmeckten hervorragend, sie waren wohl selber gezogen. Auch der Speck war gut.

»Jemand hat einen Skarabäus gefunden«, sagte Hunkeler, »im Baumgarten des Bauernhofs oben beim Spitzwald. Ich habe ihn prüfen lassen. Er stammt aus der Zeit von Thutmosis dem Dritten.«

»Schau an, welch Zufall«, sagte Rüfenacht. Wieder erschien das Lächeln in seinen Mundwinkeln. »Wer wirft so etwas weg?«

»Wohl jemand, dessen Liebe enttäuscht wurde.«

Der Mann nickte.

»Sie sind ein guter Psychologe. Ich habe es Ihnen schon

einmal gesagt. Deshalb ist es für mich ein Vergnügen, mit Ihnen zu reden. Sonst rede ich fast mit niemandem.«

Er trank bedächtig, in kleinen Schlucken. Sein Gesicht wies keinerlei Spuren von Alkoholismus auf.

»Von was leben Sie eigentlich, wenn ich fragen darf?«

»Ich brauche fast nichts. Das Haus ist billig im Zins. Kartoffeln und Gemüse habe ich aus dem Garten.«

»Trotzdem, Sie brauchen doch Geld.«

Jetzt grinste Rüfenacht richtig, der ganze Mund lachte.

»Das wissen Sie doch. Ich habe bis jetzt von Regula Hämmerli gelebt.«

»Und jetzt?«

»Jetzt ist das eben vorbei.«

»Können Sie denn mit Ihrer Literatur nichts verdienen?«

Rüfenacht schüttelte den Kopf. Das Frage-und-Antwort-Spiel schien ihn zu erheitern.

»Vielleicht könnte ich das. Sicher bin ich nicht, da ich keiner Mode folge. Heute wollen doch alle nur noch über Sex lesen. Das kann ich nicht bieten.«

»Was schreiben Sie denn?«

»Ich schreibe seit meinem zwanzigsten Geburtstag. Ich hatte damals gerade meine kaufmännische Lehre abgeschlossen. Ich hatte ein gutes Stellenangebot. Ich stand vor der Wahl, dieses Angebot anzunehmen oder nicht. Hätte ich es angenommen, hätte ich mit meiner Arbeit genug verdient, um eine Familie gründen zu können. Aber die Arbeit gefiel mir nicht. Ich wollte etwas Eigenes, Neues versuchen. Ich habe zehn karierte Schulhefte gekauft und beschlossen, erst einmal diese Hefte zu füllen, indem ich jeden Tag einen Satz schrieb. Nicht mehr und nicht weniger. Ich habe sehr bescheiden gelebt, habe die Matur nachgeholt und dann angefangen zu studieren. Das war in Basel, wie ich Ihnen schon gesagt habe. Etwas später habe ich Regula kennengelernt. Sie hat zu mir geschaut, bis vor vier Wochen.«

»Wie lautete Ihr erster Satz?«

»Der Mensch ist auf der Welt, um zu wählen, und ich habe die Freiheit gewählt, ich selbst zu sein.«

»Das sind im Grunde zwei Sätze.«

»Nein«, sagte Rüfenacht, und sein Lächeln verschwand.

»Doch. Der Mensch ist auf der Welt, um zu wählen. Das ist der erste Satz. Der zweite lautet: Ich habe die Freiheit gewählt, ich selbst zu sein.«

»Hören Sie auf mit dieser Beckmesserei, Sie Kritikaster. Ich bestimme selber, was ein Satz ist und was nicht. Für mich wird ein Satz von zwei Punkten zusammengehalten. Und was ich zwischen zwei Punkte setze, bestimme ich.«

»Und seither haben Sie jeden Tag beliebig viele Wörter zwischen zwei Punkte gestopft?«

»Sie haben Humor«, sagte Rüfenacht, »und das gefällt mir.«

»Wie lautet denn der letzte Satz, den Sie aufgeschrieben haben?«

»Leben heißt lieben, lieben heißt schuldig werden, schuldig werden heißt sühnen, sühnen heißt sterben, sterben heißt leben.«

»Ein trauriger Satz. Ich verstehe ihn nicht ganz.«

»Traurig, aber wahr.«

»Haben Sie oft über die Liebe geschrieben?«

»Selbstverständlich. Die Liebe ist das Geheimnis des Lebens.«

»Was heißt das?«

»Das heißt, dass Leben ohne Liebe nicht möglich ist. Das fängt schon mit dem Liebesakt, mit der Zeugung, an. Die Liebe ist die einzige produktive Kraft, die der Mensch hat. Aber niemand weiß genau, was die Liebe ist. Hormonproduktion, Gefühl, Zeugungsdrang? Die Liebe ist das Geheimnis, das zum Leben führt.«

»Ein guter Satz.«

»Stimmt. Es ist mein zweitletzter Satz. Ich habe ihn am letzten Montag notiert.«

Der Mann schenkte nach und schob sich ein Stück Käse in den Mund. Er aß wie jemand, der es seit Jahren nicht mehr gewohnt war, in Gesellschaft zu essen. Rücksichtslos, gierig.

»Sie haben also den ganzen Tag dazu verwandt, über einen bestimmten Satz nachzudenken«, sagte Hunkeler.

»Ja. Und auch den Abend bis 22 Uhr. Erst dann habe ich aufgehört mit Nachdenken.«

»Sie lassen ein Lebenswerk zurück.«

»Stimmt. Allerdings weiß ich nicht, ob dieses Werk je ediert wird. Das ist auch nicht wichtig. Wichtig ist, dass es geschrieben wurde.«

Er lächelte wieder, fast selbstgefällig. Er nahm einen Schluck Wein.

»Poesie ist etwas, das daneben steht«, sagte er. »Gerade deshalb ist sie wichtig, weil sie daneben steht.«

»Woher beziehen Sie Ihre Erfahrungen, Ihre Weisheiten, wenn Sie so isoliert leben?«

»Ich lebe nicht isoliert. Ich lebe in der Natur. Ich beobachte sie. Ich rede mit den Eseln, den Hühnern, den Schafen. Ich merke es, wenn es ihnen gutgeht. Wenn es ihnen schlechtgeht, spreche ich ihnen Mut zu. Sie hören auf mich. Sie verstehen mich genau, sie antworten mir.«

Er nahm aus der Tischschublade eine Schachtel Rössli 20, holte einen Stumpen heraus und steckte ihn an. Es war der letzte gewesen in der Schachtel.

»Ich habe gemeint«, sagte Hunkeler, »Sie rauchen Villiger Premium.«

»In der Regel schon. Die da hat jemand liegenlassen in der Ausweiche vorn. Margot hat sie mir gegeben.«

Er sog genüsslich den Rauch ein, ließ ihn durch die Nase entweichen.

»Früher gab es die Eremiten, die waren angesehene Leute. Die Säulenheiligen, die Mystikerinnen, Bruder Klaus. Die Leute kamen zu ihnen, um sie um Rat zu fragen. Heute werden sie ausgelacht. Heute drängen alle in die Masse. Wer am lautesten schreit, gilt als der Beste.«

»Sie leben als Eremit?«

Wieder verschwand das eigentümliche Lächeln aus den Mundwinkeln. Sein Blick wurde hart.

»Wie meinen Sie das? Ich habe schon meine Beziehungen. Margot zum Beispiel, die Wirtin in der Ausweiche. Die hilft mir durch dick und dünn.«

»Regula Hämmerli hat Sie vor sieben Jahren verlassen. Warum?«

Der Mann erhob sich, schien einen Moment lang zu überlegen, ging dann zur Tür und öffnete sie. Eine schwarze Katze kam herein. Er setzte sich wieder, und sie sprang auf seinen Schoß.

»Ich mag Katzen lieber als Frauen«, sagte er. »Bei einer

Katze weiß man von Anfang an, dass sie tun wird, was sie tun will. Eine Frau schwört dir Treue. Und dann verlässt sie dich doch.«

»Wussten Sie schon lange, dass sie lesbisch war?«

Rüfenacht schloss die Augen. Er verzog das Gesicht zu einem Weinen. Aber er weinte nicht, es war keine Träne zu sehen.

»Hören Sie auf«, sagte er, »das ist meine offene Wunde.«

Sie warteten beide. Sie hörten das Schnurren der Katze, den Ruf eines Kauzes, dem ein zweiter Kauz antwortete. Dann heulten Motorräder auf. Die Motoren wurden hochgetrieben, bis sie beinahe überdrehten. Das Heulen verschwand Richtung Knoeringue. Der Mann hatte die Augen wieder geöffnet, sein Lächeln erschien.

»Jeder Mensch hat seine Trauer. Ich lindere die meinige mit Schreiben. Das heißt, ich habe es getan bis letzten Dienstag. Jetzt kann ich es nicht mehr.«

»Ich verstehe das nicht. Wenn jemand sein Leben lang geschrieben hat, wird er doch bis zu seinem Tod schreiben. Gerade wenn er traurig ist.«

»Sie sind, wie ich schon gesagt habe, ein guter Psychologe. Aber Sie verstehen eben doch nicht alles.«

»Was verstehe ich nicht?«

»Es gibt eine Trauer, die so umfassend ist, dass sie gar nicht mehr als Trauer erkannt wird. Sie wird zum Normalzustand. Dann hört das Leben auf, auch wenn Sie noch atmen.«

»Diesen Zustand haben Sie erreicht?«

Wieder lächelte sein Mund, blutleer und eigentümlich schlaff.

»Ein Wort aufschreiben, das ist Leben, ist Liebe. Ein Wort ist eine Antwort auf den Tod. Ich weiß keine Antwort mehr.«

»Vielleicht«, sagte Hunkeler, »sollten Sie mehr unter Menschen sein. Sie sollten mit Menschen reden.«

»Das tue ich ja. Wie Sie sehen und hören, rede ich mit Ihnen. Und das ist wunderbar.«

»Gut«, sagte Hunkeler und erhob sich. »Wir reden weiter miteinander. Ich komme morgen wieder, wenn es Ihnen recht ist.«

»Das ist mir sehr recht.«

Er führte den Gast hinaus. Sie schüttelten sich die Hände, wie zwei alte Bekannte.


Anderntags blieb Hunkeler bis gegen zehn in Hedwigs Bett liegen. Sie hatte ihn um acht geweckt und gefragt, ob er frühstücken wolle. Er hatte abgewunken. Sie war dann nach Basel gefahren, um eine Freundin zu treffen.

Jetzt lag er zwischen den Laken, die nach Hedwigs Leib dufteten, und genoss den Morgen. Er hörte einen Buchfinkenmann pfeifen, eine Blaumeise zwitschern. Die hing wohl an einem Zweig der Weide und pickte daran herum. Von der Dorfstraße her kam das Dröhnen eines Traktors.

Er erhob sich, ging in die Küche und setzte Teewasser auf. Er aß ein Joghurt, eine Schale Haferflocken mit Milch und zwei Spiegeleier. Die waren zwar nicht von eigenen Hühnern, aber irgendeinmal würde es klappen mit eigenem Federvieh. Da kannte er Hedwig gut genug.

Er zog sich die schweren Schuhe an, ging hinaus und hob die Sense vom Balken. Er wetzte sie sorgfältig, mit nassem Wetzstein, schön gegen den Stiel zu. Er stellte sich breitbeinig in die Wiese und begann zu mähen, mit rundem, kräftigem Schwung. Die Bewegung gefiel ihm, und es gefiel ihm auch, wie der Schweiß von seiner Stirn tropfte. Einmal klingelte das Telefon. Er ließ es klingeln, bis es aufhörte.

Er mähte das ganze Stück zwischen Zwetschgenbaum und Weide. Dann hörte er auf, weil er an der rechten Hand zwei Blasen hatte. Er sah noch eine Weile dem Rotkehlchen zu, das die freigelegten Insekten aufpickte. Er beschloss, einen langen Spaziergang zu machen.

Er wanderte an den Weihern vorbei, wo eine Zigeunerfamilie wohnte, nach Jettingen und weiter nach Franken. Er folgte dem Weg hinauf nach Willer, meist durch den Wald. Buchen, Eichen, Kirschbäume, Akazien. Tannen gab es hier nicht, dieser Wald war nie intensiv bewirtschaftet worden. Er erreichte das prähistorische Fort, eine ovale Anlage, von der nur noch der Wall erhalten war. Er legte sich hin an den Stamm einer Buche, hörte dem Gezwitscher zu und schlief ein. Als er erwachte, lag er eingerollt auf der Seite. Sein rechter Arm war eingeschlafen, er schüttelte ihn, um ihn ins Leben zurückzuholen.

Er wanderte zwei Stunden weiter nach Süden, an Maisfeldern vorbei und durch Wald. Ab und zu war der Blick frei in den Jura hinein. Dunkle, langgezogene Hügel, über und über bewaldet.

Im Césarhof kehrte er ein, trank ein Bier und aß Schinken mit Weißbrot und scharfem Senf. Er betrachtete die Rentnerpaare an den Tischen nebenan, die Frauen in luftigen, geblümten Sommerröcken, die Männer in weißen Polohemden. Sie tranken Edelzwicker aus Steinkrügen, einige Männer rauchten Stumpen.

Er schaute zu, wie ein Traktor zwei Anhänger mit mannshohen Heuballen drauf heranzog. Der Fahrer versuchte, die Wagen rückwärts in die Scheune zu stoßen. Er musste sechsmal ansetzen, bis der Lastzug drinnen war. Dann nickten alle und griffen zufrieden zum Glas.

In wenigen Jahren, dachte er, war er auch Rentner. Dann würde er hier sitzen, um die Zeit totzuschlagen. Zum Glück war Hedwig da, sie würde ihn ganz schön auf Trab halten.

Er ging weiter quer durch den Wald. Der Lehmboden war immer noch weich vom Gewitter. Er kam über eine sumpfige Wiese, auf der schwarzweiße Kühe standen, und erreichte die Straße nach Muespach.


Um sieben Uhr abends betrat er die Ausweiche. Draußen an der Mauer lehnten Fahrräder. Die Fahrer, drahtige, alte Männer in roten Trikots und schwarzen Hirschlederhosen, saßen unter der Kastanie beim Bier.

Er grüßte zu den drei Männern am Stammtisch hinüber und bestellte eine Flasche Mineralwasser, einen halben Münsterkäse mit Kümmel und Weißbrot. Er aß langsam und genüsslich, er tupfte jedes Kümmelkorn auf. Dann nahm er die *Alsace* von der Wand und begann zu lesen. Die Auslandsseiten überblätterte er. Die Lokalseiten studierte er gründlich. Es waren Berichte über das Unwetter. Die Ill war wegen des Hochwassers über die Ufer getreten. Es gab kaum ein Dorf an ihrem Lauf, das nicht überschwemmt worden wäre. In Illfurth hatte das Wasser zwei Schweine mitgerissen, wovon nur das eine hatte gerettet werden können. Das andere war elendiglich ersoffen, war aber trotzdem verwurstet worden. Mehrere Dutzend Hühner waren weggeschwemmt worden, Kaninchen und ein Schaf. Brücken waren eingestürzt. Sogar eine alte Frau, die ein Huhn hatte retten wollen, wäre beinahe ertrunken, konnte aber von zwei kühnen Männern in letzter Sekunde gerettet werden.

Er rief die Wirtin und bestellte Kaffee.

»Sind Sie sicher«, fragte er, als sie die Tasse brachte, »dass Herr Rüfenacht am Sonntag vor einer Woche die ganzen zwei Stunden oben war?«

»Aber was isch los, Monsieur? Händ si uf de Monsieur Rüfenacht e soupçon?«

»Nein, Herr Rüfenacht ist über jeden Zweifel erhaben.«

»Das will ich meinen. Herr Rüfenacht ist un homme excellent.«

»Trotzdem«, bohrte er weiter, »sind Sie ganz sicher?«

Sie setzte sich, legte ihre Hände in den Schoß und dachte nach.

»Mais oui, ich bin sicher.«

»Es könnte ja sein«, sagte er, »dass er zum Beispiel einmal hinausmusste auf die Toilette.«

»Nein, er ist nie auf die Toilette gegangen hier, er ist kein Biertrinker. Es ist schon vorgekommen, dass er herunterkam und hinausging, für wenige Minuten. Er hat gesagt, er ertrage manchmal die Spannung nicht mehr oben im Zimmer. Dann hat er sich kurz die Füße vertreten draußen.

Aber am Sonntag vor einer Woche ist das nicht geschehen, da bin ich sicher.«

»Könnte ich einmal sein Zimmer sehen?«

»Von mir aus gern. Aber es ist nichts Besonderes. Très simple, nur Tisch, Stuhl und ein Bett.«

Sie führte ihn nach hinten, wo sie eine Treppe hochstiegen. Oben öffnete sie eine Tür, sie traten ein.

Das Zimmer war klein und hatte bloß ein einziges Fenster auf den Hinterhof hinaus. Der Boden bestand aus Tannenriemen, es lag kein Teppich da. Die Wände weiß verputzt, an der Decke eingeschalte Balken. Eine Couch in der Ecke, ein Stuhl, ein einfacher Holztisch, auf dem nichts lag außer ein Aschenbecher. Darin zwei Stummel von Stumpen. Hunkeler schaute genau hin, es waren eindeutig Villiger Premium. An der Wand rechts hing ein gerahmtes Porträt von Regula Hämmerli. Helles Haar, große, dunkle Augen. Das Glas war aus dem Rahmen herausgebrochen, es lag zersplittert am Boden.

»Mon dieu, was ist das«, sagte die Frau, »wer hat das getan?«

Hunkeler zuckte mit den Achseln, er hatte keine Ahnung.

»Letztes Mal, als ich ihm eine Flasche Wein gebracht habe, war das Glas noch ganz. Er muss mit der Faust draufgeschlagen haben, anders ist es nicht möglich. Nur einen Moment.«

Er hörte, wie sie die Treppe hinabstieg. Er trat zum Fenster und öffnete es. Der Sims lag drei Meter über dem Hof. Es war kein großes Problem, da hinunterzuspringen. Aber wieder hochzukommen war nur mit einem Hilfsmittel möglich. Er schaute sich um, hinüber zum Holzschopf. Dort waren zwei Haken, und an diesen Haken hing eine fünf Meter lange Heuleiter.

Er setzte sich auf den Stuhl und wartete, bis die Wirtin wieder erschien. Sie hatte Schaufel und Bürste bei sich und machte sich daran, die Scherben aufzukehren.

»Ich weiß nicht, was los ist mit ihm«, sagte sie. »Er war so komisch in letzter Zeit. Er hat kaum mehr ein Wort geredet.«

»Wie war er denn am Sonntag vor einer Woche?«

»Eigenartig. Er war wie ein Fremder zu mir. Er hat bloß ein einziges Bier getrunken in der Wirtschaft unten und immerzu auf den Tisch gestarrt.«

»Und die Abende danach?«

»Montag und Dienstag? Da war er genauso. Und jetzt hat er sogar auf diese Frau eingeschlagen. Das war die Frau, die er liebte, obschon sie ihm fortgelaufen ist. Un grand amour, mais tragique.«

»Es war ja bloß ihr Foto.«

»Sagen Sie das nicht, Monsieur. Ein Foto ist wie der Mensch selber. Man kann einen Menschen töten, indem man mit einer Nadel auf sein Foto einsticht. Wissen Sie das nicht?«

»Doch«, sagte Hunkeler, »jetzt weiß ich es. Etwas würde mich noch interessieren. Weiß jemand, ob Rüfenachts Auto an jenem Sonntagabend um 21 Uhr tatsächlich vor der Wirtschaft geparkt war?«

Sie hob beide Hände vor den Mund, die Augen voll Schrecken.

»Pourquoi? Hat er etwas angestellt?«

»Nein, das glaube ich nicht.«

»Ist er krank?«

»Nein, ich habe ihn gestern besucht. Es geht ihm ganz gut.«

»Tant mieux. Es ist so, dass Monsieur Rüfenacht immer auf der Bushaltestelle parkt. Warum, weiß ich nicht. Er ist eben speziell. Die Bushaltestelle ist dreißig Meter weiter unten auf der Straße nach Knoeringue. Sie ist nicht zu sehen von der Wirtschaft aus.«

»Vielleicht hat jemand, der nach Hause gegangen ist, das Auto gesehen.«

»Kommen Sie, wir fragen Michel.«

Sie stiegen hinunter in die Wirtschaft. Hunkeler setzte sich an den Stammtisch.

»Ich möchte wissen«, sagte er, »ob jemand von euch am Sonntag vor einer Woche abends um 21 Uhr das Auto von Monsieur Rüfenacht gesehen hat.«

Sie überlegten.

»Nein«, sagte der eine mit blauem Übergewand.

»Vielleicht du?«, sagte der andere zum kleinen Mann mit den Gummistiefeln. »Du bist doch gegen zehn heimgegangen.«

»Stimmt«, sagte der Kleine, »ich gehe jeden Abend gegen zehn heim. Ich kann mich nicht erinnern, ob an jenem speziellen Sonntagabend das Auto dort war. Aber wenn es nicht auf der Bushaltestelle gestanden hätte, wäre mir das aufgefallen. Also stand es dort.«

»Warum gehen Sie eigentlich schon so früh heim?«

»Ich bin arbeitslos, ich sitze schon am Nachmittag hier. Gegen zehn bin ich jeweils müde.«

»Ist es überhaupt gestattet, das Auto an der Bushaltestelle zu parken?«

»Mais bien sûr, Monsieur. Am Abend fährt hier kein Bus mehr vorbei.«

Hunkeler rollte über den Weg zur Alten Post. Seine gute Stimmung vom Nachmittag, als er durch die Wälder gegangen war, war verflogen. Er war nervös, hasserfüllt, auf sich selbst, auf seinen Beruf. Er wusste, was auf ihn zukam. Eine endlose, bohrende Fragerei, Angriff und Rückzug, dazwischen ein freundliches Lächeln, richtig mies, dann wieder Angriff, bis das Opfer zusammenbrach.

Er hatte das schon oft gemacht, er war gut im Verhören. Er konnte ablenken vom Ziel, Vertrauen erwecken und plötzlich wieder tief verletzen. Er kannte sich aus in der Psyche der Täter, die während seiner Fragerei plötzlich zu Opfern wurden. Widerlich war das, schäbig, und doch musste es sein.

Heimlich hoffte er, dass Rüfenacht standhalten würde. Er war ein intelligenter Mann, konsequent und entschlossen, ein ebenbürtiger, würdiger Gegner, der sich stets im Griff hatte und gut zu verteidigen wusste. Was hatte ein solcher Mann im Gefängnis verloren? Wer würde zu seinen Tieren schauen?

Vielleicht war er es nicht gewesen. Aber warum hatte er sich gemeldet? Warum hatte er insistiert und nachdrücklich das Gespräch gesucht? Doch wohl, weil er überführt werden wollte.

Der Himmel über den Vogesen leuchtete matt, ein dunkelrotes Band, das in durchsichtiges Hellblau überging. Im Rückspiegel sah er, dass der Vollmond knapp über dem Schwarzwald hing.

Rüfenacht stand im Garten. Er schien gewartet zu haben. Sie gingen gleich in die Küche. Er stellte Tomaten auf, Speck, Käse und Brot. Hunkeler lehnte ab mit dem Hinweis, er habe schon gegessen. Aber zu ein paar Gläsern Wein sage er nicht nein.

Sie prosteten sich zu, und Hunkeler ging zum Angriff über.

»Ich weiß«, sagte er, »dass Sie impotent sind. Wegen einer Prostataoperation vor sieben Jahren.«

Dem Mann war nichts anzumerken. Er schnitt ruhig eine Tomate auf, bestreute die Schnitze mit Salz und schob sich einen in den Mund. Er kaute ruhig, es schmeckte ihm.

»Ich habe schon gedacht, dass Sie das wissen. Aber würde es nicht dem Arztgeheimnis unterliegen?«

»Nein, bei einem Tötungsdelikt nicht.«

»Sie verdächtigen mich also, Christa Erni umgebracht zu haben.«

»Das wissen Sie doch.«

»Ja, das weiß ich. Und es ist mir ganz recht. Sonst wären Sie nicht hergekommen, um mit mir zu reden.«

»Sie haben zwei starke Motive«, sagte Hunkeler. »Erstens hat Frau Erni damals bei Ihrer Prostataerkrankung den falschen Entscheid gefällt, der Sie impotent gemacht hat. Diese Impotenz war mit ein Grund, dass Sie Ihre langjährige Geliebte verloren haben. Zweitens hat Frau Erni die Krebserkrankung Ihrer Geliebten viel zu spät erkannt, so

222

dass nichts mehr zu machen war. Sie mussten eine Sauwut haben auf sie. Ich gehe davon aus, dass Sie sie mit dem Tode bestraft haben.«

»Und weiter?«, fragte Rüfenacht, und sein Lächeln erschien. »Was hätte ich davon gehabt, wenn ich sie mit dem Tode bestraft hätte? Impotent bin ich immer noch. Und Regula ist immer noch tot.«

»Sie haben sich selber geholfen, indem Sie eine eindeutige, kühne Tat begangen haben. Sie haben sich aufgewertet, vor sich selber und vor Frau Müller.«

»Ach gehen Sie, hören Sie auf mit diesem psychologischen Schwachsinn. Ich bin eine wertlose Attrappe, vereinsamt und leblos.«

»Immerhin haben Sie aufgehört zu schreiben. Weil Sie Ihre Sätze nicht mehr nötig haben. Sie haben eine Tat begangen, die stärker ist als jeder Satz.«

Etwas zuckte in Rüfenachts linkem Auge. Es war wohl eine Mücke, die sich auf sein Lid gesetzt hatte. Er wischte sie weg. Er blickte sehr streng.

»So müssen Sie mir nicht kommen, Herr Kommissär. Ich bin kein Täter, sondern ein Schreiber. Ich weiß, dass ein Wort mehr wiegt als jede Tat.«

Hunkeler griff zum Weinglas und trank es langsam und bedächtig aus. Miserabel schmeckte es, aber immerhin war es Wein. Er stellte das Glas wieder hin, der Mann schenkte nach.

»Es gibt mehrere Indizien«, sagte Hunkeler. »Ich zähle sie Ihnen auf. Erstens einmal hat jemand gesehen, wie an jenem Sonntagabend gegen 21 Uhr ein Mann das Haus betreten hat, in dem sich die Praxis befindet. Dieser Mann war mittelgroß. Sie sind auch mittelgroß. Zweitens ist ein Stummel gefunden worden von einer Rössli 20. Drittens ist auf dem Spannteppich ein schwarzes Katzenhaar gefunden worden. Sie haben eine schwarze Katze. Viertens hat kurz vorher Frau Karin Müller die Praxis betreten. Sie könnte das Ganze organisiert, Sie angestiftet haben zum Mord. Denn auch sie musste eine Sauwut haben auf Frau Erni. Fünftens bin ich mir ziemlich sicher, dass Sie es waren, der den Skarabäus beim Bauernhof auf dem Spitzwald oben weggeworfen hat. Sie wollten damit die ganze Geschichte abschließen. Sechstens besitzen Sie eine ganze Sammlung von Fleischermessern. Sie können damit umgehen, Sie sind es gewohnt, Tiere zu schlachten. Siebtens kommen nur wenige Personen in Frage, gegen die sich Frau Erni nicht gewehrt hätte. Sie sind eine dieser Personen. Frau Erni muss sich Ihnen gegenüber schuldig gefühlt haben. Achtens hat mir die Wirtin der Ausweiche gesagt, dass Sie an jenem Sonntagabend komisch gewesen seien, eigenartig. Sie hätten nicht geredet, nur immerzu auf den Tisch gestarrt. Neuntens haben Sie heute vor einer Woche, also am Dienstag, dem 4. Juli, auf das Foto von Regula Hämmerli eingeschlagen, das in Ihrem Arbeitszimmer hängt, so dass das Glas zu Bruch gegangen ist. Auch das war wohl ein Abschiednehmen von der ganzen Geschichte. Zehntens haben Sie sich mehrmals gemeldet bei mir. Sie haben mich fast genötigt, mit Ihnen zu reden. Offenbar wollen Sie überführt werden. Was ich hiermit getan habe. Denn leben heißt lieben, lieben heißt schuldig werden, schuldig werden heißt sühnen.«

»Sühnen heißt sterben, sterben heißt leben«, sagte Rüfenacht. »Der Satz stimmt im allgemeinen, philosophischen Sinne. Ich habe ihn nicht auf mich bezogen.«

»Es ist ja nicht so«, sagte Hunkeler, »dass ich Sie unbedingt hinter Gitter bringen will. Ich habe nichts gegen Sie, im Gegenteil. Es gibt nicht mehr viele selbständige Gestalten, wie Sie eine sind. Ich weiß das zu schätzen. Auch würde ich ohne weiteres verstehen, wenn jemand mit Ihren Motiven eine Ärztin umbringt. Aber Mord ist nicht erlaubt in unserer Gesellschaft. Mord muss bestraft werden.«

Rüfenacht holte eine Schachtel Villiger Premium aus der Tischschublade, nahm eine heraus und steckte sie an. Der Rauch blieb unter dem Lampenschirm hängen, ein weißer Schleier in der dunklen Küche. Das Verhör schien ihm Spaß zu machen.

»Ich will Ihnen meine Meinung zu Ihren Indizien mitteilen«, sagte er. »Dann werden Sie sehen, wie lächerlich Ihr Verdacht ist. Erstens stimmt es, dass ich mittelgroß bin. Aber das heißt gar nichts. Viele sind mittelgroß. Zweitens rauche ich nicht Rössli 20, sondern Villiger Premium. Ich würde nie am Tatort einen Stummel wegwerfen. Drittens laufen viele schwarze Katzen herum. Viertens kann es schon sein, dass Karin Müller um halb neun die Praxis besucht hat. Warum, weiß ich nicht. Fünftens werfe ich garantiert keinen echten Skarabäus weg. Warum sollte ich? Ich mag diese Käfer. Sechstens stimmt es, dass ich einen Satz Fleischermesser besitze. Sie können sie alle untersuchen. Es klebt kein Menschenblut daran. Siebtens stimmt es, dass mich Frau Erni kannte. Aber was beweist das? Nichts. Achtens stimmt es, dass es mir am Sonntag vor einer Woche nicht gutgegangen ist. Der Grund war meine Unfähigkeit zu schreiben. Ich wusste, dass ich ausgeschrieben war. Neuntens stimmt es, dass ich das Glas vor Regulas Foto zertrümmert habe. Auch das geschah aus Wut über meine Unfähigkeit zu schreiben. Zehntens habe ich mich bei Ihnen gemeldet, weil ich meine Einsamkeit nicht mehr ertrug. Ich wusste, dass Sie hier in der Gegend wohnen. Und jetzt sind Sie ja zum Glück da.«

Er wischte die Asche vom Stumpen, er lächelte freundlich. Offensichtlich war er stolz auf seine Rede. Er schenkte sich Wein nach.

»Etwas will ich noch hinzufügen. Es leuchtet mir schon ein, dass Sie mich verdächtigen. Ich hätte tatsächlich starke Motive für eine solche Tat. Aber etwas kann ich Ihnen versichern. Wenn ich so etwas tun würde, würde ich es so tun, dass Sie mir nichts beweisen können.«

Hunkeler nickte. Er wusste, dass es so war.

»Wie stellen Sie sich das überhaupt vor?«, fragte der Mann. »Ich war zur Tatzeit in meinem Arbeitszimmer. Folglich kann ich es nicht gewesen sein.«

Wieder nickte Hunkeler. Er hatte tatsächlich ein starkes Alibi.

»Ich frage mich«, sagte er, »warum Sie Ihr Auto stets auf der Bushaltestelle parkieren und nicht direkt vor der Wirtschaft. Warum das?«

»Das hat einen einfachen Grund. Ich bin meistens betrunken, wenn ich heimfahre. Von der Bushaltestelle aus muss ich nur die Straße überqueren, dann bin ich auf dem Nebenweg.«

»Es war auch deshalb ein guter Parkplatz für Sie, weil

man von der Wirtschaft aus nicht sehen konnte, ob Ihr Auto wirklich dort stand oder nicht.«

»Sie geben nicht auf, nicht wahr?«, grinste Rüfenacht. »Sie sind zäh. Das gefällt mir. Wie soll ich denn Ihrer Meinung nach von der Ausweiche nach Basel und zurück gekommen sein?«

»Sie haben, bevor Sie die Ausweiche betreten haben, die Leiter, die am Holzschopf hing, an Ihr Fenster gestellt. Um halb neun sind Sie hinuntergestiegen, nach Basel gefahren und haben die Praxis betreten. Nach der Tat haben Sie das Messer in einen Plastiksack gelegt. Auf dem Weg zum Auto haben Sie einen Moment daran gedacht, den Sack samt Messer wegzuwerfen, haben es aber nicht getan. Das wurde beobachtet von einer Zeugin. Sie sind zur Ausweiche zurückgefahren, haben geparkt und sind über die Leiter ins Zimmer hochgestiegen. Als Sie die Wirtschaft verließen, haben Sie die Leiter versorgt und sind nach Hause gefahren. So einfach war das.«

»So könnte es gewesen sein, stimmt«, sagte Rüfenacht und schaute dem Rauch nach, der zur Decke hochstieg. Er sah, dass die Flasche leer war, und holte eine neue. Dann wartete er, was weiter geschah. Er hatte die erste Runde gewonnen.

»Waren Sie bei Regula, als sie starb?«, fragte Hunkeler.

»Nein.«

Das kam sehr leise. Das Gesicht des Mannes veränderte sich, das Lächeln verschwand. Ein leidender Zug erschien in den Mundwinkeln, das ging ganz schnell.

»Warum nicht?«

Der Mann senkte den Blick und schaute auf seine Hände,

als ob er sie noch nie gesehen hätte. Er legte sie auf den Tisch, schön nebeneinander.

»Die Metze wollte mich nicht dabeihaben, das Dreckstück.«

»Sie meinen Frau Müller?«

Der Mann nickte, langsam und schwer. Er griff zum Stumpen, doch der brannte nicht mehr. Er entfachte ein Streichholz, steckte ihn an und stieß weißen Rauch aus.

»Wollen Sie auch?«, fragte er.

»Gern«, sagte Hunkeler und ließ sich eine Zigarette anzünden. Sie rauchten und schwiegen.

»Dass ich impotent war«, sagte Rüfenacht nach einer Weile, »konnte ich einigermaßen ertragen. Wir hatten ohnehin nicht mehr oft miteinander geschlafen. Ich habe zu viel Rotwein getrunken, so dass meine Libido versiegte. Es ist im Laufe der Jahre etwas Eigenartiges geschehen. Ich frage mich heute, wie es dazu kam. Ich weiß keine Antwort darauf. Regula war eine erotische Frau. Sie hatte eigentlich immer Lust, war immer zu haben. Ich habe mich über ihre Erotik nicht gefreut, sondern ich habe ihre Erotik verachtet, obschon ich sie manchmal genossen habe. Ich habe Regula diese Verachtung gezeigt, ich habe sie vernachlässigt, beleidigt. Das war ein Machtkampf. Ich habe sie mir unterworfen, ließ sie warten, schmachten. Das war meine eigentliche Sünde, die uns beide ins Verderben gerissen hat.«

Er schwieg, wartete mit versteinertem Gesicht, dachte nach.

»Es gibt ein dummes Wort, das ich sonst nicht gebrauche. Im Gespräch mit Ihnen gebrauche ich es ausnahmsweise. Es heißt Sex. Dieses Wort ist primitiv, aber es bezeichnet etwas, was ich zu wenig gemacht habe. Ich habe mit Regula zu wenig Sex gemacht. Ich habe mich verweigert. Ich habe immer gewusst, dass ich sie liebte. Dass ich von ihr lebte, nicht nur finanziell. Sie war meine Nabelschnur zur Welt, sie hat mich erhalten. Über sie habe ich die Welt zur Kenntnis genommen.

Ich habe ihr das nicht gesagt. Ich habe es ihr verheimlicht, so gut ich konnte. Ich habe mich gerächt an ihr. Ich habe mich dafür gerächt, dass sie mich dazu gebracht hat, sie zu lieben. Ich wollte diesen Machtkampf unbedingt gewinnen. Ich habe ihn gewonnen.«

Hunkeler fragte sich, ob der Mann betrunken war. Aber dann wurde ihm bewusst, dass er die Wahrheit sagte. Er machte jetzt sein Geständnis, er hatte den Kommissär wegen dieses Geständnisses herkommen lassen.

»Es gibt nur eine Sünde«, sagte der Mann. »Das ist die Lieblosigkeit. Die habe ich begangen. Ich habe die Frau in Regula verachtet, ich habe die Frau in ihr zerstört.«

Er schwieg. Er leerte sein Glas und schenkte nach.

»Haben Sie mit Regula darüber geredet?«, fragte Hunkeler.

»Nein. Sie hat es versucht. Aber ich wollte nicht. Sie hat um unsere Liebe gekämpft. Aber ich habe die Sünde der Gesprächsverweigerung begangen.

Als sie tot war, hat mich Karin Müller angerufen. Am 10. Juni nach 21 Uhr, ich saß in der Ausweiche in meinem Zimmer. Ich bin gleich hingefahren, obschon ich betrunken war. Ich habe meine tote Geliebte daliegen sehen, mit kahlem Kopf, ausgemergelt bis aufs Skelett, eine Mumie. Ich habe keine einzige Träne geweint. Es ging einfach nicht, meine Augen blieben trocken.«

»Und seither? Haben Sie geweint?«

»Nein.«

Er griff sich an die Augen, strich über die geschlossenen Lider, betrachtete die Fingerkuppen. Sie waren trocken.

»Dass Regula lesbisch wurde, hat mir schwer zu schaffen gemacht. Es hat meinen männlichen Stolz beleidigt, obschon ich ja impotent war. Aber der Stolz ist geblieben. Sie war die einzige Frau in meinem Leben, die ich wirklich geliebt habe. Ich bin ein sehr komplizierter Mensch, der nicht leicht zu lieben ist. Wenn ich ihr nicht begegnet wäre, wäre ich möglicherweise ohne Liebe durchs Leben gegangen. Und genau diese einmalige Chance, zu lieben, habe ich mit aller Konsequenz bekämpft.«

»Aber Sie haben doch mit ihr zusammen gelebt, haben zusammen geschlafen?«

»Ja, ab und zu. Wir haben es beide genossen. Aber anschließend kam meine Rache. Die Rache an der Frau, die den Mann schwach macht.«

»Das ist eine merkwürdige Ansicht«, sagte Hunkeler. »Ich erlebe das anders. Mich macht meine Frau stark.«

»Sie sind ein Glückskind. Das ist der Grund, warum ich Ihnen dieses Geständnis mache. Ich verstehe mich selber nicht. Vielleicht verstehen Sie mich.«

Er schaute flehend dem Kommissär in die Augen, als ob er von ihm Absolution erwartet hätte.

»Die Liebe ist etwas vom Schwierigsten«, sagte Rüfenacht, »was Menschen erleben können. Liebe kann sehr brutal sein, ungerecht, fies. Liebe kann töten.«

Von draußen waren die aufheulenden Triebwerke eines Flugzeugs zu hören, das wohl zur Landung auf dem Euro-Airport ansetzte. Dann war Stille. Der Mann schien in sich selber zu versinken, übermannt von Selbstvorwürfen, rettungslos.

»Dass sie so sterben musste«, sagte er leise, »bringt mich um. Sie konnte keinen normalen Satz mehr sagen. Sie hat die Wörter verwechselt. Sie hat nicht mehr gewusst, wer ich war. Sie hat nicht mehr gewusst, wer sie selber war. Es fand eine grauenhafte Zerstörung ihrer Persönlichkeit statt. Es war unerhört schwierig, dieser Zerstörung zuzuschauen. Einmal habe ich ein Fleischermesser mitgenommen, um es ihr ins Herz zu stoßen. Ich habe es nicht fertiggebracht. Ich bereue das. Ich wäre gern ins Gefängnis gegangen deswegen. Aber ich konnte es nicht.«

Er schluckte leer, mehrmals hintereinander, als ob er sich hätte übergeben müssen.

»Ich wusste schon an jenem 10. Juni, dass es aus war mit meinem Schreiben. Ich habe es weiter versucht, aus reiner Gewohnheit. Ich habe gemerkt, dass ich nicht nur sie umgebracht hatte, sondern auch mich. Ich kann nicht mehr leben, ich werde bald sterben. Sie ist schuldlos gestorben, sie war ein Opfer. Ich werde schuldig sterben, als Täter, der seine Tat gar nicht bemerkt hat. Es gibt keine Sühne. Das ist Blödsinn, was ich geschrieben habe über leben, lieben, schuldig werden, sühnen und sterben. Es gibt nur Schuld. Und die bleibt.«

Er erhob sich, ging zum Schrank und holte eine weitere Flasche. Er schenkte sich ein und trank.

»Sie meinen vielleicht«, sagte er, »ich sei betrunken und

rede Unsinn. Das stimmt nicht. Ich sehe klar, ich sage die Wahrheit. Die Wahrheit ist, dass mir nicht mehr zu helfen ist. Ich habe Regula umgebracht. Helfen Sie mir, Herr Kommissär, verhaften Sie mich.«

Er saß auf seinem Stuhl, kerzengerade, die Hände auf dem Tisch, den Blick auf Hunkeler gerichtet. Sein Gesicht leuchtete weiß im Lichte der Lampe, wie aus Stein. Plötzlich glänzten an seinen Wimpern zwei kleine Tränen. Sie wurden größer, schienen zu fallen, aber sie klebten fest. Dann endlich lösten sie sich und rollten hinunter zum Kinn.

Hunkeler erhob sich, nickte dem Mann zu, der immer noch reglos dasaß und weinte. Er ging hinaus.

Draußen schaute er zum Mond hinauf, der rund und weiß ganz oben hing. Er stieg ins Auto und fuhr los, durch die Nacht.


Am andern Morgen beim Frühstück beschloss Hunkeler, mit Hedwig zu reden.

»Ich möchte dich etwas fragen«, sagte er, »etwas aus deiner Intimsphäre.«

Sie lachte ihn an, erwartungsvoll.

»Du wirst doch nicht etwa eifersüchtig sein? Auf wen denn?«

»Nein, das ist es nicht. Ich möchte nur wissen, ob du genug Sex hast mit mir.«

»Sag mal, spinnst du?«

»Rüfenacht hat gestern Abend behauptet, er habe seine

Frau umgebracht, indem er ihr seinen Sex vorenthalten habe. Durch Lieblosigkeit, wie er es nannte.«

»Mein Gott, seid ihr Männer blöd«, sagte sie und schob sich eine Essiggurke in den Mund. »Ihr meint tatsächlich, ihr seid die Herren der Schöpfung.«

»Warum?«

»Weil eine Frau sich selber zu helfen weiß, wenn sie sich helfen will. Einem solchen Mann würde ich jedenfalls sogleich weglaufen.«

»Stimmt«, sagte er, »das hat sie auch getan.«

Er schenkte sich Tee ein, goss einen Schuss kalte Milch dazu.

Er trank, er überlegte. Dann fragte er doch.

»Bist du eigentlich noch verliebt in mich?«

Sie stellte die Kaffeetasse ab, fest und bestimmt. Sie war richtig böse.

»Du bist ein Arsch. Halt endlich den Rand.«


Er fuhr über Allschwil zum Spitzwald hinauf, er parkte beim Bauernhof. Der Bernhardiner kam angezottelt, legte sich auf den Rücken, gähnte.

Er betrat den Bioladen und kaufte ein Vollkornbrot, ein Pfund Speck und eine Bündner Salsiz.

Im Baumgarten sah er Abraham stehen. Er ging zu ihm.

Abraham zeigte auf den Korb, den er in der Hand hielt. Darin lagen Hundekegel.

»Eigentlich würde ich lieber Steine sammeln«, sagte er. »Aber der Bauer hat mich gebeten, die Hundescheiße aufzulesen. Die Leute lassen ihre Viecher hinlaufen, wo sie wollen. Sie laufen auf die Kuhweide und kacken wie in freier Wildbahn. Die Scheiße verdirbt das Gras.«

Hunkeler holte den Skarabäus aus der Tasche.

»Da, nehmen Sie. Und vielen Dank. Er ist übrigens echt und gilt unter Brüdern 8000 Franken.«

Abraham stellte den Korb ab, nahm eine Schnur aus der Tasche und fädelte sie ein. Er hängte sich den Käfer um und strahlte.

»Was soll ich mit 8000 Franken? Die wären schnell weg. Nein, ich behalte ihn, weil er mir Glück bringt.«


Um zehn saß Hunkeler in seinem Bureau vor dem Computer. Es war ihm gelungen, den Final der Fußballmeisterschaft Frankreich–Italien auf den Bildschirm zu holen. Er hatte vor, sich das ganze Spiel noch einmal anzuschauen. Er brauchte Zeit, Zerstreuung, musste überlegen. Da klingelte das Telefon, er hob ab. Es war Frau Held von der Pforte.

»Hören Sie mal, Herr Hunkeler. Da sind drei Radfahrer, ältere Herren in roten Trikots. Sie sind sehr verschwitzt. Sie wollen den Kommissär sprechen, der die Ermittlungen im Fall Frau Dr. Erni leitet.«

»Warum?«, fragte Hunkeler und schaute zu, wie Zidane mit dem linken Außenrist einen Ball abtropfen ließ.

»Das wollen sie nicht sagen. Aber sie insistieren, sie lassen sich nicht wegschicken. Sie müssen kommen.«

Hunkeler legte auf und stellte den Bildschirm ab. Er war schließlich im Dienst.

Unten warteten drei alte Männer in verschwitzten Trikots und Hirschlederhosen. Sie waren sehr aufgeregt.

»Wir sind kurz vor acht losgefahren«, erzählte der eine. »Wir machen jeden Mittwochmorgen unsere Tour. Allschwil, Hegenheim, Buschwiller. Dann den Stutz hinauf nach Folgensbourg und Muespach. Kennen Sie die Strecke?«

»Ja.«

»Wo die Straße nach rechts abbiegt Richtung Trois Maisons, beginnt die Pappelallee. Dort steht Pappel neben Pappel.«

»Ja, ich weiß.«

»In der dritten Pappel habe ich auf Hüfthöhe ein Messer stecken sehen. Ich habe es als Erster gesehen.«

»Stimmt«, sagte ein Kollege, »aber wir haben es auch gesehen.«

»Ich habe gleich gebremst, bin abgestiegen und habe es angeschaut. Es glich haargenau dem Messer, das in der Zeitung abgebildet war. Wir haben zuerst überlegt, ob wir es auf die Redaktion bringen sollten, die hätten uns bestimmt Geld gegeben dafür. Aber die haben so saumäßig dumm über Basel geschrieben, dass wir beschlossen haben, das Messer der Polizei zu bringen.«

»Wo ist das Messer?«, fragte Hunkeler.

»Hier.«

Der Mann griff sich hinten in die Hose, wo ein länglicher Gegenstand steckte, eingepackt in ein Taschentuch. Er packte ihn aus. Es war ein mittelgroßes Fleischermesser.

»Ich habe es nicht mit der Hand berührt, nur mit dem Tuch. Wegen der Fingerabdrücke. Die müssen noch drauf sein.«

Hunkeler nahm das Messer, sehr sorgfältig. Er spürte, wie sein Nacken kalt wurde.

»Vielen Dank«, sagte er. »Wenden Sie sich bitte an Frau Held. Sie wird Ihre Personalien aufnehmen. Setzen Sie sich in die Cafeteria, trinken Sie etwas auf meine Kosten. Ich muss gleich weg.«

Er rannte in sein Bureau hinauf und legte das Messer auf den Tisch. Dann rief er de Ville an.

»Hör mal, Kollege, ich habe die Tatwaffe, mit der Frau Erni erstochen worden ist. Komm her und schau sie dir an, sie liegt in meinem Bureau.«

»Un moment, Hünkeler«, sagte de Ville, »was erzählst du da?«

Aber er hatte schon aufgelegt.


Er setzte sich ins Auto und gab Gas. Er fuhr über den Grenzübergang beim Bachgraben, weil der unbewacht war. Die Ampel bei Hésingue umfuhr er auf dem Nebenweg dem Bach entlang, er zweigte ab Richtung Folgensbourg. Die weiten Flächen der Maisfelder, die wenigen Waldstücke, die sanft gewundene Straße. Harre aus, Rüfenacht, dachte er, warte auf mich, du bist doch nicht lieblos, kein Mensch ist es. Er raste an der Pappelallee vorbei, er beachtete sie nicht. Die Senke mit dem Täuferhof, die Steigung auf die Hochebene hinauf, die Rechtskurve. Er erreichte die Ausweiche, drehte nach rechts und bei der Bushaltestelle nach links. Er parkte vor der Alten Post.

Er hatte gewusst, dass er zu spät kommen würde, er kam

fast immer zu spät. An einem starken Nagel, der in der Küche in einem Deckenbalken steckte, hing ein Strick, und an diesem Strick hing Heinrich Rüfenacht. Am Boden lag ein umgefallener Stuhl, auf dem Tisch ein Blatt Papier, mit Maschinenschrift beschrieben.

Hunkeler stellte den Stuhl hin und stieg darauf. Er umarmte den Leichnam, er umklammerte ihn, er war noch warm. Er versuchte, den Leib hochzustemmen und so den Strick vom Nagel zu lösen. Dann fiel ihm ein, wie sinnlos das war, die Leiche wog mindestens achtzig Kilo. Er dachte daran, den Strick durchzuschneiden, und schaute zur Wand hinüber, wo die Fleischermesser steckten. Er sah, dass eines fehlte.

Dann endlich fasste er sich. Er war hier nicht zuständig, er war in Frankreich. Zuständig war die Gendarmerie von Durmenach. Und da Rüfenacht eindeutig tot war, musste er alles so lassen, wie er es angetroffen hatte.

Er versuchte, dem toten Mann die Augen zu schließen. Das war nicht möglich, die Augäpfel waren zu sehr hervorgequollen. Er überflog das Papier, das auf dem Tisch lag. Er sah gleich, dass es ein Geständnis war, Christa Erni umgebracht zu haben. Er rief die Gendarmerie in Durmenach an und berichtete, was er vorgefunden hatte. Eile sei nicht notwendig, der Mann sei tot. Dann öffnete er ein Fenster, steckte sich eine Zigarette an und setzte sich an den Tisch. Er las, was Heinrich Rüfenacht aufgeschrieben hatte.

Sehr geehrter Herr Kommissär Hunkeler,

Sie sind wirklich ein sehr guter Psychologe. Ich habe alles so gemacht, wie Sie es erraten haben. Herzliche Gratulation.

Der anonyme Anruf und der Drohbrief stammen ebenfalls von mir. Aber das werden Sie wissen.

Frau Karin Müller lassen Sie bitte aus dem Spiel. Sie hat mich nicht angestiftet. Ich selber habe das Treffen mit Christa Erni arrangiert. Ich sähe Frau Müller zwar gerne hinter Gitter. Aber ich will mich vor meinem Ableben nicht noch mit einer Falschaussage belasten.

Wie ich Ihnen schon gesagt habe, kann und will ich nicht mehr weiterleben. Meine Schuld ist zu groß.

Dass Sie mir an meinem letzten Abend Gesellschaft geleistet haben, hat mir sehr geholfen. So habe ich mich noch einmal einem Menschen mitteilen können. Ich habe weinen können, zum ersten Mal seit meiner Jugend. Mögen die Tränen meinen Tod besänftigen.

Heute Morgen habe ich bei Folgensbourg, gleich nach der Abzweigung Trois Maisons, in den dritten Stamm der Pappelallee ein Messer gerammt. Es ist die Tatwaffe. Sie wird bald gefunden werden, sie ist unübersehbar. Sie wird Sie zu mir führen.

Schließen Sie mir bitte die Augen, wenn es geht. Ich will diese lieblose Welt nicht mehr sehen.

Es grüßt Sie herzlich,
*Heinrich Rüfenacht.*

Am Abend dieses Mittwochs saß Hunkeler mit Hedwig im Garten unter der Weide. Sie hatte ein Gulasch gekocht, mit viel Zwiebeln und Knoblauch. Dazu gab es Kartoffelstock und eine Flasche Pommard. Er hatte ihr von der Leiche erzählt, davon, dass er sie zuerst hatte herunternehmen wollen. Einen toten Mann lasse man doch nicht hängen. Aber das Gewicht sei ihm zu schwer gewesen. Und wenn er den Strick durchschnitten hätte, wäre die Leiche auf den Boden aufgeschlagen.

Es dämmerte, die letzten Vögel sangen, ein Amselmann. Von hinten, wo der Weiher lag, war schwach ein Drosselruf zu vernehmen. Zwei Fledermäuse huschten durch den eindunkelnden Himmel. Das Windlicht brannte ruhig, kein Lüftchen ging.

Sie wusste, dass er jetzt sehr lange schweigen würde. Sie schwieg mit.

»Ich muss dir noch etwas sagen«, sagte sie endlich, »auch wenn es dich stört.«

»Es stört mich nicht.«

»Was glaubst du, warum ich so lange bei dir geblieben bin und warum ich weiterhin bei dir bleiben werde?«

»Das frage ich mich ja dauernd. Ich weiß es nicht.«

»Sicher nicht deiner guten Manieren wegen oder wegen deiner Eleganz.«

Er sah den leisen Spott in ihren Augen, den er so mochte.

»Warum denn?«

»Weil ich dich sexy finde, du Arsch.«

Der Amselmann war verstummt, man hörte nur noch leises Gezwitscher in der Weide. Und dann hörte man ein zartes Piepsen.

»Hörst du das?«, fragte er.

Sie nickte. Sie nahm das Windlicht und ging langsam zur Scheiterbeige vor dem Schweinestall. Das Piepsen schien dorther zu kommen. Er schaute ihr zu, wie sie sich niederkniete, wie sie behutsam etwas aufhob und wieder herkam. Sie hielt zwei Küken in den Händen.

»Die sind schlau«, sagte sie, »die haben sich vor dem Marder versteckt. Das sind die beiden Stammhühner unserer Eierfarm.«